CAFÉ PEQUENO

ZULMIRA RIBEIRO TAVARES

CAFÉ PEQUENO
Romance

1ª reimpressão

COMPANHIA DAS LETRAS

Copyright © 1995 by Zulmira Ribeiro Tavares

Capa:
Victor Burton

Preparação:
Márcia Copola

Revisão:
Carmen Simões da Costa
Isabel Cury Santana

Os personagens e situações desta obra são reais apenas no universo da ficção; não se referem a pessoas e fatos concretos, e sobre eles não emitem opinião.

Dados Internacionais de Catalogação na Publicação (CIP)
(Câmara Brasileira do Livro, SP, Brasil)

Tavares, Zulmira Ribeiro, 1930-
 Café pequeno : romance / Zulmira Ribeiro Tavares —
São Paulo : Companhia das Letras, 1995.

ISBN 85-7164-458-6

1. Romance brasileiro. I. Título.

95-1551   CDD-869.935

Índices para catálogo sistemático:
1. Romances : Século 20 : Literatura brasileira 869.935
2. Século 20 : Romances : Literatura brasileira 869.935

2005

Todos os direitos desta edição reservados à
EDITORA SCHWARCZ LTDA.
Rua Bandeira Paulista, 702, cj. 32
04532-002 — São Paulo — SP
Telefone: (11) 3707-3500
Fax: (11) 3707-3501
www.companhiadasletras.com.br

A autora agradece à Fundação Vitae a bolsa concedida para a realização do presente texto

ÍNDICE

Os chocalhos mudos 11
Os aniversariantes e a cidade 15
O caminho dos bois 45
Os dois portões 55
A casa do administrador 153
O adiantado da hora 185

CAFÉ PEQUENO

OS CHOCALHOS MUDOS

O Artista Plástico recebeu cordialmente (o quanto sua natureza fechada permitia a cordialidade) o Repórter de Artes e o Fotógrafo que o acompanhava. A pedido do Repórter que em nome do Fotógrafo disse ser preferível fotografá-lo com luz natural, escancarou duas das janelas do estúdio desculpando-se (e na voz transparecia certo orgulho) da desordem reinante. Com a súbita claridade o Repórter de Artes e o Fotógrafo, por motivos diferentes, mostraram-se ambos entusiasmados. O Fotógrafo escolhia agora o ângulo melhor para enquadrar o rosto estreito de cabelos divididos por uma risca no lado; já o Repórter de Artes, descobrindo finalmente o gancho que procurava para iniciar a conversa com aquele homem com fama de fechado, disse-lhe, pondo uma nota vibrante na voz, que o amarelo do sol jorrando com força sobre ele, Artista Plástico, fazia com que este parecesse pertencer à sua própria fase do pigmento amarelo na qual só produzira telas amarelas; e o Repórter de Artes (que no dia anterior havia examinado com cuidado os arquivos do jornal para o qual trabalhava) ainda acrescentou em tom casual que, salvo erro, a fase amarela chegara a durar dois anos. Ao que o Artista Plástico respondeu que o Repórter tinha excelente memória, fingindo não perceber de onde provinha tal excelência, e que de fato ele estivera muitíssimo ligado no pigmento amarelo mas isso havia sido "há séculos", na sua face figurativa. Hoje em dia como podia observar (e mostrou, espalhados pelo estúdio, ferros de diferentes tamanhos, fios de cobre, cordas, feltros, chapas de zinco, de vidro, de acrílico, potinhos de esmalte sintético, de parafina, estopa, tabuinhas...) mesmo os trabalhos sobre tela rareavam.

Há muito tempo mesmo, acrescentou mal descerrando os lábios de seu rosto de um amarelo tão intenso que obrigou o Fotógrafo, pedindo delicadamente licença pela intromissão, a fechar parcialmente uma das janelas.

O Repórter de Artes então perguntou ao Artista Plástico se ele se achava preparado para dar início à série de fotos, pois assim logo mais começaria a entrevistá-lo; foi quando o Artista Plástico, mostrando certo desconforto à idéia, indagou se o Repórter não se daria por satisfeito com as fotos dos últimos trabalhos tiradas havia poucos dias por outro fotógrafo do mesmo jornal. Ao que o Repórter de Artes respondeu rapidamente que as fotos tiradas pelo Fotógrafo Técnico haviam ficado realmente ótimas e oportunamente lhe seriam enviadas algumas mas que o rosto, o rosto era imprescindível, absolutamente necessário, e acrescentou em um laivo de genialidade reconhecido até pelo Artista Plástico que se surpreendeu da gracinha: Não vai me dizer que pretende transformar sua própria figura em algo não figurativo?

Diante disso o homem fechado foi obrigado a rir ainda que de boca fechada e o Fotógrafo, silencioso a um canto, percebendo que aqueles dois estavam começando a se entender, sugeriu que uma parte das fotos fosse realizada já com a entrevista encaminhada, ao que o Repórter de Artes batendo na testa disse que esta vinha a ser uma idéia fantástica, pois ele — ainda que não fosse fotógrafo nem tivesse maior familiaridade a respeito — já tinha sacado que o rosto do Artista Plástico "em movimento" tornava-se muito mais plástico. E para o entrevistado ficar bem, bem à vontade, seria bom começarem por uma conversa amena; e então o Repórter de Artes fez a pergunta que não poderia deixar de vir: se o Artista Plástico já na infância manifestara alguma sensibilidade especial para com "as formas", e se já imaginava o que "iria ser quando crescesse". Ao que o Artista Plástico respondeu monossilabicamente que sim, algum gosto tivera, e por que não? E então o Repórter de Artes, pouco satisfeito com palavras tão avaras, perguntou ainda se o Artista Plástico nessa fase da vida era sensível à natureza. Aí subitamente algo pareceu ocorrer ao entrevistado e diverti-lo secretamente, fazendo com que o Repórter de Artes se mostrasse mais constrangido do que curioso com o prosseguimento do tema, perguntando-se se não teria cometido alguma inconveniência. Porém o Artista Plástico logo explicou gentilmente (o quanto sua natureza fechada permitia a gentileza) que na família da mãe "convidar a natureza" dizia respeito a "aliviar os intestinos"; mas não! — acrescentou ainda rapidamente o Artista Plástico observando o constrangimento crescente do Repórter de Artes — a sua pergunta tem mais propósito do que pode imaginar. Só que a resposta irá revelar infelizmente uma separação entre as "formas" e a "natureza", pois freqüentemente em criança, quando em visita a certa residência, ao convidar a natureza a se manifestar, minha atenção detinha-se em determinada forma esférica de louça diante dos olhos... isso foi na residência de... Mas aí a voz do Artista Plástico apagou-se e ele deixou tombar a cabeça como se meditasse profundamente.

O Repórter de Artes e o Fotógrafo trocaram então um olhar cúmplice no qual um pedia ao outro paciência. Em seguida o Artista Plástico voltando a erguer o rosto murmurou qualquer coisa em voz quase inaudível na qual destacava-se, um tom mais alto, a palavra *chocalho*; dizia não se lembrar de ter escutado qualquer som parecido, nem de alguém que lá tivesse estado ter falado no assunto; todavia não deixava de ser curioso que o gado... E de que falariam afinal os que lá haviam estado? E ele inclinou mais a cabeça para um lado, pois por vezes ao pensar no passado forcejava por entender o que se conversara tanto no passado mais antigo da sua infância, quais os seus "assuntos verdadeiros", sons e sentidos. Depois, o Artista Plástico ergueu a cabeça de vez e, em voz ligeiramente mais alta, articulou nova frase que como as anteriores escapou ao Repórter de Artes no seu todo mas onde este pôde discernir com segurança as palavras *um acidente* e *boi*. Ora, como o Repórter de Artes, aficionado da pesca submarina que era, tinha, em conseqüência do hobby, certos probleminhas de audição, em vez de pedir ao Artista Plástico para repetir a declaração por inteiro resolveu arriscar e, escudando-se em sua erudição formada com sacrifício ao longo da sua carreira precisamente de Repórter de

Artes, fez várias vezes hum, ah, sim, sei. — Então foi sensível a *O boi abatido* de Rembrandt? Chegou a visitar o Louvre quando criança?... Ou pelo menos teve acesso a alguma reprodução? — Nesse momento o rosto do Artista Plástico pareceu ao Fotógrafo tão surpreendente e extraordinário que este bateu várias chapas uma atrás da outra, informando em seguida ao Repórter de Artes achar-se plenamente satisfeito e não julgar necessária qualquer outra série de fotos, dando por encerrada a sua parte.

Logo, com um fundo suspiro de alívio, e entregando o passado ao passado, o Artista Plástico começou a falar mais alto. O Repórter de Artes deu então início às suas notas.

OS ANIVERSARIANTES
E A CIDADE

O terreno ia de uma extremidade a outra do quarteirão com um portão em cada extremidade, o da frente e o dos fundos. Lá esteve em visita certo domingo, no inverno de 14 de julho de 1935. Com freqüência visitava aquela casa, mas esse era um domingo especial. O engenheiro Alaor Pestana fazia anos e convidara algumas pessoas, entre amigos e parentes. Ele chegara cedo para passar o dia com a pequena Maria Antonieta, a prima mais velha, mas os pais viriam depois, para o ajantarado. A casa ficava numa elevação de terreno, um sobrado sem estilo definido. Na frente da casa havia uma rampa coberta por hera graúda pela qual se escorregava agarrando-se aos ramos como se fossem cipós. A ampla varanda acompanhava as salas da frente e parte da sala de jantar, ao lado. Caminhando para os fundos passava-se por árvores frutíferas: havia o canto da amoreira, o da jabuticabeira-açu, o da cabeluda. Da varanda apreciava-se a exuberância um tanto desordenada do jardim, a folhagem lustrosa da esplêndida magnólia a um lado; do outro, a vegetação densa, escura e irregular, com o seu emaranhado de árvores e arbustos de diversos tamanhos, o chão atapetado também por hera graúda e por folhas caídas — como uma floresta em miniatura, um pedaço de mato. Das janelas da sala de jantar eram visíveis os ramos da jabuticabeira. Nos fundos, diante da cozinha, mas bem afastado dela, havia um espaço retangular coberto de pedrisco, para jogos, conhecido porém como o "Quadrado". Mais ao fundo a área de serviço com o galinheiro, a horta, os tanques, o coradouro, os varais, o cercado com a casa do cocker spaniel de pêlo castanho-ouro. Do lado esquerdo o terreno estreitava-se em um corredor cimentado formando um L que levava às duas garagens e ao portão dos fundos. Sobre as garagens estavam os quartos dos empregados.

Ele havia entrado pelos fundos, pela rua Maranhão, pela mão da empregada quase menina, a mulata Brasília, e que por aquela época já manifestava os primeiros sinais do sentimento profundo que iria animá-la nos anos futuros, a paixão pelo dr. Getúlio Vargas. Brasília deixou-o para voltar à casa dos pais de Cirino; mas à tarde lá estaria novamente para ajudar no que fosse preciso. Os pais iriam pegá-lo no fim do dia, quando, chegados pelo portão da frente, depois do ajantarado desceriam de volta com ele a estreita escada íngreme que levava à avenida Higienópolis. Mas isso não ocorreu naquele domingo, pois à hora da sua volta para casa jazia postada diante do portão da frente uma forma assustadora, um fardo enorme um pouco mais claro que o escuro, caído do alto, do vazio, com um grande baque.

Ele era pequeno. Não sabia que além do aniversário do engenheiro comemorava-se também ali uma outra data, a maior data da França. O engenheiro o pegou pela mão e lhe falou do Catorze de Julho, da queda da Bastilha e de Maria Antonieta que era loura como a filha, uma rainha. A pequena Maria Antonieta abaixou a cabeça, mostrou-lhe o pescoço branco e disse: Ela perdeu a cabeça, assim, plac. O engenheiro riu alto e deu aos dois um punhado de pastilhas para revestimento de pisos e paredes, da sua firma Pestana & Mattos Ltda. Pediu que brincassem sossegados sem a tentação de escorregar pela rampa; que não se sujassem, e os deixou. Robusto e branco como a filha, os cabelos louros rareando. A filha ficava com o rosto muito vermelho ao menor exercício, como há pouco ao espichar a cabeça com destemor para a guilhotina e ao fazê-la saltar fora do pescoço como a uma rolha de champanhe, plac, deixando o queixo bater com força no peito.

O engenheiro também estava vermelho pelo exercício (mas interior) a que suas preocupações o levavam. Achava-se dividido nos seus sentimentos franceses e familiares. Em comemoração ao Catorze de Julho o cônsul francês exatamente à hora do seu ajantarado daria uma reunião na sua casa no Jardim América. (Na verdade o engenheiro é que havia feito questão de exatamente à hora da reunião do cônsul servir o seu ajantarado.) Até uma semana atrás tinha tido a esperança de receber um convite para a reunião que o sr. e a sra. Pingaud davam ao mundo oficial, à colônia francesa radicada em São Paulo e também a representantes da sociedade paulistana, pois ouvira dizer que essa seria uma comemoração menos restrita que as anteriores. O convite não viera. Além de se julgar, com inteira razão, um representante da sociedade paulistana, descendia de franceses pelo lado materno, os Avé-Chevassus, ou simplesmente, os Chevassus.

O engenheiro tinha no seu escritório no andar superior da casa, pendurada na parede, uma relíquia familiar (entre outras) de particular estimação, um pequeno quadro com moldura de madeira escura envernizada. Atrás do vidro havia um recorte amarelado de jornal destacado pelo passe-partout. Lia-se no recorte: "O Céu abençoou-a. Onde ela entra (ela, a *Pomada Miraculosa Avé-Chevassus*), entra a luz; esta dissipa a treva, aquela dizima e dissipa as concorrentes sem valor científico e sem escrúpulos. É a maior inimiga de FERIDAS, muitas doenças de pele, de cabeça e queimaduras. Preço em qualquer canto do Brasil: 1$".

A história dos Chevassus, franceses há muitos anos chegados ao Brasil, continha alguns episódios curiosos. Um dizia respeito à forma como a saudação *Avé* havia sido incorporada ao nome Chevassus, cuja árvore genealógica perdia-se em uma França monárquica. O primeiro Chevassus conhecido, que dera início à árvore genealógica do grupo, Gaspar Chevassus, aparece no século XVI, tendo recebido título de nobreza sob o reinado de Henrique III. A descendência de Gaspar ramificou-se em várias linhas, sendo que muitos membros da família destacaram-se como grandes proprietários de terras e chegaram a ocupar elevados cargos na corte, no exército e na administração. É no século XVIII finalmente que as proezas de um Chevassus, Léon, destinado pela família à carreira eclesiástica, ganham, conforme a crônica preservada de geração a geração, foros de santidade. Apanhado em flagrante em uma aventura amorosa, teria gritado desesperadamente diante da pistola apontada em sua direção pelo pai da discípula e amada: Avé Marie! — E à invocação do nome, a Virgem Santíssima tomou-o a seus cuidados pois o pai da jovem teve naquele exato instante um mal súbito, vindo a falecer dias depois sem ter recuperado a consciência. Léon Chevassus tornou-se então daquele dia em diante devoto de Maria, vendo no caso um claro desígnio para abandonar o hábito, não apenas claro como impositivo, imperioso mesmo, já que uma vida humana fora sacrificada em benefício da transparência na comunicação. Casou-se mais tarde (não com a jovem responsável por sua reintegração no Século) e teve prole numerosa, acrescentando ao nome, e ao de seus descendentes, o prefixo *Avé*, em homenagem à sua Salvadora; e foram exatamente alguns dos nascidos desse tronco que aportaram ao Brasil em meados do século XIX. Mais recentemente, não se sabe bem por que tipo de escrúpulos ou desconfianças, o sobrenome composto foi sendo abandonado, chegando o nome Chevassus à mãe de Alaor destituído do apêndice, tal como pertencera um dia a Gaspar Chevassus, aquele mesmo que sob o reinado de Henrique III vinha a ser o marco inicial para o estudo da genealogia do grupo.

Outro episódio feliz sempre lembrado era justamente o da invenção e comercialização da Pomada Miraculosa pelo boticário Henri Avé-Chevassus, ascendente de Alaor por via colateral, tendo ele merecido, por ocasião do lançamento da pomada, o respeito dos colegas boticários e mesmo dos médicos, passando a fórmula de pai para filho até fins dos anos 20 desse século (quando, em circunstâncias que permanecem ignoradas, a fórmula se perdeu) e ainda nesse ano de 35 vivamente recordada por muitos dos que trabalhavam no ramo. Circunstância essa que imprimia em última análise (ainda que pela inscrição na memória em veículo um tanto pastoso, bem diverso do que o seria em uma placa de bronze) perenidade ao nome Avé-Chevassus e, em particular, aos dois inventores: o da pomada, Henri, e o do apêndice, Léon.

— Vem, Cirino — disse a pequena Maria Antonieta (lembrada freqüentemente como "a pequena", talvez por causa da outra, a de Versalhes). — Vamos brincar na jabuticabeira. Bota as pastilhas no bolso senão perde. — Os cabelos louros dela tinham sido encrespados com o ferro de frisar e saltavam perto da nuca branca enquanto andava com o passo firme. Ele caminhou atrás, apertado na malha azul-marinho, os cabelos escuros divididos no lado, a cabeça dele chegava à altura da nuca da menina, ficou na ponta dos pés para quando passassem perto das janelas da sala de jantar quem porventura estivesse dentro não perceber como ele tinha crescido pouco e ela muito. A cabeça de Cremilda, a mulher do engenheiro, apareceu por uma das janelas da sala e ela avisou — Hoje vocês vão almoçar na saleta da cozinha. Não reclame, Maria Antonieta, Cirino não me dá bom-dia? Pode tirar a malha se quiser, me passe aqui que eu pego. O que é que estou vendo! Você precisa comer muito para chegar perto de Maria Antonieta. (Eu nasci depois.) E que tem isso? É hominho! Venham cá, fiquem os dois juntos para eu ver. Antonieta! Você está uma moça! Como cresceu nas férias! (A mulher do engenheiro tinha os olhos grandes e rasos, os cabelos castanhos também encrespados. Gritou para dentro, para a pajem: Rosa, o Marito acordou, está chorando, acode.) Deu um adeusinho da janela. Diante da jabuticabeira Maria Antonieta pregou um tapa nas costas do companheiro. — Anda, fica teso senão não cresce como eu; não fica dobrado desse jeito. — Pois ele já não andava na ponta dos pés. Pelo contrário, arrastava-os penosamente.

O escritório de Alaor Pestana era de canto. Uma janela dava para o lado da jabuticabeira, a outra para os fundos. Observou por um tempo o menino e a menina sentados no banco debaixo da jabuticabeira, as pastilhas coloridas espalhadas sobre a mesa rústica. Afastou-se, os olhos passaram distraídos pela parede revestida de papel verde-musgo com pequenos losangos castanhos, espiou pela outra janela. Vinha vindo dos fundos, aproximando-se da cozinha, mme. Keneubert no seu passo misturado de generala e bailarina; rente às suas canelas o cocker spaniel Jalne. Mme. Keneubert dava-lhe pequenos pontapés disfarçadamente, olhando para os lados com receio de testemunhas e ainda assim desejosa que viessem salvá-la. — Madame Keneubert! — gritou-lhe lá de cima o engenheiro Alaor. — Madame Keneubert! — Jalne latia. Maria Antonieta correu para perto do cachorro e ficou olhando. Cirino ficou atrás, as duas mãos no bolso. — Olá, olá vocês, bom dia, bom dia. Cirino não me cumprimenta? Como vão os seus papais, hein? — Madame Keneubert! Hoje é domingo! — Catorze de Julho, doutor Alaor, não me esqueci. Parabéns ao senhor. Parabéns à França eterna! — Maria Antonieta, tire já esse cachorro daí, não vê que ele está incomodando madame Keneubert? — Ele não faz nada, madame, a senhora sabe — informou a pequena Maria Antonieta. — É como das outras vezes. — Não discuta, Maria Antonieta, tire já já ele daí e leve para o cercado; já! Madame Keneubert! Acho que a Cremilda está aí embaixo, há pouco a escutei chamando, como a senhora entrou pelos fundos, dê um pulinho na cozinha, ela vai ter uma surpresa. — Mas não, doutor Alaor, foi dona Cremilda que me pediu para vir hoje fazer massagem, está me esperando. — Num domingo, no Catorze de Julho! — Para relaxar, engenheiro! — Pois então, claro! — Soube da reunião do cônsul Pingaud? — Sim, sim, madame Keneubert, naturalmente, o cacete é essa história da França e eu aniversariarmos juntos! — Ha, ha, ha, doutor Alaor, o senhor sempre com as suas, sabe a hora da reunião? — Entre seis e oito da noite, me disseram, bem na hora do nosso modesto ajantarado aqui. É como eu lhe dizia, a França e eu... venha também a senhora! — Obrigada, doutor Alaor, vamos ver, mais tarde, vamos ver, contaram-me que o cônsul... — Faço questão, madame, tenho um artigo curioso para lhe mostrar num número da *Revista Brasileira* do ano passado, descobri por acaso outro dia, pensei logo na senhora, vai gostar. — Ele a convidaria para qualquer coisa para distraí-la, ele colocaria todos os livros do escritório à sua disposição, um depois do outro, subindo no ar como tijolos, formando uma parede, uma muralha protetora. — Madame Keneubert! — exclamou Cremilda aparecendo na porta da cozinha. — A senhora é um anjo! Então veio mesmo! Entre, entre, hoje almoça conosco, está quase na hora. — O doutor Alaor teve a fineza de me convidar para a noite, mas francamente não sei se... — Fez um gesto vago para cima, o engenheiro já não estava à janela. — Claro, claro, como não, será um prazer, madame Keneubert, tê-la todo um domingo só para nós! — Mas a voz da mulher do engenheiro teve um acento inesperado, partido.

— Quando madame Keneubert conversa com papai se rebola — disse com convicção a pequena Maria Antonieta voltando do cercado. — É porque ela espicha o pescoço para a voz subir até a janela do escritório. — Não seja burro, madame Keneubert faz assim porque ele é homem e bonito. — Ele é velho, o teu pai, minha mãe disse que ele está fazendo hoje quarenta e cinco anos. — E o teu? — Tem trinta e seis. — Também é velho. — É muito menos. — Não me amola. — Que idade você acha que tem madame Keneubert? — perguntou Cirino. — Minha mãe disse que já tem idade para ter reumatismo, mas ela é alemanzona e faz ginástica, por isso não tem. — Coitada de madame Keneubert. — Não é coitada, é boba. Você gosta daquele exercício que ela faz para abrir o pulmão? — Não ligo, o que é que tem? "Pondo o ar para dentro: um, dôs, três, quatro, cinco, sês, sete, oto, nove, dez. Pondo o ar para fora: um, dôs, três, quatro, cinco, sês, sete, oto, nove, dez! de-va-gar!"

— Cirino não riu da imitação; teimou: Não gosto de ficar deitado com o peito de fora e ela com a mão no meu peito dirigindo. — Não ligo — repetiu Maria Antonieta. Olhou para cima. O pai tinha saído da janela. Fez um sinal para Cirino. — Vamos para a garagem espiar a barriga da Olímpia?

O engenheiro lá no escritório sentia-se solitário. Sentou-se na poltrona de leitura e abriu o livrinho que sempre lia nessas ocasiões, *Maria Antonieta em Versalhes*. França eterna, madame Keneubert? Frau Keneubert!

O menino e a menina foram para os lados das garagens mas não pelo corredor comprido cimentado. Meteram-se entre os arbustos de um dos canteiros estreitos que de cada lado margeavam o corredor, pisando de manso, evitando estalidos. Do lado direito o canteiro erguia-se formando uma espécie de degrau de terra acompanhando o muro do vizinho. Ao chegarem perto das garagens meteram os pés numa reentrância, uma rachadura do muro que funcionava como estribo. Agarraram-se a um dos galhos da seringueira do vizinho avançando para o quintal do engenheiro e equilibraram-se em cima do muro. Espiaram para dentro do quarto em cima da garagem. Tiveram sorte. Olímpia estava saindo do banheiro sem saia, erguia e baixava a bata para se abanar. A pele de Olímpia brilhava muito pálida.

A barriga era um imenso melão descolorido com minúsculas ranhuras e àquela distância parecia azulada. Cirino achou que seria de um material fino e perfeito como o da casca do ovo, mas não quebradiço, mais parecido com o das bolas de gás; uma espécie de mistura de seda e borracha fina. Cirino permaneceu um momento pensativo avaliando com o que se parecia aquela barriga. Se a janela que dava para o outro lado, o da rua Maranhão, também estivesse aberta, a barriga ficaria transparente, ele tinha quase certeza. Não de todo, mas como os globos leitosos de luz que quando acesos deixam ver o contorno das mariposas caídas dentro, debatendo-se contra as paredes curvas e branquicentas, forcejando por sair. Maria Antonieta espremeu um riso. — Meninos feios! — gritou a portuguesa Olímpia botando a cabeça pela janela. — Vou contar para o doutor Alaor e dona Cremilda. Maria Antonieta, estás com a cara toda vermelha e a roupa suja, estou vendo daqui! Já para baixo os dois! — Eles correram pelo chão cimentado de volta e Olímpia ainda gritou da janela: Isso é pecado, vou contar, vou contar! — Você viu? — disse a pequena Maria Antonieta quando chegaram ao Quadrado arquejantes. — Repara quando ela for servir o almoço. Ela só anda de pernas abertas devagarinho: de lá para cá, assim. — Maria Antonieta foi capengando em direção ao cercado. — Maria Antonieta! — gritou o engenheiro lá de cima. — Isso são modos? — Maria Antonieta fechou as pernas. Quando o engenheiro saiu da janela Maria Antonieta soltou Jalne.

A de Versalhes era igualmente loura e branca. Circulava pelos salões, mas seria impensável que o fizesse de pernas abertas — como a outra. A outra, a pequena, tinha que se ter sempre sob os olhos, de vigia, à janela; de algum ponto de observação da casa. A Maria Antonieta de Versalhes mesmo debaixo das saias-balão, ele o sabia, deslizava pelo parquê da Galeria dos Espelhos de pernas cerradas, as coxas de mel e ouro seladas como uma missiva com o sinete real. (Ainda que pelo meio dela tivesse parido sua descendência sombria: o Luís XVII do calabouço, o menino de dez anos que se acabara coberto de bichos, inchado, escrofuloso, e que seria ou não ele próprio, o herdeiro do trono, seria ou não o desgraçado surdo-mudo que os monarquistas pretendiam ter colocado no seu lugar; seria ou não; ainda que tivesse parido o Terror.) A de Versalhes não era apenas uma, eram várias: a muito jovem, a arquiduquesa, a princesinha, a muito doce, também a mais tardia, a rainha, a do porte magnífico, a da futilidade deliciosa própria das "filhas-de-família", a da carnação luminosa; mesmo a do "lábio austríaco", o inferior, um pouco grosso e que, apesar dos cronistas da época entenderem como um sinal menos belo naquele rosto irregular porém fascinante, arrastava para os salões de Versalhes o eco de outros salões e linhagens da nobreza européia. (O engenheiro sorriu debilmente o seu sorriso de alguns Chevassus homens, meio inclinado.) Ele amava a Maria Antonieta da Restauração, a Mártir, a Valorosa. Nela sobreviviam as outras porém decantadas de qualquer impureza como nos aluviões à beira dos rios o ouro é decantado do cascalho. Era um engenheiro civil mas sempre que conversava com os sócios, o irmão Urbino e o Domício Pereira Mattos, engenheiro de minas, sobre a existência de lavras antigas nas cabeceiras do rio Pedro Cubas, no município de Xiririca, e que os moradores do lugar diziam nunca terem sido realmente exploradas, via misturar-se à conversa, numa nuvem de ouro em pó, a Maria Antonieta do grupo familiar pintado por madame Vigée-le-Brun, *Maria Antonieta e seus filhos*, e que ele conhecia apenas da pequena estampa dentro do livrinho delicioso. Ali a maternidade de Maria Antonieta vinha a ser uma cena familiar, tranqüila na sua dourada opulência. O drapeado dos tecidos, as plumas e as rendas misturavam-se às linhas do grupo real onde aquele que seria, com a morte prematura do primogênito, o segundo delfim (o mesmo do calabouço, o Luís XVII dos bichos, das escrófulas, o que era e não era ele próprio, o que saíra das profundas do calabouço levado fechado no caixãozinho etc. etc.) surgia encarnado em um lindo bebê-querubim, de tal forma que parecia prestes a esvoaçar pelos aposentos, erguendo-se do colo de Maria Antonieta. — Não gosto — havia dito a outra, a pequena, com firmeza, quando viu a estampa pela primeira vez, no Catorze de Julho passado. — A rainha Maria Antonieta parece uma poltrona com cabeça. Quando ela perdeu a cabeça, o que tinha em cima, todos esses panos e plumas? — O engenheiro havia então rido alto como há pouco no jardim, um riso que era uma explosão de fogo no seu rosto cheio e branco. Depois fechara o livro com certa brusquidão e o colocara de volta na estante.

— Viva o Catorze de Julho! Viva o doutor Alaor Pestana!

— Lá embaixo no Quadrado o irmão Urbino acabava de chegar da rua com os dois sobrinhos, os filhos mais velhos do engenheiro, Miguel e Gastão, de treze e catorze anos; acenava para o escritório de chapéu na mão. Tinham ido os três à missa no colégio dos meninos e depois ao cinema no Pedro II. Urbino lembrava o engenheiro, mas tinha os cabelos mais escuros e em grande quantidade; parecia também bem mais moço; e era. Os dois meninos, como o tio, um pouco menos claros do que o pai e a irmã mas igualmente robustos, vestiam as fardas do colégio e riscavam distraídos, com os pés calçados de preto, o pedregulho do Quadrado.

Lá no divã do quarto de costura onde se submetia à sessão de massagens de mme. Keneubert, Cremilda, a mulher do engenheiro, escutou quando o cunhado e os filhos chegavam. O quarto de costura era um cômodo quente naquele dia de inverno, atopetado de retalhos, de roupas velhas para reformar, de fantasias infantis e enfeites diversos guardados em grandes caixas e gavetões. Ela gostaria de continuar ali um bom tempo naquela desarrumação agradável e um tanto misteriosa onde as roupas desmanchadas, os forros arrancados e os alinhavos frouxos confundiam-se com as linhas indefinidas do futuro — mas pediu à massagista que se apressasse. Mme. Keneubert com os braços firmes e roliços não alterou o ritmo da massagem que aplicava nem interrompeu o que estava contando à mulher do engenheiro: o sonho incrível que tivera a noite passada; ela dançava uma valsa de Strauss com o próprio Hitler, o seu Führer Prinzip.

O almoço foi servido cedo naquele dia. Maria Antonieta voltando da cozinha insistiu em repetir a sobremesa dos domingos de inverno, morango em calda com creme chantilly, batizada de "Crepúsculo" pelo Pereira Mattos em um dos seus momentos de inspiração; as outras sobremesas, as do Catorze de Julho, só seriam servidas mais tarde, no ajantarado. Cirino não quis sentar-se, disse que não tinha mais fome. Maria Antonieta o puxou pelo braço com força. Mme. Keneubert do outro canto da mesa exclamou ao ver o menino e a menina lado a lado que a pequena Maria Antonieta estava na verdade enorme e que Cirino precisava comer bastante para crescer também. Ele não disse então, nasci depois, ficou quieto. Maria Antonieta fez vários sinais para Cirino reparar no andar de Olímpia capengando de lá para cá, mas Cirino tinha outras preocupações. Tante Chevassus chegou quando estavam servindo o café e logo Cremilda pediu à Olímpia que trouxesse bem quente o chá de d. Tante. Joana Chevassus, ou Jeanne Chevassus como preferia ser chamada, era uma mulher alta e feia, nem tão velha assim mas com certeza feia. Tinha o rosto comprido e ossudo, a boca apinhada num bico, o que se por um lado reforçava a parecença eqüina, por outro dava a impressão de estar sempre a ponto de deixar passar pelos beiços grossos o estalido de um beijo ou o silvo de um assobio. Era prima afastada da mãe de Alaor Pestana, esta e o marido já falecidos. Morara muitos anos com uma francesa rica, Amélie, até a morte desta. Vivia sozinha com o que tinha de seu e com o que lhe deixara a amiga, e passava alguns fins de semana em casa dos parentes. Havia comprado na Casa Alemã, especialmente para o domingo festivo, um mantô de *mélange*. Na cabeça trazia um pequeno chapéu cinzento combinando com o mantô, enfeitado com uma pluma branca colocada faceiramente de lado. Trouxera novidades sobre a reunião do casal Pingaud. Havia sabido de fonte limpa que o dr. Thadeu Grabowski, ministro da Polônia no Brasil, e que se encontrava em visita a São Paulo, iria estar também presente, na companhia da mulher, à comemoração na casa do cônsul. O engenheiro olhou atentamente para o teto com os seus olhos de engenheiro. Foi recompensado. Descobriu próximo ao lustre de opalina uma rachadura mínima que à distância parecia ter a grossura de um fio de cabelo; daquele instante até se erguerem da mesa dedicou-se a interrogá-la. Mme. Keneubert sorria de forma vaga. Os olhos distraídos fixaram-se de novo em Cirino. Bateu várias vezes com a mão na toalha chamando repetidamente com a voz um pouco nasalada, forte e sensual, Cirino, Cirino, até o menino erguer os olhos da toalha. Com as mãos espalmadas viradas para cima, levantou-as ligeiramente, uma, duas, muitas vezes, dando pancadinhas no ar, dizendo, upa, upa, sacudindo a cabeleira lustrosa e grisalha, cortada muito curta à la pajem — um capacete prateado ajustado no crânio redondo —, upa, upa, teso, meu filho, quer acabar um moço corcunda? Cirino endireitou o tronco. Ele viu o que lhe ficava à altura dos olhos. Bateu com a vista no busto de Cremilda sentada defronte. Já tinha visto muitas vezes as bolas dela de fora quando dava de mamar para o Marito. Mas não as duas bolas de uma vez; primeiro uma, depois a outra. A outra ficava coberta por uma ponta de xale; só uma pulava de fora. Era grande, com o bico escuro, em volta do bico uma roda também escura. Aquela pequena saliência cor-de-rosa que ele trazia de cada lado do peito, no peito da tia era roxa e muito feia, não podia ser a mesma coisa, mas era. Os dois tinham bicos no corpo, ele e ela, isso ele não entendia. Também não entendia como aquelas bolas tão bem guardadas, escondidas e proibidas, podiam se mostrar para qualquer um como se fossem uma parte sem importância do corpo, um rosto, o alto de uma cabeça quando se tira o chapéu que está em cima para fazer um cumprimento e ninguém liga, mesmo que nela não tenha um fio de cabelo plantado; mas só quando era uma de cada vez, para se dar a mama cheia de leite. Senão tudo mudava. Pois as bolas das mulheres quando eram duas estavam sempre guardadas nos vestidos. Não se falava delas, nelas não se tocava. Quando as mulheres se curvavam ele esperava para ver aquele risco no meio do decote que era o começo "delas", das "duas", do "par". Esse risco aparecia mesmo nas carnes velhas, rachadas, com manchas, cobertas de pó-de-arroz, cheirando forte, ele se dobrava curioso, olhando bem no meio, horrorizado, como se olha para um fundo sem fim. As bolas pulavam de um lado para o outro quando estavam meio soltas, mexiam muito e se sacudiam quando eram grandes, rolavam quase até a cintura. Pareciam às vezes uma bunda que havia mudado de lugar mas às vezes também as bolas que as mulheres carregavam de cada lado da bunda dentro da saia comportavam-se mexendo como se fossem as bolas de cima. Quando mme. Keneubert fazia "um, dôs, três", debruçada sobre ele, contando o número em tom baixo e suspirante, ele reparava que suas duas bolas tremiam e suspiravam junto. Quando um pouco do bico, bem no meio de cada bola, desenhava-se sob alguma blusa, mesmo de leve, era uma coisa que não devia acontecer, era feio. As bolas debaixo da roupa deviam aparecer na fazenda unidas e lisas, fechadas, sem bicos. Os bicos eram o sinal de que o que estava por baixo não era o que aparecia por cima. O risco no meio do decote, a certeza de que mais embaixo aquela massa que enchia a blusa das mulheres dividia-se em duas, e então, saber o que eram com certeza, não se sabia. Já a mama, a teta, era sempre uma só, zarolha, não tinha par, estava de um lado ou estava de outro, enorme, pesada. Ele sempre olhava com o canto dos olhos os outros que a olhavam. Estavam satisfeitos e orgulhosos, pela mama e pelo bebê, e nem um pouco envergonhados. Mas ele não cansava de se espantar: de como parecia ter pouco a ver aquela mama zarolha à vista de todos com aquelas outras duas fechadas no escuro, descobertas apenas por meio de um "fio" que um dia o levaria a elas; olhando sempre para o risco do decote um dia saberia.

O engenheiro estava se levantando da mesa, todos se levantavam, o engenheiro puxou a cadeira de Tante Chevassus para ajudá-la. Olímpia entrou novamente na sala para acabar de tirar a mesa, quis ser amável com a Tante, perguntou, acabou mesmo, dona Tante? Não quer mais um pouco de chá? eu trago outro quente. Mas tinha um rosto esquisito. Maria Antonieta puxou Cirino pelo braço e lhe perguntou baixinho se ele tinha reparado "na cara" da Olímpia. O menino entendeu "barriga", fingiu que não tinha ouvido, ela estava dizendo "de choro", ele fez, ah, espremeu um riso, cochichou com a prima, ela virou a cabeça para trás dando uma gargalhada, exibindo o pescoço branco e forte, o engenheiro olhou feio, mas não dava para segurar, os dois riam, riam, como se estivessem sacudidos por um terremoto, era impossível não pensar naquele barrigão com nariz, boca, olhos e choro, principalmente choro, muito choro. Mme. Keneubert cobrou do engenheiro a revista que tinha prometido, ele bateu com a mão na testa, subiu e desceu as escadas como um atleta, porém o seu rosto estava como o da filha, muito vermelho. Os meninos mais velhos, Gastão e

Miguel, foram para debaixo da jabuticabeira jogar batalha-naval. Urbino foi ler o jornal a um canto na saleta da vitrola e do rádio. (A saleta, a sala de estar e a sala de jantar comunicavam-se, e como todas as portas se abriam para a varanda, e o lado da sala de jantar que não se abria tinha amplas janelas, a idéia de que alguém ali por perto havia se colocado "a um canto", supondo com isso poder se dedicar a um retiro espiritual, ou a vigiar o comportamento do próprio processo digestivo, ou a se concentrar na leitura, no jogo, ou, ou, era muito relativa.) O engenheiro entregou a revista de capa verde a mme. Keneubert, veja, madame, é sobre o plebiscito que devolveu o Sarre aos alemães, a senhora ficou tão empolgada em janeiro, pensei que gostaria de ler o artigo, vai gostar, tenho certeza, descobri por acaso, é de dezembro, recebo tanta coisa, não tenho tempo de ler tudo, me escapou na ocasião, vai gostar, mas a revista é independente, publica de tudo, compreende, opiniões para todos os temperamentos. — Ela leu baixo, mesmo de pé, mexendo os lábios, aspirando levemente o ar como na ginástica respiratória: "No que respeita às nossas relações com a França, só está pendente uma questão, a qual bem poderia ser resolvida se a França o quisesse...". — Ela levantou os olhos. Tante Chevassus lhe sorria perto do piano preto de cauda, ao lado de uma das portas abertas que davam para a varanda, fez sinais que queria lhe dizer alguma coisa; mme. Keneubert respondeu com outro sinal, a mão direita espalmada empurrando o ar, indicando, espere, espere eu terminar; sorriu também. A Tante foi indo para a varanda, sentou-se numa das poltronas de vime e ficou olhando demoradamente a esplêndida magnólia na sua frente como se tivesse diante dos olhos algo remoto e ainda assim do qual se pensa com reverência, como um mamute. Mme. Keneubert continuou a leitura: "...o Conselho da Liga das Nações discutirá de novo este problema. Oxalá os membros do dito Conselho recordem que se trata do destino de oitocentos mil alemães... tem estendido à França uma mão amiga, que, desgraçadamente, foi sempre repelida... A voz do sangue que repetidas ocasiões nos tem provado... O Sarre, como a mãe pátria...". O artigo vinha assinado pelo general Hermann Wilhelm Goering, ministro da Prússia e ministro da Aviação do Reich.

(Vai se distrair com isso por um bom tempo, pensou o engenheiro.) Mas como poder atrai poder, título atrai título, mme. Keneubert ligou ao nome do general e ministro da Prússia, Hermann Goering, o do ministro da Polônia no Brasil, dr. Thadeu Grabowski. Voltou-se para o engenheiro que se preparava para deixar a sala e considerou balançando-se suavemente de lá para cá com o seu jeito misturado de quem valsa e de quem manda: Tem idéia se todo o corpo consular será representado na comemoração do casal Pingaud, doutor Alaor? — Oh, oh, suponho, madame. — E a colônia? conhece os nomes que irão? — Alguns, madame, os mesmos de sempre suponho, como sabe a colônia... — O engenheiro pediu licença, tinha de dar um pulinho no andar de cima para verificar um possível problema de infiltração no teto da sala de jantar. — Infiltração, engenheiro?

Cremilda estava na cozinha. Sacudiu novamente o ombro de Olímpia sentada meio de lado junto à mesa de mármore, a cabeça apoiada em uma das mãos, o cotovelo direito fincado entre os pratos de doces já prontos e enfeitados para o ajantarado. Resmungava e ajeitava a toda hora a barriga para que não roçasse no tampo da mesa. Augustina, a cozinheira, arruivada e grande, mais volumosa no avental armado, vigiava os doces. Cremilda voltou a insistir se ela não iria finalmente contar por que estava com aquela cara. Olímpia suspirou mas nada disse. Os olhos mostravam-se sombrios no rosto pálido. Na porta da cozinha a pajenzinha Rosa com Marito ao colo espiava curiosa. Augustina fez um gesto para ela andar e intimou: Ar puro para o menino, ar puro para o menino. Rosa sumiu no retângulo da porta. Olímpia continuou calada. Cremilda foi perdendo a paciência. A cozinha era grande e arejada, os azulejos brancos (da firma Pestana & Mattos Ltda.) chegavam quase ao teto, as cadeiras eram também brancas. De um lado a cozinha abria-se em arco para uma saleta com mesa coberta por linóleo de xadrez onde comiam os empregados e por vezes as crianças, dando para a despensa. Em algum lugar da despensa havia sido muito bem escondido o bolo de aniversário. A cozinha respirava o ar de festa que ainda não havia se espalhado para os outros cômodos da casa. As balas de coco, de leite, chocolate, ovos, estavam enroladas em papel de seda de várias cores, desfiado nas pontas, os olhos-de-sogra brilhavam pretos e amarelos na grande travessa, as mães-bentas embrulhadas em papel crepom cor-de-rosa empilhavam-se na salva de prata, os vinhos e os champanhes tinham sido retirados da despensa e enfileirados a um canto. O cheiro do assado que seria servido frio em fatias espalhava-se pela cozinha misturado ao de pãezinhos e doces. A um canto o grande caldeirão com a canja. A louça do almoço já estava quase toda lavada e em ordem. A grande cozinha branca colorida por toda aquela comida e bebida variada lembrava a animação a céu aberto de um acampamento onde a soldadesca invicta nos seus uniformes brilhantes aguarda o grande momento, nem inteiramente à vontade, nem inteiramente formada. Augustina respirava forte como um comandante impaciente para dar as primeiras ordens e tomar de assalto o campo adversário, o lado de lá, o lado da frente, o das salas, o da grande mesa oval que ficaria ainda maior aumentada por duas tábuas. Olímpia continuou calada. Augustina finalmente resolveu dar a pista, apontou com o queixo e um muxoxo de desprezo a mulher sentada: É o marido, o Tomé. — Que tem? — Não voltou. — Que tem? Só ficou de falar comigo no fim do dia, não gosto de empregado homem rondando perto da casa sem serviço certo, não tem nada para fazer aqui agora. Olímpia, por que esta cara, quer me dizer? — (Tomé cuidava do jardim, do cachorro, lavava o quintal e o Chevrolet pouco usado pelo engenheiro que preferia tomar táxis, tinha transformado a segunda garagem em uma pequena oficina, consertava coisas da casa.) Olímpia começou a resmungar lacrimosa: Ficou de voltar antes do meio-dia, saiu muito cedo, quando combina voltar, ou dá aviso ou volta, aconteceu alguma coisa, tenho certeza.

— Ciúmes do seu homem por causa da barriga — sentenciou Augustina. — Hum! Você está é nervosa por causa do seu estado — disse por fim Cremilda bondosamente, como sempre que o assunto girava em torno de bebês e mulheres prenhas. (Todavia algo no assunto deve tê-la contrariado porque o seu rosto endureceu.) — É isso, o estado — corroborou Augustina sempre vigiando os doces. O cotovelo de Olímpia quase tocava os ovos-moles; Augustina o empurrou de volta com firmeza. Olímpia começou a chorar livremente: A senhora sabe como são os homens, e depois a menina Maria Antonieta deixou-me nervosa hoje, ela sim, ai! foi de novo com Cirino para os fundos, para espiar a minha barriga que eu sei. — Oh, meu Deus do céu, vamos deixar essa barriga de lado de uma vez! — A mulher do engenheiro mostrava-se irritadíssima, a filha lhe pareceu idiota com aquela curiosidade descabida e Cirino, tão pequeno, o filho de seu próprio irmão Cássio, um fruto degenerado. Olhou por um tempo para os olhos-de-sogra dentro da travessa com os seus olhos rasos, fixos e perdidos. — Você não tem nada de estar se trocando de janela aberta, já lhe disse mil vezes (não lhe havia dito uma), minha casa é de respeito. — Olímpia sentiu a mudança de humor. Levantou-se custosamente. Sua testa estreita e pálida onde os cabelos escuros nasciam próximos às sobrancelhas estava franzida. Tinha presságios. As moscas aqui e ali apesar do inverno, sempre espantadas pela vigilância de Augustina, lhe pareciam minúsculas desgraças carregadas por asas. Saloias estúpidas, pensou Cremilda (esquecida do lado espanhol de Augustina). Ainda um dia vou começar a pegar pretas; Brasília, que menina esperta.

— Te espero lá fora — falou firme com voz de comando a pequena Maria Antonieta para Cirino. O menino foi para o banheiro ao lado da escada, perto do porta-chapéus e do armário de capas. Sentou-se na privada e ficou balançando as pernas algum tempo de lá para cá antes de se dedicar com empenho à tarefa determinada pela mãe, "convidar a natureza". Depois limpou-se com vontade mas continuou sentado na bacia. Olhou para baixo. O chão do banheiro tinha pastilhas iguais às que trazia no bolso. Tirou-as uma a uma e colocou-as em cima das outras, as cimentadas no chão, procurando repetir o desenho. Precisaria de mais pastilhas e com cores iguais às do chão para dar certo. De novo se recostou na bacia defronte à maçaneta da porta, de louça azul e branca e que ele até pouco tempo atrás havia amado com paixão (e que ainda amava...). Conhecia-a muito bem como conhecia tantas coisas que lhe caíam à altura dos olhos, um pouco mais para baixo, ou mais para cima, coisas que lhe permitiam um exame e uma reflexão demorados, existiam ao seu redor, abriam-se e fechavam-se em círculos conforme ele se movia, se voltava, inclinava o corpo para trás ou o jogava para a frente, se detinha. Ali permaneceu ligeiramente hipnotizado pela bola de louça branca e azul como tantas vezes diante da teta zarolha da tia, a mulher do engenheiro. Urbino na saleta da vitrola continuava com o jornal nas mãos. Ouvia as vozes da Tante e de mme. Keneubert na varanda. Corria os olhos sonolentos pelas páginas. Chamou-lhe a atenção a notícia de que o secretário-geral da Aliança Nacional Libertadora, Francisco Mangabeira, era comunista e milionário pois morava em um arranha-céu no Rio. Passou aos pequenos classificados, aos anúncios. Leu com indiferença que os "cigarros Pioneiros, redondos ou ovais", ofereciam embalagens populares e de luxo, numa "modesta homenagem da fábrica Veado". Sondou pensativo as possibilidades do anúncio que fazia a exortação tranqüilizadora (à cunhada Cremilda seria em vão): "Não se aflija! Pessários americanos velam pela senhora". Interessou-o por momentos a venda de um macaco domesticado, no largo São Bento, e se pôs a imaginar o que seria possível fazer com ele. A pequena Maria Antonieta e o macaco. A pequena Maria Antonieta e o macaco. Começou a cabecear.

— Tante Chevassus — estava dizendo mme. Keneubert com a condescendência que uma mulher resoluta e de opiniões definidas tem para com outra mais velha, mais feia e de nacionalidade duvidosa —, Tante, acho que a senhora devia esquecer essa pomada miraculosa Avé-Chevassus. Sei, sei, conheço a fama, mas nunca soube que ajudasse a desmanchar caroços. O engenheiro disse que agia mais como um alívio para queimaduras, alguns tipos de feridas, depois.. para que se obstinar se a fórmula se perdeu? — Perdão — interrompeu a Tante, pronunciando as palavras com o estranho trejeito eqüino dos seus lábios afunilados —, perdão, não vou desmentir Alaor, o pauvre chéri, mas ele conheceu *apenas* algumas das propriedades dela. — Tante, pense no anúncio que o engenheiro tem no escritório dentro da moldura, o recorte de jornal, lembra? A pomada era antes de tudo cicatrizante. — A senhora madame vem dizer a mim, Chevassus, a pomada o que era! — A Tante estava chocada. — Por que não faz massagens? — continuou mme. Keneubert. — Não estou oferecendo os meus serviços, não me leve a mal, mas é preciso massagem, muita massagem e exercícios contra esses caroços, essas dores; levo-a comigo um dia ao Clube Germânia. — Madame! — Não, não vai ser preciso pôr maiô se não quiser, nem calção de ginástica. — Tante Chevassus respirava com força dentro do mantô de *mélange*, afrontada com a impropriedade absoluta da frau-madame.

A maçaneta de louça diante dos olhos de Cirino não se mexia. Muito acima daquela bola ligeiramente achatada dos lados, de louça branca e azul, estava o mundo dos grandes, o mundo da cidade, o mundo do mundo — que corria acima da sua cabeça com barulhos ora alegres, ora ameaçadores, vozes gritadas ou sopradas para dentro, e que só um dia, do futuro, ele pôde conhecer, ainda que mal; saber do mundo à volta, do tamanho verdadeiro das coisas que moravam no mundo — de que falavam os cabeçalhos de jornal e a notícia que em muitos dias e noites os grandes disparavam entre si, carregando o ar acima da sua cabeça com o tiroteio de nomes e frases sem sentido claro. Existe no leito do mar uma parte mais elevada sobre o seu nível geral e que é chamada alto-fundo. Às vezes Cirino de seu ponto submerso de observação subia no alto-fundo e forcejava para ver claro o que se passava acima da linha do horizonte, bem acima das coisas que lhe caíam cotidianamente à volta, enchendo-lhe os olhos com a sua variedade: a tampa dourada do tinteiro de mármore verde do pai e que fechava fazendo clique, o pêndulo do relógio de parede, o buraco das fechaduras, o buraco e a trinca dos muros, a casca grossa de certas árvores que se arrancava facilmente com os dedos, as lágrimas de resina que outras árvores choravam como se guardassem dentro do tronco um Cristo Emparedado; o entrepernas de muitos homens onde Cirino descobria a sombra de um membro movediço, um membro que andava, mexia-se e mudava de lugar como certas lagartas de verão, diferente do seu próprio negócio, e cuja forma projetada na calça o perturbava como as bolas escondidas no peito das mulheres. E mesmo que algum dos grandes porventura tirasse para fora da braguilha o seu, como algumas vezes vira fazer o Tomé da Olímpia, esguichando o seu pipi amarelo espumejante (certa ocasião bem em cima, de propósito, de uma das tartarugas que caminhavam silencio-

33

sas sob a hera do jardim da casa do tio, apontavam aqui e ali na verdura, vinham, sumiam, reapareciam depois de meses, anos), mesmo assim a curiosidade permanecia. O Tomé tinha a sua vara de homem, grande também ela, mas a vara não explicava sobre as outras da mesma espécie que, escondidas na fazenda da calça, estufavam o tecido produzindo entre as pernas um "inchado". O que era aquele inchado? O seu próprio negócio às vezes ficava mais duro, cheio do pipi e dos sonhos coceguentos da noite, mas ele não conseguia *fazer* aquilo, *ser* aquilo. Gastão e Miguel, quando não jogavam batalha-naval ou brigavam, riam de qualquer coisa pelos cantos, mas lhe viravam as costas quando ele estava por perto; na certa falavam do inchado.

Tal qual o mar, a existência de Cirino tinha dois lados: o de baixo e o de cima. O lado de baixo onde a luz e o som moviam-se divididos e unidos como peixes de um cardume. E o lado de cima onde passavam as cabeças dos grandes, orgulhosas e inacessíveis como grandes navios iluminados, onde as cabeças conversavam entre si muito acima da linha da água, as cabeças batiam e se tocavam umas nas outras na conversa produzindo um som igual ao das breves chicotadas do vento forte de mar alto nas bandeiras dos navios — traziam informações de fora, batiam de lá para cá conversando, lept, lept. Porém abaixo da maçaneta branca e azul que o hipnotizava lentamente sempre que se sentava na bacia da privada daquele banheiro para convidar, seguindo a explícita orientação da mãe, a natureza, ele exercitava a inteligência a seu modo (não sabia então que era a inteligência) como se amassasse areia grossa molhada; amassava o que via próximo ao rosto, era ainda uma coisa mole-dura, ou simplesmente macia, quase sem nome, que ele tocava de muito perto para entender. O lado de cima era o do dia 14 de julho de 1935, o lado de São Paulo e da casa do engenheiro Alaor Pestana.

A casa estava cercada pela cidade. A cidade tinha planos para aquele dia. A casa estava quieta e de certa forma tranquila, também alvoroçada de certa forma. Cada uma à sua maneira preparando ou esperando alguma coisa. A cidade à volta da casa.

O aniversário da Revolução Francesa não seria comemorado em São Paulo apenas pelo cônsul Pingaud e pelo engenheiro Alaor Pestana, que também comemorava o seu (a feliz coincidência não deixava de lisonjeá-lo por uma certa tendência a encará-la indulgentemente "um pouco" como desígnio da História); não. Havia ainda a disputa esportiva Prova 14 de Julho promovida pelo C. A. Curtume Franco-Brasileiro em que estaria correndo pela agremiação o já clássico campeão Alfredo Carletti e pelo A. A. Bom Retiro, o mais perigoso concorrente de Carletti, Antônio Alves. E na casa de diversões onde aconteciam torneios e encontros de patinação, o Rink São Paulo, na rua Martinho Prado, tinha sido marcada uma manifestação para as quinze horas, nada mais nada menos que pela Aliança Nacional Libertadora, aquele "antro de comunistas" ou aquele "estuário de democratas", conforme o cidadão que lhe botasse os olhos em cima. A Aliança contudo alguns dias antes, na quinta-feira, tinha tido fechadas suas sedes em todo o Brasil com base na Lei de Segurança Nacional promulgada em abril. E exatamente no dia anterior, 13, o dr. Getúlio Vargas, presidente constitucional e indireto da República desde julho de 1934, decidira fechar mediante decreto, por seis meses, o partido, enquanto aguardava o processo regular do seu cancelamento. Assim, enquanto a recepção do cônsul, o ajantarado do engenheiro e a prova de corrida do curtume não tinham motivo para não serem propagados tranqüilamente de boca em boca (sem falar de convites e anúncios) — a comemoração do Rink São Paulo difundia-se obliquamente carregando uma contradição de fundo, já que a notícia devia espalhar-se profusamente por São Paulo e ainda assim não alcançar os lados errados. Pois o amplo movimento da Aliança que com poucos meses de existência crescera e pipocara espantosamente por todo o Brasil, iria agora no Catorze de Julho comemorá-lo ruidosamente mas de dentro da clandestinidade. Pretendia fazer chegar a sua palavra aos numerosos (a população da cidade!) e ainda assim não a deixar de antemão cair em ouvidos indesejáveis.

    Seja como for, a comemoração programada para o Rink São Paulo não havia ainda transparecido em certos meios. Ia a tarde avançando quando chegou à casa do engenheiro, subindo com agilidade os degraus íngremes da escada de acesso ao jardim, pelo portão da frente, o engenheiro de minas, Domício Pereira Mattos, o Mattos da firma Pestana & Mattos Ltda. e autor do nome "Crepúsculo" para certa sobremesa de calda e creme. Deslocava-se com rapidez, as pernas curtas e fortes sustentando com graça o tronco atarracado. Viúvo de muitos anos, trazia pela mão Elvira, a filha quase moça, na outra um presente para o engenheiro: uma gravata com as cores azul, vermelha e branca, quero ver você esta noite com a bandeira da França embrulhada no pescoço, meu caro Alaor! No bolso guardava um punhado de mica para divertir a pequena Maria Antonieta e procurar mais uma vez sensibilizar os dois sócios para um novo negócio de comercialização do mineral. E se nada tinha a dizer porque nada ouvira sobre a comemoração do Rink São Paulo, trazia contudo novos detalhes sobre a recepção do casal Pingaud para o Catorze de Julho: podia informar de fonte limpa que nela também estaria presente o comandante da 2ª Região Militar e Força Pública do Estado.

Maria Antonieta se ergueu de um pulo do meio da hera onde estava afundada com Cirino à espreita para verem os dois qual seria a primeira visita a chegar para o ajantarado. A tarde de inverno descia escurecendo ainda mais aquele recanto que se parecia com uma floresta, um pedaço de mato. A saia azul da menina boiou à roda na verdura como uma vitória-régia num lago verde anoitecendo. Cumprimentou com graça e compostura Elvira, mas Jalne que estava junto na hera veio agitando suas orelhas crespas e louras como se fosse uma outra cabeça rolante de Maria Antonieta e deu uma lambida indecente na perna de Elvira festejada por muitos latidos. O engenheiro soltou um berro seguido por uma ordem mas sua atenção estava em outra parte — quem berrava e ordenava por sua boca era o comandante da 2ª Região Militar e Força Pública do Estado, àquela hora provavelmente escovando as caspas da sua farda para a recepção do cônsul — se é que já não estivesse chegando lá!

Com um pacotinho de mica na mão entregue displicentemente por Maria Antonieta, e sozinho já que os outros se afastavam falando entre si, Cirino embrenhou-se de novo pela hera. Fechou os olhos e viu as flores brancas da magnólia no outro lado, e que só floresciam no fim do inverno, às vezes em setembro, caírem grandes e solitárias, separadamente, tão separadas como nasciam nos galhos, uma a uma, sobre a casa e o jardim. Estendeu-se naquele escuro que esfriava, logo chegaria Brasília para ajudar no ajantarado e ele conversaria com a moleca, mostraria a ela o punhado de mica e ela lhe falaria uma vez mais na sua mãe-menina da Bahia e na Pedra da Ladainha que faiscava ao sol.

Tante Chevassus alisou a muda de cama no divã do quarto de costura que aquela noite seria o seu quarto. Fechou o vidro de cânfora esquecido em cima de uma mesinha ao lado do divã, possivelmente por Cremilda na sessão de massagem. Com os dois botões dos ouvidos bem acesos dentro das orelhas compridas acompanhando o feitio do rosto eqüino e empoado, prestava atenção nos ruídos da casa, os de baixo, do andar, do jardim. Espiou pela janela e lá embaixo no Quadrado Urbino jogava peteca com Gastão e Miguel. Maria Antonieta veio vindo com Elvira. A peteca foi deixada de lado. Urbino fez um estardalhaço: abraçou, beijou e sacudiu Elvira. Tante Chevassus do seu posto de observação notou que ele abraçava muito a filha do sócio dele e de Alaor. Que a aproximava, depois a afastava de si para ver bem como estava. Estava uma mulher. Tante Chevassus também notou isso. Domício Pereira Mattos e Alaor caminhando mais atrás dobraram um ângulo da casa e apareceram. Vinham chamar Urbino para uma conversa sobre mica. Ele está jogando peteca com a gente no Quadrado, esclareceu Gastão. Miguel foi mais preciso: Acabou de chegar ao Quadrado e não vai. Pereira Mattos comentou com fingido horror que pouco tinha a esperar de dois filhos de um engenheiro que chamavam um retângulo de quadrado. O número de vezes que o Pereira Mattos havia feito aquela observação perdia-se nos tempos. Maria Antonieta sorriu e piscou para Elvira. Mas ela não respondeu. Com os cabelos castanhos cacheados e lustrosos despenteados, a faixa rosa do vestido um pouco torta, estava ali imóvel como no jogo de estátua, tocada pelo ar de prata da tarde.

A Tante voltou-se para dentro do quarto. Colocou com cuidado o pequeno chapéu cinzento de pluma branca em cima do móvel da máquina Singer de Cremilda, o mantô de *mélange* ao lado, e continuou a arrumação. Abriu um gavetão e tirou para si mais dois cobertores e um edredom, estendendo-os no divã e arrematando-os com uma dobra caprichada. Depois começou a mexer nos outros gavetões, os das fantasias. Tirou para fora duas fantasias de pierrô, duas de pirata, de holandesa, tirolesa, alsaciana, remexeu nas fitas, veludos e retalhos. O quarto foi tomado por um cheiro enjoado de sachê e naftalina misturado ao da cânfora. No último gavetão achava-se o traje de melindrosa de Cremilda, de lamê com vidrilhos, que ela havia usado antes de ficar esperando o Marito; fazia tempo, pensou a Tante. Estava separado por folhas de papel de seda da fantasia que a pequena Maria Antonieta havia usado no Carnaval de 1933 e que era justamente de Maria Antonieta. (No último Carnaval a menina se havia fantasiado de cigana por escolha própria, onde andaria a roupa? Tante Chevassus achou que havia sido desmanchada.) A Tante abanou a cabeça pensativamente diante do traje perfeito para uma rainha de França em miniatura; a menina tinha o "tipo" mas não tinha a "alma"; não tinha nem um pouquinho a "alma". Arrumou as coisas de volta, trancou a porta do quarto e destrancou com uma chavinha de prata que trazia no pescoço pendurada a uma corrente um livro encadernado de camurça bege e que tinha na capa em letras douradas: *Meditações e pensamentos*. Arrancou os sapatos, recostou-se no divã entre os cobertores e o edredom, fazendo o possível para não ter volume, fingindo ser, ela também, uma fina folha de papel de linho entrando graciosamente no envelope, depois com a caneta-tinteiro folheada a ouro começou a escrever como sempre começava, dirigindo-se à amiga defunta, Amélie:

"Chère Amélie,

Faz frio nessa casa tão grande com tantas portas e janelas e sempre gente saindo, entrando e espionando. O pauvre Alaor não consegue ter a casa em ordem. Tem lá suas pretensões, isso sei eu, mas o que adianta com uma mulher que não ajuda? Cremilda é do tipo que vai atravessar a vida botando criança naquele berço horrível de vime, ouça o que eu digo! Ainda vai acabar como d. Joaninha Arruda que pariu vinte vezes e não morreu de parto. Verdade que no fim da vida estava lá embaixo com tudo escancarado como porta de igreja em dia santo mas morreu de outra coisa, de doença de cima, bolha de sangue rebentada na cabeça, e quase com noventa. Deus disse crescei e multiplicai-vos mas só brasileiro leva Deus ao pé da letra. São uns atrasados Alaor e Cremilda, uns relaxados. Essa casa por exemplo deveria ter um quarto de hóspedes. Mas quem vem se hospeda junto das crianças, no quarto de vestir de Alaor e Cremilda, no escritório de Alaor, ou aqui nessa confusão. Isso é que dá ter comprado uma casa já pronta. Por que não construir uma em vez de reformar? Bem diz o ditado: em casa de ferreiro espeto de pau. Teria saído uma coisa decente como já construiu tantas por aí, no Jardim América, no Pacaembu, apesar de que o que dá dinheiro mesmo para ele são as pastilhas, os azulejos, as invenções do dr. Domício Pereira Mattos com suas lavras e jazidas, seus títulos de propriedade, suas ações da Paulista. Está podre de rico o dr. Pereira Mattos. Fartura existe na casa, mas para quê? O que adianta uma mulher bonita, honesta, mas sempre cheirando a cabra? O Marito vai fazer oito meses e ela continua lhe dando de mamar, vai continuar e ainda por cima toma diariamente uma colher do tônico das mães, o Galatofaro do Laboratório Camargo Mendes; dizem que tira leite até de uma tábua de passar ferro, calcule do peito de Cremilda então. Justiça lhe seja feita; nasceu mesmo para parir e amamentar. Fez uma parada depois de Maria Antonieta, pensei que tivesse encerrado a questão, mas qual o quê! Recomeçou com o Marito e meu receio é que agora não pare tão cedo. É tão mais moça que Alaor! Mas são uns egoístas, só pensam no mundinho deles, nos filhos, nos amigos, nas galinhas, no cachorro, nas pastilhas. Você acha que pensam em mim? Garanto a você que se importam mais com os de fora, a massagista já estava aqui lambendo os beiços pelo almoço que filou, quando cheguei, uma alemanzona muito convencida, queria me dar lições sobre a Pomada Miraculosa Avé-Chevassus, veja se tem cabimento. E indecente. Sinto no ar que apesar dos cabelos riscados de branco tem coisa com homem até hoje, tive certeza no almoço quando conversávamos; cheira a homem. Isso é bem costume de alemã, massagista e ainda por cima nadadora. Queria que eu fosse com ela para o clube por causa daqueles problemas de saúde de que eu sempre estou me queixando. Imagino o nível. Já passou da idade de ter filho na certa, mas ainda não apagou o fogo. E o que estou eu fazendo hoje nessa casa, chérie, entre uma mulher jovem que cheira a cabra e uma mulher velha que cheira a homem? Mas os homens gostam mesmo é de fazer filhos nas mulheres, veja o caso de d. Joaninha Arruda, dizem que o marido vivia cantando entre um parto e outro, e durante, as operetas que tanto apreciava como o *Conde de Luxemburgo*. Já o dr. Cássio Botelho, irmão de Cremilda, o pai daquele infusório do Cirino, acho que segura a porteira porque tem dois anjinhos depois do menino, o que deixou marido e mulher tão acabrunhados que não querem mais saber de filho. A mulher também custou a se recuperar do último, quase morreu de parto na ocasião. Mas os homens são o que são, com suas mulheres ou com outras. Daqui de cima vi bem como o Urbino apertou aquele frangote do dr. Pereira Mattos, e quem não andará apertando o próprio dr. Pereira Mattos? Não me admira se terminar o dia beliscando a cozinheira. Não sei, chérie, mas nossa amizade foi uma coisa muito bonita, muito perfumada para os anjos não dizerem amém. Não tinha homem no meio para virar pecado, e nem apertão. Amizade de mulher é tão leve, uma cócega do céu. Nasce até dentro dos conventos nos lugares mais santos, lembra como em Marseille na última viagem colecionávamos casos iguais aos nossos? Daquelas abadessas do passado? Só tinha pecado se o demônio se escondia dentro de uma delas — e o demônio é filho do homem, ou pai, pode ser, não sei, como nos contaram de uma certa mère Josephe que espumava com os panos do hábito descompostos, lembra, chérie? Só uma mulher compreende outra mulher como você sempre compreendeu tão bem a tua Jeanne."

Tante Chevassus releu o que havia escrito e como sempre se aborreceu um pouco porque nunca tinha certeza se o que punha no papel vinham a ser mesmo meditações e pensamentos. Lembrou-se de Pascal naquela encadernação de percalina lilá com arabescos em relevo e ficou mais aborrecida. Acrescentou: "Meus pensamentos vão sempre para você, todas as minhas meditações são dirigidas a você, saem diretamente do meu coração". Costumava dizer que no tempo de Amélie chegava a pensar freqüentemente em francês, principalmente o que lhe saía "diretamente do coração"; mas o que lhe saía diretamente do coração tinha caminhos muito seus para se manifestar, uma língua própria que não cabia nem à força no seu francês; saía como certas águas de enxurrada que não obedecem às canaletas, teria provavelmente dito o engenheiro (não o civil, o de minas, o Pereira Mattos) se um dia lhe surgisse a oportunidade de deitar os olhos no estilo epistolar do caderno bege. A Tante olhou as horas no reloginho de pulso e ficou desapontada; o relógio estava parado no meio-dia. Deu-lhe corda e umas sacudidelas sem nenhum resultado prático. Puxou um pouco mais o edredom e fechou os olhos.

Uma dessas nuvenzinhas de nada que no inverno ao cobrirem o sol esfriam tudo à volta afastou-se para um canto do céu e uma faísca brilhante e tardia de luz atingiu em cheio o jardim e iluminou os cômodos. A relojoaria da casa acelerou-se — houve dentro e fora uma agitação, um impulso caloroso dirigido à noite próxima, de festa, uma saudade antecipada pelo dia se afastando.

Brasília, depois de ter rodado por todo canto, chegou àquela parte do jardim perto do portão da frente onde, afundado no meio da hera, Cirino, como as tartarugas que por vezes ali paravam, misturava-se aos castanhos e aos verdes da vegetação. Trazia-lhe a malha por ordem da mulher do engenheiro e passou-lhe uma descompostura, onde se viu àquela hora da tarde estar ali daquele jeito, dali a pouco os pais chegariam e ele ia ver. Levou-o para a saleta ao lado da cozinha e lhe apresentou um copo de leite quente. Cirino mostrou à mulata o punhado de mica mas não lhe aplacou a indignação. Depois espalhou no linóleo de xadrez da mesa algumas pastilhas tiradas do outro bolso e ficou de cabeça baixa empurrando as pastilhas de lá para cá com o indicador. Entre um movimento e outro do dedo dava um gole.

A cozinha regurgitava de ruídos, cheiros e vapores derramando-se generosamente para a saleta pela passagem em arco como a massa de um imenso e saboroso bolo crescendo no calor do forno para fora das suas fronteiras. Brasília impacientou-se; falou alto perto do ouvido de Cirino: Bebe, bebe de uma vez esse leite que eu te conto uma coisa que ouvi quando vinha para cá. — O quê? — Bebe, bebe de uma vez, anda. — Onde, o que era? — Brasília então lhe contou que quando atravessava a avenida Angélica tinha ouvido de um grupo esperando o bonde que os guardas-civis estavam espantando zebus no centro da cidade. O dr. Domício Pereira Mattos passando por ali em direção à cozinha com suas perninhas ligeiras sustentando com galhardia o tronco atarracado, parou e corrigiu: Minha filha, você ouviu mal. Na certa seriam arruaceiros, agitadores. — Zebus, doutor. — Estou lhe dizendo, mocinha, não me contradiga, você ouviu errado; nasceu em São Paulo? — Não senhor. — Era o que eu pensava. — Fui batizada numa capela perto de Caporanga, mas morava atrás da Pedra da Ladainha. — E onde fica tudo isso? — Meu pai trabalhava na pedreira; ele abria o túnel da estrada Minas-Bahia. Um dia meu pai foi com um colega ver na pedreira por que não tinha sido estourada a dinamite, aí a dinamite estourou e ele morreu. — Ah... lá você devia ver muito boi, não é mesmo? — Não me lembro de ter visto muito. — Urbino passou pela saleta e mexeu no pixaim de Brasília. — É muito teimosa; por isso foi parar no Juizado. O juiz de menores tirou você de lá porque era muito esperta e limpa, não sabia que era também cabeça-dura, senão não tirava. — No Juizado? Sua mãe então também morreu? — perguntou o Pereira Mattos com a mesma cara compungida que fazia quando conversava com algum concorrente dos seus negócios (talvez não por ser indiferente à desdita alheia, mas por ter um estoque reduzido de caras). — Não sei não senhor. Quando vim trazida para servir de criada aqui minha mãe era muito novinha e ficou lá. Quando casou com meu pai tinha treze anos e ele trinta. Cheguei pequena, do tamanho aí do Cirino. Fui um dia para Santos emprestada para uma amiga de dona Alzira, a que tinha me trazido; elas brigaram porque dona Clementina, a que tinha me levado para Santos, não quis me devolver na volta e nunca mais vi dona Alzira nem sei onde mora, mas acho que tinha o endereço de minha mãe. — Uma vez peguei uma gripe muito forte na casa de dona Clementina e ela resolveu que como não tinha quem cuidasse bem de mim era melhor eu ir para o Juizado; me botou e eu fiquei. — Que história triste, minha filha, e o Pereira Mattos abanou a cabeça. Brasília não se abalou e continuou com sua história predileta: Um dia, como dona Mercedes estava precisando de criada, o doutor Menezes que era o juiz me tirou e quando me entregou para os meus patrões disse que era uma pena uma menina como eu de tanta serventia ficar misturada com as outras. — Hum, hum, duvidou Urbino rindo, é verdade, Cirino, tudo isso que está dizendo a sua pajem? — Seu Urbino, o senhor não vê que o Cirino não tinha entendimento naquele tempo para saber das coisas? — Não é minha pajem, informou Cirino, ela varre e ela arruma, me busca e me leva, só. Não é minha pajem. — Não sou sua pajem! Esse menino é um exagerado para mentira! Daqui a pouco vai dizer que não me conhece, nunca me viu antes na vida. Sou sua pajem sim, tão certo como ter escutado que tem zebus na cidade. Quero cair morta por um raio se estou mentindo. — Escute aqui, minha filha, voltou-se o dr. Pereira Mattos, você para continuar a ser protegida do doutor Cássio e de dona Mercedes tem que saber quando diz uma bobagem. A guarda civil não é composta de tropeiros nem a cidade de São Paulo é pastagem para boi. A guarda deve estar espantando agitadores, hoje é 14 de julho, pretexto para agitação na cidade. Cirino, você sabe a importância da data? — É o aniversário do tio Alaor, respondeu Cirino com voz sumida. — E-da-França, cantarolou Urbino. — Bebe o leite, menino. Brasília lhe chegou o leite quase no nariz. — Bebe o leite, menino, repetiu o Pereira Mattos. Agora, minha filha, como é mesmo o seu nominho? — É Brasília. — Brasília, você vai acabar com essa conversa fiada de zebus, me faz o favor, não deve ficar inventando lorotas para o menino beber o leite. — Eu não inventei nada; só escutei; no tempo do doutor Pedro de Toledo eu escutava muitas coisas da Revolução na rua e vinha contar para os meus patrões. Quando o doutor Pedro de Toledo telegrafou para o doutor Getúlio explicando as coisas como estavam aqui com os paulistas e no dia seguinte disse que não ia ser mais chefe de São Paulo mas no outro dia foi ser de novo, eu escutava sobre o assunto e vinha contar; antes de sair no rádio! — Mil novecentos e trinta e dois! Senhora dona Brasília, a Revolução de 32 teve uma grandeza, uma nobreza que mesmo uma mocinha esperta como a senhora não poderia entender, muito menos batendo perna na rua o dia inteiro. — Uai, a Revolução então não acontecia na rua? — Brasília, disse Urbino, mostre respeito para o que o doutor Mattos está lhe dizendo. — Mas escutei sobre os zebus! — O que você escutou então, mocinha teimosa, insistiu o Pereira Mattos, foi na certa força de expressão, quer dizer, eles podiam ter falado zebus, mas queriam dizer arruaceiros. — Um homem do grupo, esclareceu Brasília, disse que eram zebus por causa da corcova; arruaceiros têm corcova? — Chega, Brasília! ordenou Urbino, vou contar para a sua patroa como você anda exibida; venha, Mattos, provar o ponche da Cremilda. — Ah! um ponchezinho com o frio da tarde descendo... — Os zebus vêm para cá?, perguntou Cirino. — Quem sabe! Espera só para ver, meu moleza, murmurou Brasília gingando o corpo com as mãos na cintura. — Conta da Pedra da Ladainha, pediu Cirino. Mas Brasília já não estava a seu lado e seu nome era ouvido longe, na outra extremidade da cozinha.

O CAMINHO DOS BOIS

Os zebus haviam chegado de Mato Grosso. Teriam marchado quilômetros e quilômetros antes de alcançar o local do embarque, armados para as longas marchas com suas pernas mais compridas que a dos outros bois, seu passo muito especial, colocando a pata de trás na frente da pegada da pata dianteira para chamar a velocidade nos cascos. Vindos dos cerrados ou dos campos limpos mais ao sul, teriam embarcado em Porto Esperança, Aquidauana, Campo Grande; teriam talvez patinhado, ou mesmo caído, na lama das cheias daquele inverno em que as águas do rio Paraguai alcançavam os trilhos nas proximidades da parada, fim do caminho do trem e o ponto mais baixo da linha — se no local pudessem ter embarcado, em Porto Esperança. Criados nos pastos-de-mato comuns à região, ou nos pastos quase naturais, de capim-colonião, pangola, eles, como a própria forragem que os cascos pisoteavam mas os focinhos sopravam mornamente e levavam consigo, haviam um dia ali sido deixados para crescer sem qualquer embaraço, debaixo do céu dos campeiros. Por causa da pele quase sempre muito escura ou preta, mesmo com pelagem clara, não precisavam das sombras da vegetação baixa para honrar o descanso. De sol a sol, o calor deles se afastava, evaporava e se perdia ao largo, naquelas regiões de clima de savana, familiar à memória dos rebanhos indianos de que eram parte. E assim, logo se achavam prontos para mudar, de território e de situação.

Trezentos e cinquenta zebus dentro dos vagões-gaiolas da Noroeste do Brasil deslocando-se tão rapidamente como se fossem passageiros sentados na primeira classe, perto das janelas; mas trazidos de pé, o que, na linguagem dos relatórios das companhias, sempre disse muito: não abatidos, vivos. De pé e dispostos de lado no vagão, os focinhos para a paisagem correndo entre as frestas da madeira ou ferro, sem precisarem virar o pescoço na sua direção como os passageiros torcendo os seus para olhar pelas janelas. Vindos como carga diferente, bovina, despachada com rapidez, nada das composições pinga-pinga, que vão e não vão, parando aqui e ali, descarregando arroz, café, sal. Levados depressa para não morrer pelo caminho; para não pegar doença; para cheirar menos tempo; porque tudo os assusta. Uma brasa, uma faísca da locomotiva caída dentro do vagão, e pode ser um tumulto de descarrilhar o trem. Iriam então mugir no seu jeito rouco, engasgado, soltar aquele esquisito ruído, a sua meia tosse, talvez de desespero. (Um passageiro tosse lá no seu canto perto da janela; e não se pergunta se sofre.) Não deviam cair, escorregar — de pé e de lado, sempre, os cascos seguros pelos quadrados de sarrafos presos ao chão. Nas estações os pinantes os iriam lavando e dando de beber, muitas vezes sem o trem parar, só diminuindo a velocidade para a água poder ser esguichada. Muita gente trabalhando no caminho dos zebus por dentro de Mato Grosso e de São Paulo, rodando junto com o material rodante da ferrovia, ou ficando pelas estradas: maquinistas, chefes de estação, telegrafistas, guarda-portas, guarda-porteiras, aguadeiros, cavouqueiros. Os trilhos por baixo dos vagões, abrindo-se como rios de ferro e madeira e seus afluentes: com as linhas-tronco, os ramais, as bitolas largas, estreitas, os desvios iguais a fios de água secando, as linhas sumindo adiante num matadouro, numa fazenda, dando nome a lugar como a Estação do Desvio, que fez nascer ao redor, em 1921, um povoado; desviando-se para atender os poderosos; esse e aquele. Ou o desvio que nascia de surpresa no calor do momento. Assim havia sido com o Desvio Bandeirantes da Estação Barra Funda que ia dar no Departamento de Mineração e Metalurgia, criado por decreto na Revolução de 1932. No despacho de donativos de metais e ferro velho para o departamento, quando se tratasse de vagão completo, deveria nele ser dada a direção: Desvio Bandeirantes Barra Funda. E desvios onde o trem aguarda para entrar em sentido contrário nas linhas sem dupla mão, merecedoras do nome que trazem, "singelas", como cursos de água que freqüentassem o mesmo leito mas correndo em direções opostas e tempos diferentes. Seriam trezentos e cinqüenta zebus saindo de Mato Grosso por Três Lagoas, alcançando as barrancas do rio Paraná e atravessando suas águas pela ponte que naquele ano de 1935 fazia nove anos de inaugurada, a ponte Francisco de Sá, "verdadeira obra de arte", projetada e realizada exclusivamente por "engenheiros brasileiros", razão de os vagões já não cruzarem o rio nas grandes chatas comboiadas pelos dois rebocadores, o *Conde de Frontin* e o *Marechal Hermes*, como antes faziam, irradiando calor ao passar lentamente sobre a esplanada de água do rio, para o outro lado, o lado de São Paulo. A lembrança das inaugurações e dos homens públicos deslocando-se também e perdendo-se na irradiação do tempo e do calor, no movimento lerdo das grandes chatas sobre o rio Paraná, ou no débil reflexo dos arcos da ponte nas suas águas.

Teriam passado rapidamente pelas estações das localidades tantas vezes desmembradas umas das outras, reaparecendo nos novos nomes, quantas nascidas com a própria Noroeste. Talvez teriam os zebus berrado o seu berro estrangulado na garganta, a sua esquisita e triste tossida animal, em São João da Saudade; ganhado farelo, sal, feno, em Araçatuba, Glicério, Avanhandava, Promissão — aguadeiros teriam acenado para o trem em Avaí, teriam chegado finalmente a Bauru, um dia chamada a Porta do Sertão, para o transbordo; intactos, de pé, isto é, vivos.

Na estreita e comprida estação de madeira de Bauru teriam sido embarcados na composição da Paulista e levados pelo seu ramal de Jaú, que sai de Itirapina, cruzando o rio Tietê. Em Itirapina iriam pela linha-tronco ao ponto final da companhia, em Jundiaí, para serem finalmente desembarcados em São Paulo — por ordem da firma Olinto Simonini, estabelecida na cidade e com matadouro em Santo Amaro — na estação do Ipiranga.

Não é certo que tivessem chegado já com o peso do abate, engordados talvez no caminho em alguma localidade de bom pasto, nas invernadas; talvez próximo ao matadouro da firma existisse pasto para engorda e portanto teriam de fato chegado magros como usualmente chegavam as boiadas de Mato Grosso; quem sabe se até famélicos, de qualquer forma alertas, escondendo a faísca da atenção atrás de seus mistificadores olhos zebuínos, fingidamente sonolentos. Teria sido na verdade difícil para um paulistano qualquer que nada entendesse de bois e de boiadas, por exemplo um incerto e pouco provável (mas... quem sabe?) bancário do Royal Bank of Canada, entorpecido pelo domingo dentro do seu jaleco escuro e que, casualmente àquela hora na estação do Ipiranga, inexplicavelmente afastado da ala de passageiros, desatando os olhos do jornal ou das suas preocupações para erguê-los na direção da manada desembarcando — se dispor a fazer conjeturas a respeito do peso e do estado de vigilância dos animais.

Teria esse ou qualquer outro transeunte opinado depois, sobre o caso, se perguntado, que "boi gordo não se afoba"; com a segurança tranqüila nascida do pouco conhecimento. Mas, mesmo os conhecedores, o que sabem no fundo? A respeito de boi, um tropeiro, um fazendeiro, um verdadeiro criador, mesmo um zebueiro do Triângulo Mineiro, conhecem muito, mas não conhecem tudo. Como se dá com o homem, sempre resta uma volta no caminho para se chegar ao boi "tal como ele é". A região impalpável do boi, a *alma* do boi, lá está a partir de um delicado e instável ponto de equilíbrio que se situa não se sabe exatamente onde ainda que esse desconhecido ponto reflita o boi em todas as suas partes. Nem o matadouro na hora do abate o revela, e os pedaços do animal esquartejado chegam aos açougues na verdade de posse de outros atributos espirituais que não os seus; reaparecerão em douradas e trêmulas porções de geléia de mocotó, em perfumadas carnes nobres servidas em banquetes e jantares (ou mesmo em ajantarados) para o aperfeiçoamento do congraçamento social humano. Porém para o zebu poderia situar-se, o ignorado ponto, na corcova, no *cupim* (como dizem do homem estar sua *alma* no coração), tesouro de grandes reservas nutritivas; sem esquecer que valiosos tesouros espirituais das civilizações são encontrados também onde se acham armazenadas suas gorduras ou reservas nutritivas, suas riquezas palpáveis.

Os zebus, que em 1935 partiam regularmente de Mato Grosso para serem abatidos em São Paulo, eram os descendentes daqueles que na segunda metade do século XIX realizavam o percurso contrário e, do litoral, alcançavam o planalto dirigindo-se a Mato Grosso e outras regiões. Seguiram-se a eles os mascates de gado que em longas caminhadas iam oferecendo aqui e ali exemplares do gado indiano para reprodução. Mas antes, antes ainda, vieram os outros, os primeiros bois chegados com os primeiros tempos; os bois europeus que abriram o caminho das boiadas vindas nos anos seguintes. De São Vicente os primeiros bois romperam os caminhos até Mato Grosso e Goiás ou, para o Sul, até o Paraná e Santa Catarina; eram os bois europeus que ficaram conhecidos simplesmente como "bois", os que ajudaram a formar localidades; no lugar dos antigos currais com o passar dos anos surgiram povoados, vilas, cabeças de comarca e finalmente cidades. Depois, dos embates com a paisagem e o tempo, meio ao acaso pela mão dos criadores, apareceram as espécies brasileiras, formadas do cruzamento das variedades européias. Já os zebus, quando cruzados com os bois europeus ou seus filhos (seria o caso daqueles chegados de Mato Grosso para serem abatidos em São Paulo), continuavam zebus; iguais a dunas ao longe subindo e descendo no movimento da manada, as corcovas umas depois das outras na linha das estradas boiadeiras, mantinham a diferença que os marcava; mestiços mas zebus sempre. Criaram-se às soltas e quando no começo do século a Noroeste por sua vez chegou — e eles mesmos passaram a ser introduzidos em maior número no país — encontraram-se também no modo de ser; a construção da ferrovia avançando por áreas despovoadas e os zebus crescendo nas pastagens ralas, desprovidas de uma vegetação mais rica e verde.

A Noroeste começava em Bauru e Bauru começou a crescer com a Noroeste.

Mas não apenas os homens negros, brancos e mulatos — os desmatadores e os que fizeram a ferrovia —, não apenas os homens índios, os caingangues que foram empurrados para longe do caminho do trem (ou coroados como então eram chamados pela sua semelhança — apontada sem malícia por aqueles que faziam de mente aberta a leitura da mata — no corte do cabelo em coroa, como a tonsura dos frades capuchinhos), não apenas os zebus e os zebueiros que iam e vinham pelo sertão da Noroeste, estão na crônica de Bauru, um dia pequena vila, parte de São Paulo dos Agudos.

Antes dos homens desmatando e fazendo o caminho da Noroeste com seus trabalhos de ferro e madeira, muito acima dos homens índios coroados, com suas cabeças de capuchinhos e seus corpos de fúria, seus braços com as bordunas erguidas acima das capivaras, onças-pintadas e porcos-do-mato — já lá se encontrava no alto, na copa das árvores, uma espécie animal minúscula e até então silenciosa no seu poder de ferir os de baixo: o mosquito-palha. Ali estivera por muito tempo como um emblema no alto da Porta do Sertão, um sinal marcando aquele nicho escuro de sombra e verdura, no qual parasitas, transmissores e hospedeiros pareciam relacionar-se com a mesma mistura de astúcia, hostilidades e sincero entendimento que marca as sociedades mais cultivadas — para deixar preservada e intacta a cadeia de interesses de um ciclo de vida na mata. Mas com a derrubada das árvores a sociedade se alterou. E da mesma forma que os telegrafistas narravam ou prediziam os acontecimentos da linha Noroeste, de poste a poste, de estação a estação, assim também o mosquito-palha — quando as árvores ao caírem sacudindo as copas o jogaram para fora de suas redes verdes e castanhas —, como um minúsculo e certeiro telegrafista, passou a transmitir, de homem a homem, tirando-lhes um pouco do sangue como paga, a espécie nova do parasita identificado no início do século e então chamado *Leishmania brasiliensis*, o causador da terrível leishmaniose cutâneo-mucosa, conhecida em toda a região da Noroeste como "ferida brava" ou "úlcera de Bauru".

E os moradores dos acampamentos onde se lia na lona das barracas, em letras bem grandes, as iniciais da Estrada de Ferro Noroeste do Brasil — assentadores de trilhos e dormentes, construtores de paradas e estações, de armazéns de carga, de embarcadouros e passadouros de gado — a qualquer momento, ao olhar um companheiro, um vizinho, poderiam ver que no seu rosto já começara a grande destruição.

(Existe na região da Noroeste a cidade de Birigüi, o outro nome do mosquito-palha, como existe a cidade de Coroados, o outro nome dos caingangues; e existem mais nomes de cidades que são outras tantas marcas de como os ali chegados cruzaram a soleira do sertão.) Por essas paragens então teriam passado pela ferrovia aberta na mata muitos zebus descendentes dos que haviam chegado antes dela própria — trazidos de um país onde sobre eles não havia motivo para se assinalar nos relatórios dos serviços de trem, "de pé", já que, santos que eram, amigos dos deuses, seguiam mesmo sempre de pé; nunca abatidos. Mas nem por terem garantia de vida pastavam sossegados entre as populações do campo indiano: serviam de boi carreiro, boi de arado, de vaca leiteira, e eram afinal de contas vendidos para outras terras que muito certamente os iriam transformar — e aos filhos e filhos de seus filhos — em bois de açougue. Na verdade, apenas os touros indianos marcados com certos sinais sagrados eram realmente deixados sem encargos que não os da perpetuação da espécie.

Trazidos para o Brasil, nenhum dos zebus gozou de qualquer consideração especial na nova terra. De sagrados que haviam sido para uma parte da sociedade humana, não conseguiram de início no país nenhum lugar de destaque na própria sociedade bovina, freqüentemente desacatados pelos zootécnicos.

Porém naquele ano de 1935 um articulista entendido havia julgado necessário sair em defesa do zebu contra a "guerra sem tréguas" que lhe moviam os "adeptos de outras raças". Entrincheirado atrás do anonimato de redator da seção agropecuária de uma folha paulistana, foi a campo iniciando a sua defesa pelo título breve e sem rodeios: "Aptidões do zebu". Mostrou como a sua faculdade de poder criar-se às soltas nos pastos, sem maior cuidado, e que seria para muitos o perfil plebeu do boi indiano no Brasil, fornecia na verdade "resultados dignos de um estudo experimental". E não se furtava a dizer por quê: "Comparado ao gado crioulo o zebu leva vantagens enormes. Um bezerro indiano aqui criado pesa sempre muito mais que os crioulos. Ao nascer esse peso já é mais considerável. Além disso há resistência às doenças, o que não se encontra no caracu nem nas raças européias". Contudo os louvores não ficavam por aí, acabando por reconduzir o zebu a um novo patamar de nobreza: "O zebu tem um poder de digestão dos alimentos que ingere superior ao de qualquer outra raça; mas não é só sua precocidade que o recomenda e distingue. Ele possui especial aptidão à engorda, esqueleto fino, conformação perfeitamente aproveitável para seleção". O redator mostrava ainda que não estava só na sua exposição mas tinha a seu lado a Ciência, argumentando: "Não se diga que o zebu seja só apreciado pelos que ignoram as leis fatais da zootecnia. Estudiosos e dos que mais merecem a consideração de quem conhece regras zootécnicas, têm feito referências dignas de nota em favor do aproveitamento do zebu". O leitor medianamente sensível não poderia deixar de ficar comovido diante do zelo que levava o redator da seção agropecuária a pegar um animal criado quase sempre ao deus-dará, para colhê-lo nas malhas das "regras zootécnicas"; e a crença na sua seriedade duplicava quando ele passava a nomear — não podendo assim ser acusado de irresponsabilidade — justamente um daqueles estudiosos merecedores do maior respeito pelos conhecedores das próprias "regras zootécnicas", o dr. Artigas, o qual não tivera a menor reserva em dizer do zebu, em *local apropriado*, "o que se poderia esperar de uma capacidade na matéria". Dando por assente ser o boi zebu antes de tudo "boi de açougue" o dr. Artigas o distinguia como capaz de produzir maior rendimento de carne do que o crioulo, que o redator fazia questão de chamar familiarmente "o nosso crioulo", esquecido de suas origens também estrangeiras. (De fato era lamentável que não tivesse havido desde sempre um boi exclusivamente nacional correndo pelos campos brasileiros como o bisão norte-americano nas pradarias dos Estados Unidos e do Canadá, varando as florestas da pátria e entortando os arbustos já retorcidos dos cerrados com seus chifres temerários.) É possível todavia que o redator anônimo tenha pensado em tudo isso ao dizer "nosso crioulo", pois não seria razoável admitir ignorância ou descuido no assunto por parte de quem tanto se encarniçava na seção "Vida agrícola" em defender a causa até então inglória do zebu. Por fim, como fecho de ouro, depois de ter enfileirado outras tantas qualidades do boi indiano, o redator arrematava a matéria afirmando enfaticamente que tais qualidades não seriam facilmente alcançadas na Europa "por muitas raças que dispõem do *Herd Book*, sindicatos, tratamento especializado etc." — "Raças bem entendido puras", reconhecia ainda, mas acrescentando: "que requeriam progredir".

Assim, naquela manhã de domingo, não seriam apenas trezentas e cinqüenta cabeças de gado a serem desembarcadas na Estação do Ipiranga, como também, no turbilhão da descida orquestrada, o vórtice de uma disputa altamente especializada, em que numa ponta estariam as "leis fatais da zootecnia", e na outra sindicatos (não mais, não menos: sindicatos); tudo afinado pelo *Herd Book*, o "Quem é Quem" da pecuária.

Pouco antes do termo da viagem, ao passar pela Estação da Água Branca, os zebus teriam passado perto do novo local da Exposição de Animais lá existente, arena importante dessas disputas. Somente naquele ano, durante a V Exposição, iria ser levantada a proibição que pesava sobre os de sua espécie, quando então seus cascos poderiam pisar — finalmente — o recinto.

— Meu Deus! — teria provavelmente exclamado algum visitante daqueles lados afastados da cidade, talvez (e por que não?) certo bancário do Royal Bank of Canada e que casualmente por ali, demorando-se na Estação de Água Branca e arredores, tivesse se inteirado do assunto. — Afinal não passam de bois! Não são postulantes a sócios do Jóquei Clube!

— Zebus, meu senhor, e mestiços — teria esclarecido melhor o redator da seção "Vida agrícola", se o tivesse podido escutar lá do seu posto; e acrescentado, não sem uma ponta de melancolia pela luta talvez inglória: — mas bois, diz bem o senhor; bois, sem dúvida, e dos melhores, sim senhor, bois.

OS DOIS PORTÕES

— Bois! Bois! pela cidade inteira!

O engenheiro Alaor Pestana já estava há uns bons quinze minutos no andar de cima. Havia derramado ponche na roupa e se demorava numa nova toalete. Aproveitou para lavar vigorosamente o rosto e refrescá-lo com loção de barba saboreando antecipadamente as alegrias da noite, escutando de seu posto de observação no banheiro, voltado para a frente, para o jardim, o movimento das últimas visitas que chegavam, enquanto se examinava no espelho sem pressa, com agrado, esboçando para si mesmo o meio sorriso Chevassus; Cremilda estaria fazendo as honras da casa no seu lugar. Dirigiu-se depois ao escritório onde ficava parte do seu guarda-roupa quando ouviu os gritos. Abriu um pouco a veneziana e espiou para baixo.

No Quadrado as crianças gritavam em coro: Bois, bois. Olímpia saiu pela porta da cozinha de cabeça abaixada, contornou o Quadrado e andou, tão rapidamente quanto lhe permitia o peso, para os fundos, o lado das garagens. A porta da cozinha aberta jogava um feixe de luz no Quadrado, o que escurecia ainda mais os cantos do quintal; do outro lado, as pequenas moitas ao longo da treliça separando a área de serviço do lado de cá, o lado do Quadrado, formavam uma massa indistinta. O engenheiro abriu as venezianas completamente, botou a cabeça para fora e gritou para que acendessem as luzes do Quadrado, já era mais que hora, onde andava o Tomé?

A pequena Maria Antonieta dobrou a cabeça branca e loura para trás e informou: Tem boi na cidade, papai, desce logo.

— Sei, sei, cortou-lhe o pai, por que não brincam de outra coisa? — Àquele comentário ouviu-se uma risadinha espremida ao lado de Maria Antonieta, mas a cabeça de quem ria estava na sombra. A menina riu também numa explosão de riso. — Quem está aí com você, minha filha?, perguntou o engenheiro. — Sou eu, doutor Alaor, o Mino Júnior, meus parabéns pelo seu aniversário, respondeu de dentro da sombra uma voz levemente rouca. — Ah, obrigado; diga a seus pais que já estou descendo. — Mas o engenheiro sentiu-se desconfortável. Entre a risadinha espremida e as congratulações sopradas com voz educada havia uma diferença que lhe parecia tão difícil de decifrar àquela distância, quanto, adiante, as moitazinhas no escuro. As crianças hoje em dia..., divagou; essas do Zé Belarmino quando não estão arquitetando alguma maldade estão..., não é à toa que têm o apelido que têm. — Já chegou todo o bando do Lampião?, perguntou procurando fazer graça. — Só eu e o meu pai. — Então só você; seu pai não é do bando, não é mesmo? — O menino moveu-se, o corpo comprido e desengonçado apareceu na área de luz; o rosto amarelado com os olhos puxados e o riso de gengiva de fora colocou-se bem perto do de Maria Antonieta. — Ah, comentou o engenheiro, um pouco aliviado, um pouco ofendido, só você então...; os outros vêm mais tarde? E sua mãe? — Tem gripe em casa, Cristiano e Marina estão de castigo porque brigaram, e os outros iam dar trabalho para o meu pai. — Ora, ora, comentou Alaor, quanta coisa junta, hein? — A zoada cresceu à volta, uma voz falou distintamente, e era a do próprio José Belarmino Monteiro à porta da cozinha, conversando para dentro da casa: Soube que já mataram muitos, uma verdadeira carnificina. — A outra voz, que o engenheiro reconheceu ser a do pediatra Horácio Bulcão, respondeu: — Boataria. — Não senhor; lhe digo que não é. — Viu algum?, retorquiu educadamente com certo tom de incredulidade o dr. Bulcão, como perguntava às mães sobre os pequenos clientes querendo tranqüilizá-las ao forçá-las a uma definição: Viu alguma nova brotoeja? Algum ponto na garganta?. — O engenheiro não compreendeu bem o que escutava, sentiu certa apreensão e gritou para baixo, chame o Tomé, Antonieta, por que não acendem as luzes? — Não chegou, retrucou a menina afastando-se, a saia azul ondulando e perdendo-se no escuro, corria para a frente da casa porque agora a gritaria deslocara-se para lá. O engenheiro também foi na mesma direção, por dentro, pelo corredor em forma de U que contornava a abertura da escada e, chegando ao outro lado novamente, espiou para o portão da frente pelo vitrô do banheiro onde havia esquecido as abotoaduras. Até aquele instante seus movimentos de lá para cá no andar superior pareciam ditados por necessidades muito pessoais, não pela curiosidade ou apreensão. — Um boi perseguiu um sujeito até dentro do hospital Santa Rita e chifrou-o, chifrou-o!, dizia Urbino numa voz alta e exaltada, com curioso acento infantil. Um zebu! São todos eles zebus!

Com o andar um pouco mais rápido o engenheiro voltou ao escritório para trocar finalmente a roupa. Correu os olhos distraidamente pelas paredes revestidas de papel verde-musgo com pequenos losangos castanhos, mas logo o papel lhe pareceu menos familiar, seria a noite entrando pela janela, seria outra coisa. Em cima da escrivaninha de madeira com tampo de vidro estava o livrinho *Maria Antonieta em Versalhes*. Tornou a folheá-lo pela segunda vez naquele dia, meditando no aniversário seu e da França, na família da mãe, os Chevassus, e também na pomada que por tantos anos os alegrara e mantivera vivo o nome da família (diminuído um pouco, é verdade, com o sumiço da interjeição anexada no século XVIII — Avé! — exatamente por aquele que dera origem aos Chevassus no Brasil. Mas... a vida arrastando consigo amigos, parentes, amores... por que não o faria com nomes, pedacinhos deles...). A Pomada Miraculosa Avé-Chevassus reinara soberana por muito tempo no vasto e impreciso território onde a fronteira entre médicos e boticários desfazia-se borrada por densa névoa; mas que para Alaor Pestana nunca parecera território impreciso coisa nenhuma, e cujo chão, forrado por diagnósticos reboantes expressos em linguagem elevada, doenças secretas e feias e fórmulas guardadas ciosamente, sempre lhe havia sido tão familiar quanto o chão do quintal da própria casa: com o Quadrado, as árvores frutíferas, a casa do cachorro, o galinheiro. Contudo nenhum desses assuntos, em outras ocasiões apaixonantes e consoladores, o moveu. O Catorze de Julho vinha-lhe agora à mente de uma forma nova e assustadora, como um desarranjo na ordem natural das coisas, um estouro, uma debandada. Começou a pensar na queda da Bastilha. O livrinho propriamente não tratava disso. Sempre pensara na queda da Bastilha *antes* e *depois*, raramente *durante*. *Antes* era o conteúdo daquele livro tão encantador de um certo Nolhac da Academia Francesa e que lhe trazia à mente os jardins e os salões de Versalhes, os espelhos e o parquê dos salões, onde um antepassado seu, quem sabe um dia... *Depois* era a data, alegre como um quiosque erguido em algum lugar entre Paris e o Jardim da Luz, com banda de música e bandeirolas de três cores (as mesmas da gravata azul, branca e vermelha na qual acabava de dar o nó a pedido do Pereira Mattos: Quero ver você esta noite com a bandeira da França embrulhada no pescoço, meu caro Alaor!) tremulando à volta do gradil. Endireitava o corpo, respirava fundo, a colônia francesa radicada em São Paulo trazia-lhe, é verdade, certa dor ao coração, mas era uma dor suave, provocava-lhe um doce sentimento de exílio, de injustiça a ser corrigida algum dia, mais cedo ou mais tarde, algum dia em algum Catorze de Julho paulistano. Porém, nesse Catorze de Julho, da mesma forma que a filha sendo doce e loura freqüentemente o desorientava, o livrinho também doce e louro abriu-se casualmente em uma parte pouco lida, negligenciada, talvez mesmo nunca lida. Naquele momento, contudo, o trecho prendeu-lhe a atenção desorientando-o nos seus vagares de leitura.

E eis que ele se achou inesperadamente em frente às altas chamas da lareira dos aposentos reais onde estava armado "o leito necessário aos partos de Maria Antonieta". Uma certa mme. Campan começou a narrar a cena que presenciara. O rosto branco e cheio do engenheiro cobriu-se de rosa forte. E em vez de colocar o paletó e descer, deixou-se estar ali de olhos pregados escutando vagamente o coro de: bois, bois. "O cerimonial, que permitia indistintamente a entrada a quem se apresentasse no momento do parto das rainhas, foi observado com tal exagero que, na altura em que o parteiro Vermond disse, em voz alta: *A criança vai nascer*, precipitou-se no quarto uma onda de curiosos tão tumultuosa que chegou a julgar-se em perigo a vida da Rainha." Alaor não se mexia, fascinado, e também "ninguém se mexia no aposento que, repleto duma multidão muito misturada, mais parecia uma praça pública". *Uma praça pública!* "Dois saboianos subiram para cima dos móveis para verem mais à vontade a Rainha deitada", o engenheiro não cabia em si de espanto pelo despropósito. Embaixo continuavam a falar alto e as crianças gritavam, bois, bois. (Há de ser coisa de extremistas, mas o que fazem as brigadas da Força Pública que não se mexem? E o Corpo de Bombeiros?) "O sangue subiu à cabeça da Rainha, a boca voltou-se-lhe e o médico gritou: Ar, água quente, é urgente uma sangria num pé." Dilatados os olhos de Alaor sobre tudo e todos, "o parteiro convidou o primeiro cirurgião da Rainha a proceder à sangria". Alguém chegara até a porta do escritório e escutava. "Os criados e porteiros agarraram pelas golas dos casacos os curiosos indiscretos que não se apressavam a abandonar o quarto." Bateram à porta. A Tante sempre pelos cantos como uma velha bruxa. Cremilda pedia que descesse, era o recado que trazia. Ele respondeu que já ia indo, respirou fundo. "Ar, água quente, é urgente uma sangria num pé." Uma praça pública no aposento real, uma reviravolta no mundo. "Dois saboianos subiram para cima dos móveis para verem mais à vontade a Rainha deitada." "O Rei, com uma força que a sua ternura pela Rainha duplicava, abriu as janelas calafetadas." "Ar, água quente, é urgente uma sangria num pé." Fechou o livro com um tapinha da mão forte e cheia, ergueu-se e vestiu o paletó. Meia dúzia de bois, zebus ou não zebus, não iriam pôr a perder o ajantarado. Os bagunceiros de sempre que se cuidassem, já estavam fora da lei, ele tinha sabido. Do topo da escada bateu palmas e, inclinado na balaustrada, acenou para baixo alegremente.

De baixo, um grupo ao lado do corrimão respondeu à saudação com grandes vivas. Cabeças iam e vinham, os convivas roçavam-se nos ombros, acotovelavam-se — nem eram tantos assim reunidos, mas se acotovelavam, cutucavam-se. Um salgadinho passou alto em um prato, inclinou-se ligeiramente, ao engenheiro pareceu que iria se aconchegar nos pêlos finos e sedosos do boá de d. Ermínia; mas o prato voltou a ascender com a graça ligeira dos pequenos aviões pilotados por amadores intrépidos, cruzou com uma bandeja cheia de copos e perdeu-se de vista mais adiante. O Pereira Mattos continuava de copo na mão, ria às gargalhadas, contudo o vozerio roubava ao seu riso o som como a outros roubava o sentido das palavras, não seria sobre bois que ririam e falavam ou, se fosse, não os levariam tão a sério; falariam de muitas outras coisas também, pois iam e vinham, ninguém detinha qualquer informação como naqueles grupos compactos formados dentro das casas nos anos de 24, 30, 32. Cremilda lá da sala perto da varanda, de costas para a magnólia, ao lado do piano preto de cauda, ergueu o rosto e olhou-o nos olhos com os seus olhos rasos e perdidos; tentaria lhe passar algo, fazer chegar a ele um aviso, uma mensagem cifrada sobrevoando as cabeças com galhardia igual à do intrépido prato de salgadinhos, mas invisível e silenciosa. Ela havia colocado uma echarpe verde de franjas sobre os ombros como ele recomendara, pois é preciso presidir a um ajantarado com ar tranqüilo, dissimular nas dobras da echarpe o contorno do peito farto cheio de leite para se dar um ar menos solícito de provedora, mais remoto, como se repousasse das lidas da casa no meio exatamente delas todas e o ajantarado "caminhasse por si" com energia própria, os copos e bandejas deslizassem pelo ar carregados por mãos ensinadas e sobre as quais Cremilda já nada tinha a dizer — tendo dito tudo o que era necessário pela manhã; e nem uma palavra mais a respeito.

Riam muito, não seria por causa de bois, ou seria. Desceu a escada com passos lépidos, deteve-se no penúltimo degrau um momento e pela última vez permitiu-se o prazer de observar ainda um pouco do alto os convidados — não saber ainda exatamente do que falavam, um zumbido de abelhas gigantes subindo até ele, um doce mel produzido só para si aquela noite, na sua data, ouro e mel.

Uma voz forte destacou-se, ergueu-se do vozerio pulando os dois degraus que o separavam do piso inferior e puxando-o definitivamente para baixo. Ele se desviou com cuidado de Cirino sentado a um canto no último degrau da escada; quase um filho da casa perambulando por ali desde a manhã quando chegara, cedo, pelo portão dos fundos.

O sogro, o doutor João Alfredo Botelho, saudável, cordial, a cabeça inteiramente branca, o dono da fábrica de biscoitos Jacim (nome inspirado no da finada mulher Jacinta), informava:

— Soube que hoje durante a recepção do cônsul Pingaud ele vai fazer um pronunciamento sobre a data de 14 de julho, da própria casa, por uma estação de rádio; talvez até já o tenha feito. — Começou a empurrar o engenheiro pelo braço, levemente, em direção à saleta do rádio e da vitrola.

— Ora, deixemos os mocinhos e mocinhas ouvindo os seus foxes! — trovejou o engenheiro.

— Então vamos escutar no rádio de cima, meu rapaz.

— Acabei de descer, como vê, doutor João Alfredo, chamam-me, mas esteja à vontade, por favor. — Fez um gesto brusco com a mão espalmada na direção do piso superior como se pretendesse pespegar uma bofetada no teto.

— Teria coisas interessantes a dizer, esse Pingaud, sim senhor, tenho certeza; a única vez que estivemos juntos, numa inauguração, não fomos apresentados, o que foi pena, espere, foi..., quando foi exatamente... ah, memória, memória.

E ali, diante do piano preto, de costas para a noite fechada, onde a ramagem da magnólia intermediava o fundo da noite com o começo da varanda, Cremilda olhava-o ainda com os seus olhos parados e imensos, olhos de beladona — ele a distinguiu bem quando uma variação no movimento do grupo ao pé da escada abriu-lhe passagem para o olhar.

— Lá está Cremilda querendo me dizer qualquer coisa, doutor João Alfredo. Eu?! Bobagem! Tenho também o maior apreço pelo cônsul, que idéia a sua.

— E o ministro polonês, Thadeu Grabowski? — insistiu o sogro.

— O maior apreço, o maior apreço.

— Sei, sei, Alaor, não se trata disso agora. Falo de outra coisa; de informação: importante na política, importante na vida. Por acaso o ministro pode estar em dois lugares diferentes ao mesmo tempo? Terá o poder de ubiqüidade, como Deus Pai? (Um amigo protestante, Justino Araújo, levara o velho Botelho a tomar gosto pela expressão, "Deus Pai", e introduzira palavras novas e perturbadoras no seu vocabulário simples e prático como a boa massa dos biscoitos que fabricava.) Pergunto porque recebi duas informações que não combinam, por isso pergunto. Uma dizia que ele estaria agora à noite prestigiando a festinha do cônsul...

— Pois que prestigie à vontade! Quem o impede?

— Que pressa, meu rapaz. Que temperamento. Mas por que Cremilda se debruça daquele jeito esquisito sobre o piano? Será talvez hora dela dar de mamar ao pequeno?

— Há três gerações o piano está com os Chevassus — informou a Tante passando atarefada em direção à sala de jantar.

— Oh, mas essa história... — riu-se o velho Botelho — quantas vezes não a ouvi?

O engenheiro preocupou-se. A Tante era às vezes de uma suscetibilidade. Esperava sinceramente que o sogro não repetisse o gracejo com que se divertia na intimidade e tanto o aborrecia, e se não fosse por Cremilda já teria dito poucas e boas ao velho.

— ...manter o brilho do teclado imperecível (outra das palavras trazidas pelo amigo protestante quando discorria sobre sua fé cristã) graças à pomada Avé-Chevassus, cujas mil utilidades... — resmungou imperturbável o dr. João Alfredo Botelho, logo retomando o fio das suas divagações: Terá o homem poder de ubiquidade, como Deus Pai?

— Como assim? Quem?

— O Grabowski, o Grabowski! De quem estamos falando, filho? Do Grabowski. Como pode estar ao mesmo tempo prestigiando a recepção do cônsul e a colônia do seu país? Pois soube também de fonte limpa que irá dedicar o domingo inteiro à colônia polonesa.

— Ontem sei que ofereceu um banquete ao governador doutor Armando no Salão Amarelo do Automóvel Clube — acrescentou um conviva passando; e não se demorou ao lado de sogro e genro para colher os possíveis frutos da sua informação.

— O que estará fazendo hoje é o que eu quero saber. Saber como é possível estar hoje no cônsul se prometeu passar o domingo inteiro, repito, inteiro, com a colônia polonesa?

— E está certo! Por acaso é francês? Não; polonês é o que ele é. Está certíssimo. (O engenheiro, dividido entre os seus sentimentos franceses habituais e aquela inesperada solidariedade à colônia polonesa em São Paulo, tinha o rosto muito vermelho no esforço despendido — em vão — para acomodar as duas lealdades.)

Ao lado do corrimão da escada a voz de José Belarmino Monteiro, o Zé Belarmino, lenta, interiorana e morenaça como a própria cara larga de riso aberto, gengivas de fora e dentes miúdos, falava sobre mme. Keneubert ao Alceu Fontainha, o marido de d. Ermínia. Esta havia se curvado também sobre o piano, perto de Cremilda, e lhe dizia alguma coisa, a grande cabeça saindo do boá de pêlos finos e sedosos como de uma touceira de capim.

— Madame Keneubert, madame Keneubert — o engenheiro tocou o braço da massagista voltada para o outro lado escutando Urbino — , aqui, madame, estão querendo apresentá-la.

— Um minutinho, doutor Alaor. — O corpo de mme. Keneubert moveu-se levado por aquela vibração a que dificilmente um paulistano ficaria indiferente, certo rodopio de bailado dentro da contenção de uma farda. Os homens presentes se exatamente não a queriam (mesmo os muito velhos) sentiam por intermédio dela gula pelos novos tempos que se avizinhavam, tempos afoitos: Hitler, Mussolini, e por que não, Getúlio, e por que não, Roosevelt.

— Tenho gosto em apresentá-la, madame, para o nosso Fontainha que acaba de ouvir um pouco de suas habilidades.

Mme. Keneubert aspirou profundamente o ar carregado da sala, os seus pulmões palpitantes de certa forma eram o seu cérebro, o seu coração, o seu *tudo* — dois perfeitos motores silenciosos erguendo-se nos firmes ascensores das pleuras, cestinhas carregando com delicada firmeza aqueles motores palpitantes meio pássaros, oriundos da Floresta Negra (descendia de gente da Baviária), lendários para o mundo dos brasileiros tísicos (— Ah, a Floresta Negra! Faria um brasileiro qualquer, um amazonense então, se dobrar de rir! — comentava sempre Urbino. — Uma florestinha de nada! Negra! Só se for para eles, anêmica isso sim, cada tronco finiiiiinho... a um quilômetro um do outro, transparente a tal da Floresta Negra. — E assim, graças a Urbino, aqueles tão numerosos que respiravam pouco e mal os ares brasileiros vingavam-se sem o saber emprestando, de forma geral, às paisagens do Sul da Alemanha a condição de tísica). Ela ofegou um pouco, parecia estar a ponto de iniciar uma sessão da merecidamente célebre ginástica respiratória — mas era a vez das habilidades do Alceu Fontainha virem a lume:

— O Fontainha é o nosso astrólogo — informou o Zé Belarmino apontando o homem mirrado de cabelos escuros e crespos divididos ao meio, o feio rosto largo na testa e estreitando em direção ao queixo como um triângulo; piscou ligeiramente o olho e assim mme. Keneubert não soube exatamente como devia receber a informação.

— E dentista — acrescentou o próprio Fontainha.

— Astrólogo e dentista — confirmou o Zé Belarmino. — Dentista de confiança ainda posso apontar alguns em São Paulo, mas... astrólogos? Astrólogos? — O Zé Belarmino dirigiu a pergunta a todos e a ninguém e deixou-a flutuar no ambiente. Nesse momento o filho, Belarmino Jr., o Mino, tão moreno-amarelado quanto o próprio pai, passou-lhe debaixo do nariz e foi agarrado pelo cangote. — Mino, não cumprimenta sua massagista? Sua Professora de Respiração?

— Um homenzinho — disse suavemente mme. Keneubert mexendo-lhe na cabeça em um carinho ligeiro enquanto Mino a cumprimentava com as gengivas. (O mestiço, como ela o chamava na intimidade, a apavorava.)

— Os bois chegaram de Mato Grosso, foram tocados para fora do trem lá pelo meio-dia mais ou menos e agora estão feito loucos em tudo quanto é parte — Urbino repetia —, tem até um que se embarafustou por dentro do hospital Santa Rita atrás de um sujeito e chifrou-o! Chifrou-o!

— São bois zebus os que volta e meia chegam de Mato Grosso — interrompeu o Zé Belarmino com autoridade. As fêmeas dos zebus são mais ariscas, ao contrário das de outros bois, mais bravas. Se eu não soubesse que são bichos com destino de matadouro diria que foi vaca e não boi que entrou no hospital e deu a marrada! Sei porque sei, ora essa, porque conheço muito criador de gado, minha gente toda é do interior, de fazenda, só eu que acabei pegando firme no cartório da família; os zebus são bichos de viver em grupo, gostam de andar juntos, de ficar lá entre eles como as famílias nos almoços e lanches de domingo aqui em São Paulo, êh-êh, mas se deixados em pastos naturais, largados, aí viram umas feras!

— Todos eles chegando de trem?! — Mme. Keneubert mostrava o seu espanto balançando um pouco o corpo, uma das mãos no peito.

— Desde ontem os trens da Noroeste estão parados em Lins — informou o Pereira Mattos. — Naturalmente por causa da morte daquele operário pelos integralistas no comício da Aliança no Parque Dom Pedro. Brigam lá entre eles, fazem uma bobagem e recomeçam as greves. Greve e mais greve. Todo mundo faz greve hoje em dia neste país. Até carroceiro carregador de café! É o cúmulo do absurdo! Preocupação tenho eu é com os ferroviários.

— Os bois já teriam passado por Lins...

— Quanto tempo se leva exatamente de Mato Grosso para cá?

— Hum, deixe-me ver... — hesitou o Zé Belarmino.

— Depois da baldeação em Bauru quando passaram da Noroeste para a Paulista devem ter sido transportados bem depressa, isso eu garanto — ponderou o Pereira Mattos, acionista forte da Paulista.

— Aí está; Bauru. Também houve comício da Aliança em Bauru — disse o Zé Belarmino. (A cara larga tinha um ar suspeitoso e cheio de mistério.)

— Há dois anos — informou mme. Keneubert — a Alemanha tem o Hamburguês Voador que corre entre Berlim e Hamburgo, e como corre! É o expresso mais rápido do mundo! Meu amigo Hans me disse que o motor é a diesel e de transmissão elétrica. É apaixonado pelo Hamburguês Voador.

— Ah — exclamou o Pereira Mattos, que não gostava da idéia desse Hans a dizer coisas tão definitivas sobre trens e ser apaixonado pelo Hamburguês Voador —, a Paulista cuida muito também da eletrificação da sua linha... De fato a técnica é uma grande coisa, sem dúvida. A senhora, madame, já ouviu por acaso falar da televisão?

— Bem... alguma coisa... — respondeu vagamente mme. Keneubert.

— Na França estão muito adiantadas as pesquisas sobre televisão, um processo novo, madame, uma espécie de rádio de imagens, muito melhor que o cinema. A imagem vai voando pela atmosfera; coisas da Fada Eletricidade. Ah, a Fada Eletricidade! — E o Pereira Mattos inclinou o corpo atarracado graciosamente.

Houve um momentâneo silêncio no grupo perto da escada.

— O que interessa ficou de fora! — exclamou com brusquidão o Zé Belarmino.

— Nada do que interessa fica de fora dos vagões da Paulista — afirmou com autoridade o Pereira Mattos, o acionista forte. — A Paulista leva boi, mas não leva só boi, leva sal, açúcar, café, carvão, tijolo, cal, telha, tudo o que vocês quiserem. Minha filha — disse ele para Elvira, que passava em direção à saleta de música, uma das mãos ajeitando, perto da nuca, os cabelos cacheados e lustrosos —, pense qualquer coisa que você puder imaginar para pôr dentro de um vagão da Paulista.

— A sua beleza — sussurrou Urbino quando ela, sem responder a ninguém e nem olhar para os lados, passou tão perto dele que a lãzinha rosa do busto do vestido da filha do Pereira Mattos roçou a lã inglesa do paletó do irmão do aniversariante.

— Então?

— Gente, naturalmente — lembrou o Zé Belarmino com ar maroto.

O Pereira Mattos gostou. — Gente que não passa nada mal, é bom que se lembre. A Paulista tem magníficos vagões-restaurantes, magníficos vagões de luxo, vagões para o próprio pessoal de serviço, diga-se de passagem; magníficos vagões-dormitórios.

— Magníficos vagões-dormitórios...

— Claro.

— Magníficos vagões fúnebres.

— Precisamente, sem dúvida, disse bem, magníficos vagões fúnebres. Nossas famílias, na sua dor, não ficam ao desabrigo. Morre o marido em Itirapina, por exemplo, a mulher, digo, a viúva, o terá logo de volta a seu lado; seja, o corpo, não o espírito, mas o terá.

— O espírito com Deus Pai — lembrou o sogro do anfitrião, o dr. João Alfredo Botelho, e retesou levemente o tronco como que se apresentando em posição de sentido diante de um regimento celestial.

— Magníficos vagões para morféticos...

Mme. Keneubert deu um passo atrás e o corpo oscilou, não por lhe faltar o equilíbrio, ao contrário, para equilibrar melhor as emoções. Olhou para o engenheiro procurando cumplicidade na desaprovação; mas Alaor olhava para o outro lado, o lado do piano.

— Morféticos! que brincadeira de mau gosto lembrar isso agora, Belarmino! — estranhou o Pereira Mattos — mas já que lembrou, já que se fala, se está falando disso, dessa quantidade toda carregada pelos carros da Paulista, que vai do boi, da telha, do sal, da madeira, do, do, até os nossos mortos, até os pobres morféticos separados da sociedade (a maioria dos presentes ali ao pé da escada se benzeu. Madame Keneubert, não querendo se mostrar indiferente, não querendo se benzer, ergueu a mão à altura da testa e ajeitou uma mecha grisalha, depois desceu a mão e acarinhou um botão do vestido, coçou o ombro direito...), isso tudo é uma conquista da civilização. O que seria da vida sem compartimentos? Cada coisa no seu lugar. O doente separado do são, o alimento que alimenta o homem do próprio homem, o homem, do animal. Por que esse ar de riso, Belarmino? Gostaria de viajar cercado por cachos de banana? por sacos de arroz, no meio de cebolas? de zebus? De subir num vagão e dar de cara com algum zebu? — A voz do Pereira Mattos se elevou.

À palavra *zebu*, nítida como uma clarinada, Urbino, que encostado no batente da porta da sala para a saleta de música vigiava Elvira entre os meninos mais velhos, voltou-se e ficou atento. O Pereira Mattos fechou a boca, espantado com o fato de ter dito *zebu*, o efeito era intrigante. A lembrança de alguma coisa não muito bem explicada que se abatera naquele domingo sobre São Paulo tomou conta do grupo ao pé da escada. Logo a palavra *zebu* atraiu muitas outras iguaizinhas a ela, parecidas: boi, boi mocho, boi de açougue, matadouro, boiada, estouro; e até curtume. Teriam estado todo o tempo em muitas bocas e ninguém disso se dera conta. Ao pé da escada agora as escutavam. Viriam de fora, do jardim (Mas o que continuam gritando lá fora essas crianças idiotas?, pensou o engenheiro), ou brotariam ali dentro mesmo, viriam misturadas à música da saleta, sairiam da cozinha, da despensa (Brasília, aquela peste novidadeira, continuaria semeando bobagens, cismou Urbino). Por fim, a idéia de uma calamidade pública levou Zé Belarmino a pensar nos políticos. Sempre dizia que quando o tempo esquentava (de briga ou de festa) os políticos saíam de suas tocas, seus redutos e palácios; e viajavam nos trens especiais.

— E os políticos? — lembrou o Zé Belarmino para o acionista forte da Paulista. — Também nos seus compartimentos, hein? Não só os morféticos, os defuntos e as sacas de café levados separadinhos estrada afora, os políticos também, hein? — Foi mudando de humor, mostrando as gengivas, a idéia de calamidade pública desaparecendo, ficaram só os políticos. — Sempre nos seus trens especiais, carregados, desculpe, Pereira Mattos, muito mais sobre os trilhos da Central do que da Paulista: do Rio para São Paulo, de São Paulo para o Rio — (E Minas? — Belarmino virou-se, mas lhe escapou quem apartara.) Mexeu as mãos grandes e morenas de lá para cá com os braços estendidos repetindo o trajeto dos trens especiais. — Em cada parada, cada estação, os vagões ficam apinhados quando os correligionários grudam nos carros dependurando-se nas portinholas, metendo as cabeças pelas janelas do vagão, eu sei como, como bananas no cacho, aí se pode bem falar de cachos de banana.

— Você é que sabe, perrepista velho — exclamou alguém passando, com um tapinha nas costas do Belarmino.

— Isso me lembra o Bertoldo Klinger viajando de trem especial, vindo de Mato Grosso para São Paulo na Revolução de 32 — falou o pediatra Horácio Bulcão com voz pausada, a figura alta e fina muito ereta, o cabelo preto bem assentado com risca de lado. — Chegou a Bauru em trem especial da Noroeste do Brasil no dia 11 de julho, mas logo que entrou em território paulista já começou a passar telegramas de cortesia e de congratulações pelo movimento constitucionalista que rebentara: ao doutor Pedro de Toledo, ao general Isidoro, ao doutor Francisco Morato, ao coronel Júlio Marcondes Salgado...

— Os telegramas dele ajudaram mesmo muito São Paulo! — disse Urbino. — Felicitasse menos e trabalhasse mais; era parte da junta revolucionária!

— ...ele explica isso no memorial que escreveu em Lisboa — continuou o pediatra educadamente. — Não deixa nada sem explicação sobre 32.

Mme. Keneubert lembrou que seu amigo Hans lhe dissera em 32 quando falavam muito do dr. Klinger que esse havia tido um cargo no exército alemão antes de 1914, ainda no exército imperial.

(O Pereira Mattos pensou que afinal de contas gostaria de ser apresentado a esse Hans para colocá-lo no seu lugar.)

— Preciso falar com Cremilda — interrompeu aflito o engenheiro ao grupo, que todavia não o retinha.

— Estou com Urbino — declarou o Pereira Mattos. — O movimento de 32 teve uma beleza, um caráter nobre, uma pureza que esse homem não pôde entender, não entendeu. E se entendeu, entendeu atrasado.

— Atrasado por quê? — perguntou ainda mais pausada e educadamente o pediatra. — Existiu por acaso no movimento verdadeiramente um *Dia D*? Uma *Hora H*? Só para vocês terem uma idéia do empenho e comprometimento do homem — o pediatra suspendeu a frase e olhou significativamente para os lados. Quando se fez silêncio a retomou: — a ponte do rio Paraná, em Três Lagoas (passagem obrigatória dessa boiada de zebus, se é que veio mesmo, se é que chegou, pensou o engenheiro. Sou como São Tomé, ver para crer), estava ocupada militarmente pela Companhia do 16.B.C por ordem do Klinger já antes de 10 de julho; de início era só um pelotão, mas completo.

— Não pode ser, que absurdo! Então toda aquela soldadesca amontoada sobre a ponte não ia causar estranheza para os lados de Mato Grosso e de São Paulo, dar na vista?

— Tanto não ia que lá estava, Belarmino. E tinha um belo plano, bem arquitetado! Segundo as palavras do próprio coronel Horta Barbosa, último dos comandantes de Mato Grosso durante a nossa guerrinha, numa carta ao Klinger recordando os últimos dias de setembro de 32, o plano era "espremer o adversário no Paraguai" e então, em Três Lagoas, o major Noronha que lá estava teria apenas que esperar mais uns dias para "dar o bote seguro e fechar a boca do saco em que, entre o Sucuriú e o Paraná, se haviam intrometido os imprudentes adversários".

— Me parece bem interessante essa história da boca do saco em Três Lagoas. Pena que afinal de contas não tivesse dado certo. A espremidela na fronteira com o Paraguai, eis outra coisa que eu dava os olhos da cara para ver. Mas você não me explicou como a soldadesca podia ter estado ali plantada sem levantar suspeitas.

— Veja, Belarmino (o pediatra estava irritado, mas como sempre lhe acontecia naquelas ocasiões, a irritação se traduzia por um acréscimo de educação, o que só um ouvido fino como o do Alceu Fontainha seria capaz de perceber; a feiosa cara do dentista e astrólogo achava-se pendida com os olhos semicerrados, e a postura de atenção excessiva, quase servil, refletia — era a sua contrapartida — a educação do outro), veja, a soldadesca não ia levantar qualquer suspeita nem levantou porque a justificativa para se estar com a Companhia em cima da ponte (Se era destino dessa boiada, que tenho sérias dúvidas se existe mesmo, estourar, por que não estourou de uma vez em cima da maldita ponte e por lá ficou? Na divisa?, pensou o engenheiro) eram os pedidos de ajuda militar que volta e meia chegavam daqui de São Paulo para Mato Grosso por ocasião dos boatos que sempre ferviam na cidade sobre perturbações da ordem, atribuídas também sempre aos comunistas.

— Atribuídas? Boatos? — O Zé Belarmino riu o seu riso descansado. — Coisa nenhuma! Me vejo diante de *fatos*. Em 32 e *agora*. Hoje, por exemplo, o que tinham mais de querer esses sujeitinhos da Aliança Nacional Libertadora? Escolheram o 14 de julho para arruaças, desordens, como o Prestes escolheu o 9 de julho para criar caso nas comemorações de 32, insuflar o populacho com aquela história dos rega-bofes do governo. Que fazem rega-bofes no governo e no nariz dos paulistas isso sei eu, mas não é esse homenzinho recém-chegado da Rússia, esse energúmeno, que tem autoridade moral para discursar a respeito. E onde pretendiam se encontrar para começar o frege? Olhem só o lugar escolhido: o Rink São Paulo, me disseram ainda há pouco. Que história é essa agora de lembrarem do Rink São Paulo para patifarias do gênero? No mês passado foram os integralistas que queriam se encontrar no Rink São Paulo. Que idéia a dessa gente! Local onde Ordália Vilaça *já* patinou! E isso *antes* de ficar de cabeça virada, bem entendido, êh-êh.

— Pobre mulher! Morreu afogada, não foi?

No silêncio que se seguiu todos pensaram um pouquinho, cada qual a seu modo, em Ordália Vilaça. As recordações mais fortes e cordiais eram sobre a última Ordália Vilaça. Mme. Keneubert não havia conhecido Ordália Vilaça. Aquilo a perturbou. Por que nunca esta mulher solicitara os seus serviços? A mudança na vida de Ordália Vilaça espicaçou sua curiosidade: como viveria hoje se viva fosse aquela "decaída patinadora"?

— Catorze de Julho de bagunceiros, isto é que é — reforçou o Pereira Mattos para Alceu Fontainha e mme. Keneubert.

Homens e mulheres conversavam cada um para seu lado mas mme. Keneubert continuava ao pé da escada. — Querem estragar o domingo de festa do doutor Alaor — ela comentou levemente oscilante. O dentista e astrólogo quieto estava e quieto permaneceu.

...Catorze de Julho de bagunceiros! As fortes chamas da lareira diante do leito armado para o parto de Maria Antonieta bateram em cheio no rosto do engenheiro (Que tipo sanguíneo, pensou o pediatra Horácio Bulcão impressionado. Por dá cá aquela palha fica cor de tomate). "Na altura em que o parteiro Vermond disse em voz alta: *A criança vai nascer*, precipitou-se no quarto uma onda de curiosos tão tumultuosa que chegou a julgar-se em perigo a vida da Rainha. O Rei tivera a precaução, durante a noite, de mandar amarrar com cordas os imensos biombos de tapeçaria que cercavam o leito de Sua Majestade. Sem essa prevenção, teriam tombado certamente por cima dela. Ninguém se mexia no aposento que, repleto duma multidão muito misturada, mais parecia uma praça pública!" *Uma praça pública!* (Durante o dia um boi foi abatido na praça Princesa Isabel, por guardas-civis, informou ao lado o filho Gastão, o primogênito, e seguiu adiante com a informação.) O engenheiro Alaor Pestana bufava um pouco, suava apesar do frio. Esfregou o rosto. Era engenheiro, não era político. Apreciava superfícies com metros e metros de revestimento de pastilhas da sua firma Pestana & Mattos Ltda., gostava de paredes recém-empapeladas, do cheiro da madeira encerada, da tinta fresca, e sempre tinha amado e refletido sobre o palácio de Versalhes fazendo leves marcações a lápis no que mais lhe chamara a atenção naquele livrinho de "bom tamanho", como deveriam ser todos, nada grosso, fácil de ser manuseado. Um dia ainda haveria de decorar o quarto de vestir de Cremilda e o quarto de Maria Antonieta com umas ideiazinhas que guardava a sete chaves na cabeça e tinham muito a ver com aquelas anotações a lápis. Tinha amado sem reservas aquele lindo aposento da Rainha repleto de gobelins, espelhos, grinaldas, cupidos em relevo, lírios de cobre. Quantas vezes não lhe abrira a porta e o examinara como se fosse seu e de Cremilda, e talvez um dia passasse à propriedade da pequena Maria Antonieta. Mas hoje: "dois saboianos subiram para cima dos móveis para verem mais à vontade a Rainha deitada, em frente à lareira". O rosto do engenheiro iluminado pelas chamas continuava rubicundo. "O sangue subiu à cabeça da Rainha, a boca voltou-se-lhe e o médico gritou: *Ar, água quente, é urgente uma sangria num pé.*" O Catorze de Julho sempre lhe havia chegado com uma tonalidade rosa-dourada como o sol de inverno retirando-se dos muros e prédios; com a opulência dourada nascida de antigas lavras nas cabeceiras do rio Pedro Cubas no município de Xiririca e que o Pereira Mattos um dia seria convencido a verdadeiramente explorar, muito provavelmente com ele ao lado, ainda que na condição de sócio minoritário. Mas o que o aposento da Rainha tinha a ver com a Aliança Nacional Libertadora, o Rink São Paulo, as greves, a fala impudente de um homenzinho como o Prestes, de cara chupada e barba sempre por fazer? Nada, nada, nada, não fosse a descoberta do parto inconcebível, cuja leitura negligenciara (afinal era engenheiro, não era parteiro) até precisamente esse domingo de 1935. E se no aposento de Maria Antonieta podiam ter lugar acontecimentos tão plebeus, horríveis e distantes do que sempre soube ser um parto de *senhora*, quanto mais *real* e *francesa*, o que não se poderia esperar então dos festejos da *própria* Revolução Francesa? Pois o Catorze de Julho para ele, até então, ano após ano, sempre lhe viera à cabeça somente na condição de Grande Data, sua e da França; e da qual o cônsul francês ano após ano (que importa qual ano, qual cônsul) teimava em lhe subtrair uma parcela da alegria, ainda que fosse *dela* o seu guardião em São Paulo.

— Vocês sabem alguma coisa sobre a corrida da Prova 14 de Julho promovida pelo Clube Atlético Curtume Franco-Brasileiro? Quem sabe alguma coisa? — Os olhos do velho Botelho deslizaram desatentos pelo grupo; ele dava a sua contribuição para a alegria da noite, mostrava-se cordial. O olhar deteve-se no neto Gastão passando de volta na direção da saleta da vitrola sem parecer ter escutado a pergunta. (O engenheiro considerou: *Curtume*! Bois afinal, de uma maneira ou de outra; curtume franco-brasileiro, prova 14 de julho; nunca antes tinha reparado no despropósito de certos festejos em São Paulo, logo irão festejar o Catorze de Julho nos pastos, nos cochos, nos açougues!) — Que bela cor, Alaor! — Admirou-se o sogro. — Naturalmente tem muito a ver com a profissão saudável que escolheu, com tantas horas ao ar livre, sem dúvida o tipo ajuda... tem estado ultimamente muito exposto ao sol? E depois dizem que sol de inverno não queima!

— Por falar em curtume me lembrei da greve da Armour em janeiro. Com tantos trabalhadores em greve metidos no negócio de carne me pergunto se eles não teriam alguma coisa a ver com essa história estúpida de bois — lembrou o Pereira Mattos. — Sabem de uma coisa? Os bois estão é aqui, no coco, na cabeça, tudo imaginação, não na cidade. Soltaram e atiçaram dois ou três para criar confusão e pronto: já virou boiada. A cabeça de um palito de fósforo pega fogo e já se fala em incêndio. Quando escutei as primeiras notícias trazidas por aquela mulatinha não dei fé, e ainda agora duvido!

— Mulatinha?! — Interessou-se vivamente mme. Keneubert.

— A propósito, quem ganhou hoje o jogo no Parque São Jorge? — interveio Urbino intempestivamente, aborrecido com o sócio por fazer pouco das suas informações sobre zebus. — Quem marcou o único gol da partida contra os uruguaios? Quem fez os paulistas ganharem? Um mulato!

— Friedenreich! — confirmou a voz lenta, arrastada, do Zé Belarmino.

— Mesmo filho de preta, tem sangue alemão por parte do pai, mas o senhor sabe o que penso de misturas — disse mme. Keneubert, e sorriu com certa benevolência.

— Que venha mais e mais gente de fora para branquear o Brasil — disse o pediatra —, quanto mais melhor. O imigrante italiano já fez muito, mas é preciso mais, muito mais.

— Trouxe também a baderna, o anarquismo — disse o Pereira Mattos.

— Cuidado com o que fala. A mulher do Fontainha é Nitrini, não se esqueça — cochichou Alaor para o outro engenheiro, o de minas.

— Bobagem — retrucou o Pereira Mattos no mesmo tom baixo —, uma coisa não tem nada a ver com a outra. Mas... repare o tamanho do queixo da mulher com aquela carantonha à la Mussolini; já viu coisa igual?

— Friedenreich! — repetiu o Zé Belarmino. — Puxa, o Friedenreich!

— Antes jogavam só brancos. Era um esporte tão distinto quanto tênis.

— Mulato de olhos verdes, não gosta do Friendereich, madame?

— Ah, seu Urbino, é igualzinho ao irmão, um provocador! Está me ouvindo, engenheiro?

(O Pereira Mattos voltou-se, mas não era com ele. Alaor fez que não ouviu.)

— Engenheiro, engenheiro, falo ao senhor, doutor Alaor, sempre gostou de me provocar; é um brincalhão. Mas hoje me deu um artigo sério para ler; sobre o Sarre; assinado pelo general Goering. Não me pergunta se gostei, engenheiro? Gostei, engenheiro!

— Hoje ele não está para brincadeiras. Não fique tão macambúzio, Alaor — comentou o Zé Belarmino. — Que cara. Quem foi major em 32 não há de ter medo de boi sem colhões, ainda mais zebu. (A última sentença foi dita de forma que mme. Keneubert não a escutasse.)

— Tudo a mesma carne de vaca — confirmou o Pereira Mattos no mesmo tom discreto.

— Em 1919 — recordou o sogro do engenheiro em mais uma contribuição para o congraçamento geral — as chuteiras do Friedenreich ficaram na vitrine de uma joalheria no Rio, a mais bela jóia entre todas, por causa do gol da vitória do Brasil, no, no... quem aqui se lembra direito como foi? ah... memória...; se todo mulato fosse como Friedenreich!

— Que mulatinha? — insistiu mme. Keneubert.

— Como assim? — estranhou o Pereira Mattos.

— A mulatinha que falava dos zebus — sorriu mme. Keneubert.

— É a órfã do Juizado que trabalha na casa de Cássio e Mercedes — esclareceu Alaor amolado. — A senhora a conhece muito bem, está aqui hoje para ajudar no ajantarado, a Brasília.

— Ah, Brasília.

— Sim, a pajem do Cirino.

— Não é minha pajem! — gritou Cirino enroscado no último degrau da escada.

— Esquisito esse garoto! Tímido, e com uns repentes.

— Criança brasileira bebe muito pouco leite; leite é um alimento completo; e depois, acalma. É a bebida por excelência para toda a família. Para qualquer idade; é o vinho dos velhos, como dizem. Americano é que sabe viver; aquilo é que é povo civilizado. Desculpe, madame, não quis ser grosseiro, mas a senhora há de concordar comigo que americano bebe mais leite que alemão. Em cada refeição um copo de leite, como se fosse água.

— Isso já acho exagerado — disse o velho Botelho, amigo do seu copinho.

— Precisa beber mais leite, menino — sentenciou o pediatra Bulcão passando a mão no cabelo assentado, de risca perfeita. — Quantos copos de leite você tomou hoje?

— Responda ao seu médico, Cirino.

— Não é o meu médico! Não é a minha pajem!

— Desculpe, Horácio, pensei que fosse seu clientezinho...

— E é!

— Cirino, você sabe cantar a "Marselhesa" como Maria Antonieta? — perguntou a Tante que passava.
— Perdeu a língua?
— Então cante o hino nacional mesmo.
O engenheiro escutava sem entender. A França, os bois, as greves, os hinos. Tinha urgência em chegar até Cremilda e não saía do lugar. Alguém citava, como se fosse o padre, do púlpito, lendo o Evangelho na missa do domingo:
— "Ninguém, seja pessoa natural, ou jurídica, pode ser colocado na ilegalidade. Alguém é que, saindo da lei, se colocará na ilegalidade. Será uma ilegalidade declarar fora da lei a quem estiver dentro dela."
— Você entendeu? — perguntou o Zé Belarmino ao dentista e astrólogo que fez apenas um vago gesto de cabeça.
— De novo! Vamos lá, mais uma vez!
— Citei sem mudar uma vírgula — acrescentou o dono da voz de cônego que, despido da ênfase, revelou ser mais uma vez apenas o Domício Pereira Mattos.
— Ir desse jeito contra o fechamento da Aliança Nacional Libertadora... dá o que pensar. Sim senhor! Ainda que a frase não seja muito clara, vamos e venhamos; embrulhada. Quem é o dono da citação? — perguntou o velho Botelho.
— Engana-se redondamente, doutor João Alfredo, se pensa que é gente do Prestes. Muito pelo contrário; o autor é anticomunista. Quero dizer, anticomunista morno porque pelo que sei dele é apolítico para questões cá da terra. De resto o Leôncio Correia é um germanófilo; com ou sem Hitler.
— Uma grande inteligência! Quem diria — admirou-se o Zé Belarmino.
— Poderia repeti-la, por gentileza? — pediu o Alceu Fontainha com ar solícito.
— "Ninguém, seja pessoa natural, ou jurídica, pode ser colocado na ilegalidade. Alguém é que, saindo da lei, se colocará na ilegalidade. Será uma ilegalidade declarar fora da lei a quem estiver dentro dela."
— Surpreendente!
— Você entendeu? — indagou de novo o Belarmino.
— Por que não? Por acaso o Mattos falou turco, japonês? — ironizou Urbino.

— O que interessa sempre fica de fora — decidiu-se por fim o Zé Belarmino; e arregaçou os beiços em um sorriso duvidoso.

— Mas o que ficou de fora no caso? — irritou-se o Pereira Mattos. — O Aloísio Correia não acatou o decreto do Getúlio fechando a Aliança e ponto final. A entrevista saiu na *Platéia*.

— Jornaleco. Logo vai para o beleléu como a própria Aliança; se já não foi. Muito me admira um homem como o Aloísio Correia dar corda para essa gente.

— Um jurista não recusa o seu parecer a quem quer que seja. Depois, se fosse outro desconfiava, contudo sendo alguém como Aloísio Correia... Quer que repita mais uma vez?

— Ora, por favor, Mattos! — disse Alaor.

— O nosso aniversariante finalmente se pronuncia com ardor! Mas afinal o que ficou fazendo tanto tempo lá em cima, meu caro? — indagou o sogro em uma manifestação tardia de curiosidade.

— O ponche. Respinguei na roupa.

— Hum. Madame Keneubert me havia garantido que você cuidava de uma infiltração.

(Madame Keneubert? Frau Keneubert! Tem tudo de uma espiã essa mulher. Por que Cremilda havia de querer uma sessão de massagem exatamente hoje, domingo, meu aniversário, 14 de julho! Como se não bastasse a Tante sempre pelos cantos.)

— Infiltração? — estranhou, novamente solícito, Alceu Fontainha.

— Uma rachadurinha à toa no teto da sala de jantar...

— Esqueça por hoje a profissão, Alaor — pediu o velho Botelho; todavia o dono da fábrica de biscoitos Jacim pensava no próprio negócio: — venha experimentar meu novo biscoito coração-de-manteiga, uma delícia.

— Cuidado! Olhe o garoto, o senhor ainda pisa no pé dele.

— Cirino! Ainda sentado no degrau? Anda, vai brincar com os outros.

— Não quero. Prefiro ficar aqui.

— Criança não tem vontade. — Urbino lhe aplicou um tapinha na cabeça.

— Está muito respondão, meu filho — replicou o avô Botelho, todavia com brandura. — Venha, eu lhe dou um coração-de-manteiga.

— Não estrague o apetite da criança para o ajantarado, por favor, papai. Já é um niquento sem comer fora de hora, imagine hoje que não parou de beliscar o dia inteiro!

— Ora, Cássio, não me venha de novo você! Hoje é dia de festa, Catorze de Julho! de Alaor, da França. Sempre você e Mercedes com o tal do horário; por isso Cirino está desse jeito.

— Pediria para não me desmoralizar diante do menino, papai. — Cássio, que tinha qualquer coisa dos olhos fixos da irmã Cremilda, uns olhos rasos e tocantes, falava bem perto do pai.

— Horas e horários, ora bolas, não me venha também você.

— Por falar em hora — comentou o Fontainha com o seu ouvido especial para o que não lhe dizia respeito —, e a fala do cônsul? Será que já foi? Vamos até o rádio?

— Deixemos os mocinhos e mocinhas ouvindo os seus foxes! — trovejou o engenheiro.

— Mas sabe da hora?
— Como assim?
— A locução do cônsul? A hora?
Urbino interveio:
— O rádio estava dando era sobre os bois, depois parou.

— Cirino, vai ver o que estão dizendo dos bois, meu filho. Pede ao Miguel ou Gastão para ligar novamente o rádio.

— Bois, bois, bobagens. Não acredito em mais do que dois ou três bois soltos na cidade. E de propósito; *alguém, alguns*, os soltaram.

— Sinto muito, Pereira Mattos. Vamos nos render à evidência. *Ele* viu.

— ...quando vinha para cá; em Santa Cecília, um bando deles. Parecia um exército — confirmou o dentista e astrólogo. Até ali passara a informação só para Urbino, talvez aguardando um momento especial da reunião, um vácuo, uma pausa, o chamado para o ajantarado, para o impacto da revelação, tal como fazia nas suas conferências sobre Astrologia (dificilmente discorria em público sobre Odontologia). Sua feiosa cara triangular, de cabelos castanhos e crespos divididos ao meio e bem lubrificados, mostrava desapontamento por ter sido apanhado de surpresa, deixando escapar informação tão relevante apenas como apoio ao que o outro afirmava. (De fato, chegando já com o escuro na casa do engenheiro Alaor Pestana, o que vira pouco antes nas imediações da rua Veiga Filho — bois passarem em tropelia descendo uma ladeira íngreme — parecera-lhe então antes curioso do que assustador, mas já agora começava a pensar de outra maneira.)

— O que eu não dizia há minutos lá fora? — comentou o Zé Belarmino com a satisfação de um experimentado anunciador de desgraças; o que absolutamente não era. Esse (apontou com o queixo o pediatra Horácio Bulcão) ainda me perguntou: "Viu algum?". Pois está aí o Fontainha que não viu algum, viu um exército.

— Não exageremos! — insistiu o Pereira Mattos.

— A escuridão parteja os seus próprios monstros — disse com elegância incomparável o pediatra, surpreendendo os presentes.

— Não exageremos! — repetiu o Pereira Mattos.

— Cuidado! Olhe o menino!

— Cirino, de uma vez por todas, quer ir brincar com os outros ou prefere ser pisado aí no degrau? Levante-se! vamos, ande!

— Admito, admito. Uma boiada estoura e por isso esquecemos o Catorze de Julho? A França? O aniversário do rapaz? — interveio o velho Botelho, afável, em mais uma contribuição para o bom andamento da noite.

Sorrisos e tapinhas nas costas do engenheiro: — Ah, rapaz! rapaz!

O outro, o engenheiro de minas, o Pereira Mattos, curvou-se espantado:

— Mas o que faz você aí sentado na escada com a mão cheia de mica, Cirino? Assim vai espalhar tudo pelo chão.

— Isso é coisa de Maria Antonieta — aborreceu-se Alaor. — Cirino, não me jogue essa mica no chão, sim? Que é de Brasília?

Cirino tinha desaparecido. O engenheiro pediu licença, foi abrindo caminho. — Depois, Mattos, depois, há tempo, falaremos de mica outro dia, hoje confesso que não tenho cabeça. Sei perfeitamente das suas várias aplicações e até concordo que pode ser um negócio interessante, a longo prazo, me parece. Confesso que não morro de amores por essas casinhas quadradas futuristas cobertas de mica, mas eu próprio já construí algumas delas como você bem sabe; são os ossos do ofício. Mas explorar, vender, exportar! preciso pensar um pouco (contudo, pensava nas lavras de ouro pouco exploradas nas cabeceiras do rio Pedro Cubas e também em como muitas vezes se sentira explorado pelo sócio mais velho da casa Pestana & Mattos Ltda., sobrando-lhe a responsabilidade pelos encargos maiores e as minúcias mais cacetes).

— Esterco de trovão é como o povo de Alagoas chama a mica brilhando ao sol depois da chuva, uma beleza — informou o sogro de Alaor Pestana com um olho gordo para futuros bons negócios do genro. — Troveja, cai aquela chuvarada e o povinho ignorante acredita, bem, hum, que depois de muito barulho o céu aliviou os intestinos e deixou seu produto na terra como esterco, quando o sol vem. Justino, meu amigo protestante, sério demais como são os protestantes, acha um desrespeito para com Deus Pai eu ficar repetindo essa história. Deus Pai que me perdoe se estiver errado, mas não vejo por quê. Reconheço que se a mica fosse chamada "esterco de Deus Pai" a história seria outra, pesada. O povo brasileiro é muito respeitoso com assuntos de religião.

— Respeito relativo — comentou o Pereira Mattos, pensando nas greves que haviam estourado no mês de julho e lhe apareciam como algo sacrílego, em particular a dos ferroviários —, respeito relativo.

O engenheiro passava por aquela trama de vozes rompendo aqui e ali um fio de conversa, outras vezes abrindo mesmo um pequeno rombo, outras, como uma alma, atravessando-a como um ser incorpóreo, a despeito da corpulência, do rosto corado, da gravata com as cores da bandeira da França. Mas naqueles pequenos hiatos na conversa, quando lhe abriam passagem e suspendiam por momentos o que estavam a dizer — em consideração a ele, aniversariante —, parecia-lhe escutar, saindo do vão de silêncio cavado no vozerio, Jalne latindo, latia em vários pontos do jardim e do quintal, gania por vezes, alguém o soltara, alguém o excitava. E no retângulo das janelas abertas, e entre os pilares da varanda, parecia-lhe também ver a cabeça arrepiada e loura da pequena Maria Antonieta contra o escuro da noite — talvez abraçasse o cão e por isso sua cabeleira frisada especialmente para a data surgisse tão grande e felpuda, mas já não estava certo de que o cão latisse, estivesse solto, a filha corresse à volta da casa; a trama fechava-se novamente às suas costas e escutava mais uma vez as vozes ali perto, esbarrava em ombros e dizia, com licença. A casa tão cheia de vida, por dentro e por fora, aquilo era *vida*, pensou o engenheiro emocionado e reparou que da porta da cozinha, no vai-e-vem de gente entrando e saindo, Augustina, a cozinheira, sem se atrever a avançar pela sala de jantar para chegar perto do piano na sala de estar, fazia sinais à sua mulher com a mão meio erguida, o dedo indicador chamando-a. Olhou-a por sua vez com ar interrogativo, mas ela não o via, os olhos só para a patroa, arruivada e grande no umbral da porta. A porta da sala de jantar para a de estar tinha três folhas de cada lado que, dobradas umas sobre as outras, eliminavam a divisão entre as duas como ocorria entre a própria sala de estar e a saleta de música, separadas apenas simbolicamente pelo friso de madeira. Logo a porta seria inteiramente aberta para facilitar o acesso à mesa do ajantarado. Ótima casa, ótima reforma a que fizera. Ótima reunião. E como não estaria a essa hora a outra, a da casa do cônsul da França? Talvez menos barulhenta, sem crianças, provavelmente sem vida alguma como costumam ser as reuniões oficiais, ou quase, em qualquer parte do mundo (o engenheiro nunca saíra do Brasil). O cônsul que ficasse com os figurões oficiais — ele ficaria com a vida.

O engenheiro afastando-se dos que estavam ao pé da escada ainda assim arrastava alguns consigo — não o seguiam exatamente, deixavam-se levar como um barco se deixa levar pela correnteza. O recinto ondulava movimentado por esses pequenos cortejos de duração incerta, que abriam caminho, cruzavam-se, anulavam-se ou seguiam adiante:

— Não nego minha grande admiração pelo Assis Chateaubriand. Leia o que disse no discurso do Prestes para os aliancistas, no dia 9. Leio eu então para lhe tirar as ilusões, só porque o homem tem um ar sofrido de Jesus Cristo, Jubal.

— ...descrê da ciência, interroga o teu instinto, consulta a natureza.

— Por falar em bois, este mês o Getúlio ganhou de presente bois, na sua visita à Argentina. Claro que sei do que estou falando. O carregamento seguiu pelo rio Uruguai por um vapor de Entre Rios, quer mais detalhes? Por que havia de ser mentira?, para a fazenda dele, no Sul.

— Será que a boiada de hoje não tem qualquer coisa a ver com esse caso? do presente?

— Que despropósito. São os mais puros exemplares de gado argentino. Alguém então havia de presentear o presidente com boi zebu?

— Zebu é bicho plebeu. Fazendeiro paulista que se preza não cria zebu.

— "Ele não tem estilo nem idéias, não argumenta nem raciocina. Lança ao acaso pontos de exclamação e adjetiva copiosamente. Na falta de idéias gerais, na ausência de aptidão doutrinadora, o bravo capitão-do-mato manipula os sinais primários do alfabeto."

— Quem é assim?!

— Pst. O Prestes.

— "Estamos à volta com um movimento botocudo na expressão legítima da palavra." Bo-to-cu-do.

— Que movimento?

— O da Aliança.

— Assino embaixo; de quem é?

— Dizem que em Paris as comemorações do Catorze de Julho são belíssimas; uma verdadeira apoteose.

— Todo o mundo está se virando para o lado da Revolução Russa, até o Roosevelt, você não acha?

— Sempre achei.

— Astrologia, não Andrologia. Sei que houve na cidade uma palestra sobre Andrologia realizada pelo doutor José de Albuquerque; não sou eu, lhe afianço; nem tenho o prazer de conhecê-lo. Há muito barulho, poderia ter a fineza de repetir? Bem, lhe afianço que nada sei de muito interessante sobre a patologia dos órgãos sexuais masculinos fora o, o, costumeiro. Há senhoras por perto, de qualquer forma não é o momento. Não valeria a pena, deve estar muito frio a essa hora no jardim, depois, não teria grande coisa a acrescentar. Sou astrólogo, não andrólogo. Dentista também, certo, isso sim. Perdão?

— O secretário da Câmara de Comércio do estado de Ohio, depondo em uma comissão da Câmara dos Representantes, mostrou-se contrário ao programa do presidente Roosevelt, que pretende taxar os ricos. Ele disse às testemunhas que numerosos conspiradores, alguns conselheiros diretamente ligados ao presidente, procuram implantar o socialismo nos Estados Unidos.

— Incrível. Em que mundo estamos.

— Ouvi dizer outra coisa, que o presidente dos Estados Unidos é um fascista.

— Para mim fascismo e integralismo são como aquelas irmãs xifópagas do doutor Chapot-Prevost. Separados e iguais.

— Bobagem, não concordo.

— Um parente de dona Joaninha Arruda tinha tal admiração pelo doutor Prevost que estudou medicina só por causa desse episódio. Mas ao longo da sua carreira nunca se deparou com xifópagas.

— A vida destrói muitas ilusões.

— Soube que outro dia, na promulgação da Constituição de São Paulo, o Fairbanks vestia o uniforme do integralismo, ele que há muito tempo não aparecia com a camisa verde.

— Sei de outros dois que foram à cerimônia vestidos com a faixa dos soldados constitucionalistas.

— Êh, São Paulo! Não esquece.

— A Revolução de 32 teve uma grandeza, uma nobreza, como poucas vezes se viu. Você talvez não entenda porque é mineiro.

— Está muito enganado. Sou de Avaré.

— ...chifrado diante do Teatro Municipal.

— Logo vamos servir. Não se empanturre de corações-de-manteiga.

— Você acredita que Mussolini vai invadir mesmo a Etiópia?

— Não faço idéia. Mas repare ali no queixo da mulher do astrólogo. Ela não se parece um pouco com o homem?

— Ah, você! Ele, ouvi dizer que é muito instruído. Qual é o primeiro nome?

— Alceu. Alceu Fontainha. Tem muitos títulos. Fez estudos na Escola de Astrologia e Filosofia da França e foi escrivão e coletor federal em Igarumim. Hoje é o encarregado da seção de Astrologia de uma editora e colabora também no seu Almanaque Universal. Tem ainda certificado de escola de Teologia e diploma do curso de Ciências Psíquicas do Instituto Federal; sei por causa da família da minha mulher; e, naturalmente, diploma de dentista.

— Bois de novo! Não haverá assunto melhor para esta noite?

— Meu amigo Hans não gosta de jabuticaba. Acha uma fruta pesada.

— Pura impressão. Porque a fruta é preta.

Altas como coqueiros eram as pernas e ele se sentia sufocado no meio delas. Não conseguia sair. Lá no alto as cabeças conversavam entre si, batiam as falas e se tocavam umas nas outras, lept, lept, lept. Estava sufocando quando um braço o apanhou pelos sovaquinhos suados de medo e ele se viu jogado para o alto. Foi colocado a cavaleiro sobre a nuca de alguém que se divertia a valer. Morreu de vergonha. Não se lembrava de pessoa alguma tê-lo carregado assim, só na fotografia do álbum de quando era tão pequeno que tinha até outra cara. Riu e chorou um pouco. O tio Alaor gritou para não fazerem assim com ele porque era franzino. Entendeu "franzido" e se esticou para trás. O tio gritou, por caridade, Jubal! a espinha do garoto! — Saiu do cangote do desconhecido, mas antes de ser colocado de novo no chão o homem o olhou bem na cara, riu e lhe soprou no ouvido: Não chora, você ficou maior do que eles. Era um homem de nariz meio grande e de olhos bonitos. Daí Cirino ficou quieto porque as coisas tinham mudado de repente, ele havia percebido. O homem tinha o peito cheio de ruídos como às vezes o rádio da casa, quando o pai dizia: É a estática, tem muita estática; notou quando ele falou com a cabeça encostada na sua: Se alguém te amolar dá uma canelada, e se não tiver bastante ar em volta, vai dando caneladas. Tio Alaor chegou perto e com uma palmada leve na sua bunda ordenou: Suma, Cirino. Ele correu entre aquela floresta de pernas — sem direção.

(Jubal Soares vinha a ser funcionário da Pestana & Mattos Ltda. Contratado como desenhista-projetista da firma, com o tempo revelara-se também talentoso vendedor de suas pastilhas. Alguns colegas de trabalho do engenheiro teriam ouvido falar, e outros teriam mesmo tomado conhecimento, de uns "versinhos imorais" e ainda por cima de "pé-quebrado" que ele fizera por ocasião da morte de Ordália Vilaça, a "decaída patinadora" do Rink São Paulo segundo a notação mental de mme. Keneubert há pouco. Versinhos futuristas? não; nem isso. Contudo, algumas cópias em papel vegetal da firma haviam circulado discretamente entre os funcionários e freqüentadores da Pestana & Mattos Ltda. e consta que com o estímulo e a conivência de Urbino. Havia mesmo quem soubesse os versinhos de cor e salteado. Já o Pereira Mattos preferiu ignorá-los, pois, para ele, mesmo o "versejar brejeiro" precisava respeitar certas regrinhas do bom-tom ainda se pretendessem ser uma última homenagem (e que homenagem!) a alguém que fora nos últimos tempos de vida ela própria pessoa *muito* brejeira. De resto, com homenagens, fúnebres ou não, sabia ele bem como se haver; entendia do assunto. *Aquilo...* o que era afinal? Eis o que vinha nos dizeres por uns e outros lidos e repetidos: *NA EMBOCADURA./ Ordália Vilaça/ quando morreu tinha os olhos vermelhos/ de correr atrás do sol/ e o corpo salgado pela maré alta// De manhã na praia a tomaram/ por um grande peixe cinzento/ estranhamente com pêlos na cabeça/ e pés nas extremidades.// Seus amigos a reconheceram contrariados/ pois cheirava a peixe/ mais do que é usual numa mulher/ e trazia no corpo mais sal/ do que seria tolerável.// Sabiam que era Ordália/ mas já não queriam reconhecê-la como amiga./ Ela os envergonhava na morte. Sua medida/ animal era outra — arredia a qualquer compostura.// Seu gosto de sal e o seu cheiro de peixe — tão fortes/ os levavam para perto da morte/ e da vida — na embocadura.*)

O engenheiro foi chegando perto do piano.

D. Hermínia Fontainha, nascida Nitrini, tinha uma grande cabeça, grandes olhos negros, pele muito clara, uma grande boca vermelha. O tronco curto parecia ainda menor com o boá à volta do pescoço — curvou-se e apreciou o próprio rosto no brilho escuro do piano como nas águas de café de um misterioso lago gelado. Cremilda adiantou:

— Preciso dar uma palavrinha ao Alaor, depois começamos. Além de você, mais alguém?

— Só eu. Achou mesmo boa a idéia do "Navio negreiro" musicado pelo Gazolla?

— É de fato muito artístico, só que bastante difícil; claro, não para você — Cremilda apressou-se a esclarecer. — Mais tarde então mando servir o prato quente, a canja e...

— Se preferir deixar para depois...

— Não, não. As crianças todas vão estar dentro e mandar o bandinho de volta para o jardim com o frio da noite..., ficar aqui não dá, são crianças, compreende. Vou mandar fechar a vitrola.

O engenheiro sorria. Aquela echarpe verde nos ombros da mulher dera-lhe realmente grande distinção. Agora Cremilda lembrava-lhe até nos gestos a defunta mulher do Pereira Mattos, o que havia em matéria de distinção. (Por meio dela começara o Pereira Mattos sua fortuna; seja dito a seu favor que, fora algumas imprudências, empregara bem o capital. E ainda tivera um empurrãozinho com a famosa herança de uma tia da carametade.)

O jardim cercava a varanda e a varanda acompanhava as duas salas da frente, mas o grande frio tinha sido barrado ali, perto das portas e janelas, parecia ser apenas a própria noite que também não entrava, estancada como grandes biombos de ar preto. Alguém tocava a superfície da noite com a ponta do nariz ao se curvar para fora e chamar uma criança e então o nariz gelava — ou alguém dizia alguma coisa perto de uma janela e de sua boca saía leve vapor — alguém tocava os vidros e madeiras das portas abertas, com os dedos, tentativamente — temia a entrada do frio — mas o frio e a noite eram uma coisa só, e a noite não entrava, estava barrada ali adiante — seus limites eram os limites das portas e janelas abertas, anteparos de ar preto encaixando-se perfeitamente nos vãos. Poucas estrelas se abriam acima da magnólia que só em setembro iria florir, com suas flores brancas e espaçadas.

— Olímpia está nervosíssima por causa do Tomé.
— Como?! ainda não chegou? — espantou-se Alaor.
— Não. Nada dele. E agora Augustina me disse uma coisa..., que o Tomé não saiu sozinho, veio um homem atrás dele logo cedo, saíram juntos. Só agora Olímpia contou a Augustina; estava escondendo isso porque..., ela lhe falou que o homem tinha uma cara... meio destruída.
— Como?!
— Meio sem nariz, foi o que disse a Augustina.
— Lepra!
— Fale baixo! Não há de ser, Deus é grande. E o Tomé não ia sair com um. Depois, já viu morfético solto na cidade?
— O Tomé é meio pascóvio, mas não é louco. Há de ser outra coisa, quem sabe o homem nasceu assim.
— Há de ser outra coisa, Deus é grande. O homem terá nascido assim.
— Mas por que não volta o Tomé? — irritou-se o engenheiro.
— O Catorze de Julho espalhado pela cidade... você sabe, pode ter complicado. Agora me escute — Cremilda puxou o marido para perto da varanda como se fosse lhe mostrar alguma coisa no jardim —, a Ermínia vai cantar.
— Você não me avisou! — horrorizou-se Alaor. — Eu não tenho cabeça para..., por que você não inventou qualquer coisa, que estava com as mãos duras de frio para tocar o acompanhamento?

Cremilda riu: Que idéia! Mãos duras de frio! Que frio? E depois, alguém já impediu as Nitrini, a mãe, as filhas, de cantar? Cantam bonito, não sei por que você implica. Tem medo de novo acesso?

O engenheiro interrogou o teto da sala, perto da porta da varanda.

— Só pode ser nervoso — continuou Cremilda com brandura. — Na família do Pereira Mattos sempre se cantou, lembra

da mulher, que linda voz de soprano? Agora quando canta uma Nitrini...
— Talvez — disse o engenheiro cautelosamente — seja o tamanho da cabeça, da boca, principalmente o queixo, não sei. E o modo! Não te parece exagerado o modo?
— Pst. Fale mais baixo — recomendou Cremilda. Mas Ermínia Nitrini Fontainha mostrava-se entretida consigo mesma. Com uma das mãos acariciava o boá e com a outra virava as páginas da partitura.
— Estou preocupado — tornou o engenheiro. — Essa história dos bois parece ter um fundo de verdade. E agora o Tomé com esse homem...
— Meu filho, estamos aqui juntos, olhe só que alegria, o Tomé não faz falta; as empregadas de papai, a Brasília do Cássio, todos para ajudar no ajantarado. Por que você está desse jeito?
— Não pode ser coisa política? — disse o engenheiro muito baixo. A fala lhe saiu quase sem som.
— Tudo pode ser político em São Paulo — considerou Cremilda pensativa. Depois da Revolução do Isidoro em 24 não se tem mais sossego na cidade; e 30, 32. Mas espera o Tomé chegar para contar. Ele vai ter coisas para contar, na certa.
— Nunca aconteceu isso, do Tomé não chegar e não avisar.
— É verdade — disse Cremilda. — É verdade.
— Há de ser coisa política sim — decidiu-se Alaor. — Essa gente do Prestes. E greves; greves e mais greves; de janeiro para cá então... não é esquisito?
— Você acredita mesmo que os bois... — aventurou-se Cremilda.
Ermínia Nitrini Fontainha olhou para os dois e sorriu com sua boca vermelha e grande de palhaço bonito. Cremilda apressou-se:
— Quando Ermínia cantar, eu te peço, fique afastado do Urbino para não terem outro acesso como daquela vez.
— Ninguém percebeu. — O engenheiro passou as mãos nos cabelos ralos e louros e esboçou o sorriso incompleto, a meio, de alguns homens Chevassus, o lábio inferior tremeu um pouco. Depois falou grosso: — Ninguém percebeu nada, não é mesmo? Você sabe, são de família esses acessos de riso.

— Não importa. Eu fiquei morta de medo. Tratem de ficar afastados um do outro, pelo amor de Deus. Não olhem um para a cara do outro. Lembrem-se do enterro do Gusmão, foi só entrar e olhar o defunto, vocês começaram com o riso.
— Ninguém percebeu. Foi só nervoso. Você não viu Maria Antonieta hoje na hora do almoço com Cirino?
— Meu caro, você quer se comparar às duas crianças?
— A pequena saiu à minha família sem tirar nem pôr.
— Não é hora de conversa sobre Maria Antonieta. Mas acho que ela não saiu a ninguém.
— Tem tipo de rainha! — comentou com orgulho o engenheiro.
— É verdade, isso tem — assentiu Cremilda.
— Tem o tipo, mas não tem a alma — pontificou a Tante passando da varanda para dentro.
— A Tante prega cada susto! — disse Cremilda. — Quando menos se espera ela está por perto.
— Falta do que fazer! — resmungou o engenheiro. — Veio para ajudar no ajantarado, mas já esbarrei mil vezes nela de mãos abanando.
— Não seja implicante, deixe a Tante em paz. Quero é lembrar que naquele dia do enterro você e Urbino tiveram que sair e ficar dando voltas no quarteirão para se controlar. Depois, só Urbino entrou.
— Está aí a prova. Você acha que eu haveria de querer rir numa ocasião tão triste como a morte do Gusmão? É temperamento. Como agora. Não é que não goste de arte, de canto. É... reação nervosa.
— Fique longe do Urbino; e não fique de frente para Ermínia. Faça isso por mim.
— Se até de Arte Moderna gosto de muita coisa; tirando essas casinhas quadradas futuristas, e as pinturas. Mas lustres, móveis de laca preta! Gosto, gosto, gosto.
— Psiu — fez Cremilda —, chega! Mande Gastão fechar logo a vitrola, sim?
Um burburinho na saleta da vitrola, uma revolta juvenil, o som insistente cresceu e depois sumiu. A partir da vitrola fechada o silêncio foi avançando para a cauda do piano preto e

ergueu-se atingindo os lábios grossos de Ermínia Nitrini Fontainha. Ela separou um lábio do outro, aspirava o silêncio com prazer. Cremilda sentou-se ao piano e abriu a partitura, tão caseira, tão doce, e à sua maneira prestativa também tão talentosa. O engenheiro não tinha vontade de rir naquele momento. Não sabia como exprimir sua admiração pela mulher. Ela inclinou o corpo como se auscultasse as teclas, as franjas da echarpe verde infladas pelo peito roçavam de leve aqui e ali o marfim. Em cima já há duas horas dormia Marito, e a pajenzinha Rosa velava o seu sono dormitando por sua vez. Os peitos de Cremilda igualmente velavam debaixo da echarpe — acompanhavam o sono dos de cima. Simplesmente um anjo, uma santinha, admirou-se o engenheiro. A santinha porém voltou-se e por um momento olhou-o com fixidez espantosa. Estaria querendo passar-lhe mais alguma mensagem? Contudo, era apenas o Zé Belarmino ainda na prosa, as gengivas exibidas: Um movimento botocudo, meu caro; nem mais nem menos todo esse histerismo dos moços em volta da Aliança, eu lhe digo e repito: bo-to-cu-do.

— Belarmino, você não está vendo que já vão começar?

— Sim, sim. — O Zé Belarmino recuou, mas o silêncio ainda continuava comido pelas bordas.

Cremilda correu os dedos sobre as teclas e uma fieira de sons correu apressadinha com eles.

— *Navio negreeirooo...*

Cirino reencontrou Maria Antonieta com Jalne na entrada lateral que dava para o lado mais desalinhado do jardim; o pedaço de mato, a floresta em miniatura onde as tartarugas passavam sob a hera, passavam naquelas sossegadas estações do passado e não acabavam de passar — como o próprio passado que vagarosamente se afasta e ao se afastar volta exatamente porque é o passado; só o presente o conhece. As tartarugas sumiam por longo tempo, mas voltavam, muitas vezes carregando o passado nas carapaças (lisas, depois rugosas), nomes e datas escritos com a ponta de um alfinete ou canivete: *1917* (quando o Brasil entrou na guerra que foi chamada um dia "A Grande"); *carapicu* (Serve para tudo, disse a tia de Pernambuco diante da bacia de louça; cara, pé, cu); *1926* (O Espírito Santo agora habita esta casa, assegurou o padre que a benzeu; e aceitou uma xícara de café com sequilho).

Sentada com Cirino nos degraus da escada, ali no fim da boca da noite, Maria Antonieta havia diminuído novamente de idade, naquelas variações de gangorra da meninice em que, conforme o companheiro por perto, se é menos ou mais crescido. Elvira já a tinha esquecido há muito, ao lado da vitrola, e o Mino que ficara em seu lugar também se tinha ido. Ele contara as histórias do Lampião que matava e corria pela Bahia, Pernambuco e Sergipe, e estava vindo para São Paulo, ela agora repetia a Cirino; se não houvesse perigo dele chegar a São Paulo os pais não falavam tanto dele e não escondiam os jornais com a sua cara medonha para ele e os irmãos não verem, tinha dito o Mino. E contara do Meneghetti, o ladrão mais esperto do mundo, que andava pelos muros e telhados, o Príncipe dos Gatunos da América Latina, que fugira nu em pêlo de um poço no pátio de uma prisão com o nome de Tiradentes. Mas agora está preso de novo, não está?, perguntou Cirino. Pode não estar, pode ter escapulido de novo, estar justamente hoje, dia da festa do papai e da França, fora da prisão do estado onde o botaram da última vez, pode estar agora correndo nuinho pela cidade, ficando amigo dos ciganos que roubam crianças, pode ter se encontrado com o Lampião e o seu bando porque ele rouba por toda parte do Brasil, e pode ter combinado um encontro em São Paulo; amolado o Lampião para deixar a sua casa debaixo da planta dura e espinhenta onde mora para se encontrar com os ciganos e ladrões de São Paulo. (Queria conhecer o Brasil, disse Cirino. Você está nele, informou Maria Antonieta. Não acredito, disse Cirino.) Meneghetti está esperando debaixo do relógio do Jardim da Luz, bam, bam, faz o relógio, é a hora do encontro. Está correndo nu pela cidade com o Lampião cortando cabeças. (Ele adora andar nu, o Lampião?) Não, o Lampião adora cortar cabeças, ele anda, ao contrário, muito empetecado, todo coberto de medalhas e santinhos, eu vi numa fotografia no jornal, é um mico de feio — pode já ter chegado e estar em cima do telhado, esperando a hora de descer para baixo. (Nu? O Meneghetti?) Na certa, e escorregando pela jabuticabeira, sacudindo a magnólia, talvez já pulando em cima do piano nos braços de dona Ermínia, como o diabo é recebido à meia-noite. (A meia-noite está perto?) Não, a meia-noite está longe. (Como berra a dona Ermínia!) É a música do navio de escravos; ela tem que fazer força (*Albatroz! Albatroz! águia do oceano,/ Tu que dormes das nuvens entre as gazas,/ Sacode as penas, Leviatã do espaço,/ Albatroz! Albatroz! dá-me estas asas.*) Aconteceram coisas na cidade, estão acontecendo ainda. (Os bois?) Outras coisas também. Não reparou que o Tomé não voltou ainda? Tem gente correndo pela cidade toda e apanhando. (De varinha de marmelo?) Não, de pau, estão correndo até agora. (Como você sabe disso?) Escutei. (E os bois?) Bois de corcunda não merecem confiança — e Maria Antonieta deu de ombros —, o Mino disse que são bois vira-latas. (E o Meneghetti e o Lampião?) Você acredita em tudo. O Meneghetti está preso e o Lampião está longe, num lugar chamado... o Mino sabe. (Dá para ir a pé?) Só de trem ou galope — Maria Antonieta sentou-se melhor no degrau de mármore, abriu as pernas e fez da larga saia azul um fundo. Me dá aqui a mica. (Os Meneghettis não estão andando mesmo pela cidade, você jura?) Maria Antonieta riu e virou de lá para cá o pescoço branco e forte como se a gola de fustão a incomodasse. Bobo, ele é um só; e dizem que é mais educado que um rei. (Nu em pêlo?!) Acho que só ficou nu naquela vez do poço — e ela ainda disse engrossando a voz: Lá vai! — esticou o vestido e os pedacinhos de mica soltaram-se contra a luz em mil pequenas estrelas. (Que lindo!) Dá mais! (Teu pai...) Mais! — e Maria Antonieta vingava-se também de Elvira, que a deixara, jogando pelos ares o presente do Pereira Mattos — Mais!

Jalne rosnou e depois latiu. Maria Antonieta prendeu o seu focinho na mão e o apertou contra a cabeça.

— Escutou? — perguntou Cirino.

Uma coisa grande e manchada vinha se deslocando com rapidez pela cidade o dia inteiro; de longe, no escuro, era apenas um pouco mais clara que o escuro, lembrava um grande fardo sobre quatro andas e que fosse por aí afora levado por elas graças à sua natureza prodigiosa. Mas bem antes, lá pelas onze horas da manhã, quando a luz do dia iluminava sem distinção a cidade em todos os seus relevos, era apenas um zebu malhado descendo, com mais trezentos e quarenta e nove exemplares de sua espécie, da gaiola-bogie da São Paulo Railway para o grande mangueirão da Estação do Ipiranga. Eu daria os olhos da cara para saber quantos são, teria confabulado para si algum possível observador paulistano, ignorante de bois mas afinado com números, talvez bancário (de certo banco canadense, acostumado a realizar nos fins de semana expedições higiênicas pelas cercanias da cidade), e que — afastado da ala de passageiros —, ao desatar os olhos das suas divagações domingueiras para erguê-los na direção do gado desembarcando pelo passadouro, o tivesse examinado sem simpatia e com decidida suspeita; como quantidade maciça afrontosa: um monte de bois fora da conta.

Desembarcados puseram-se a marchar pacificamente pela rua dos Patriotas.

"Uma revoada de rolinhas, um lagarto que foge, um simples estalido à beira da estrada", bastam para provocar o estouro de uma boiada no sertão, tinha afirmado certo jornalista inspirado. Ele mostrava o seu lado imaginativo e romântico pela delicadeza dos exemplos escolhidos tão em desproporção com a desordem capazes de desencadear; havia tido, porém, o cuidado e o distanciamento de um cientista ao chamar o acontecimento de "fenômeno" apesar de não se furtar a batizá-lo de "impressionante sempre". Na própria cidade, contudo, naquele domingo, o "fenômeno" foi atribuído a causas de natureza nada bucólicas: um automóvel atravessando a rua, cortando a boiada; uma buzinada estridente do mesmo automóvel, um berro (saído de onde?). Mas quando se voltava a pensar que no sertão apenas um lagarto, uma revoada de rolinhas, um estalido... qualquer cidadão se abismava em dúvidas, e suposições as mais esquisitas vinham à tona. Na verdade nunca se soube exatamente a causa apesar da polícia ter aberto inquérito a respeito. Mas ficou claro que fatos dessa natureza não mais deveriam se repetir. Os bois foram mesmo chamados, por conta de seu desgarramento incontrolável, de "visitantes indesejáveis". É certo, porém, que também tiveram algo a ver com o aumento de orgulho dos paulistanos pelo progresso da sua cidade, pois houve quem pedisse a atenção do leitor para "o espetáculo inédito de cenas sertanejas violentamente inseridas na moldura de arranha-céus e zonas industriais".

Seriam entre onze e treze horas.

A Polícia Especial estava de prontidão reluzindo nova em folha com seus três meses de existência. Já conhecida da população como Polícia Especial da área civil havia sido criada em abril daquele ano no primeiro decreto assinado pelo dr. Armando Salles Oliveira como governador eleito. Para situações especiais estava a postos. Alerta. Céu sem nuvem de chuva e os festejos programados na cidade para a data da queda da Bastilha não tinham por que não acontecer. Existem, porém, festejos e festejos. A Polícia Especial tinha sido muito bem instruída de antemão para onde voltar os olhos naquele domingo.

A região do Ipiranga não estava sendo observada por olhos suspeitosos. O movimento da Estação do Ipiranga era o movimento da Estação. Lá estava ela, sólida, modesta e de certa forma graciosa no seu desenho "inglês", parecido ao das irmãs de linha. Com as duas plataformas, para passageiros e para carga, o mangueirão, os armazéns, as casas dos funcionários, os desvios para cargas e descargas e mudanças da composição e que, se vistos de cima num giro de avião, lembrariam, como ainda hoje, um grande garfo deitado. Perto, ao longo da linha, na vizinhança, os armazéns das fábricas; a de tecidos, do Jafé, a de biscoitos, como a Jacim, do dr. João Alfredo Botelho, que naquele domingo brindava na casa de Higienópolis os convidados do genro aniversariante com o novo biscoito coração-de-manteiga. A várzea aberta, rasa, muito descampado, o mato ralo e vivo, as bananeiras, o Tamanduateí espelhando a região e o céu, a avenida do Estado seguindo o rio. O Tamanduateí como um céu pelo avesso, apertado numa comprida serpentina líquida desenrolando-se pelos lados do caminho do trem perto da Estação.

À direita da ferrovia para quem vinha da Luz para o Ipiranga, estava a ponte; menos ou mais afastada da Estação, em algum trecho nas imediações.

Por um impulso de piedade dos que assistiram à cena e a levaram para fora do bairro; ou, ao contrário, por observarem na ponte a sua insignificância diante da enormidade do estouro de uma boiada de tantas cabeças, ela ficou conhecida apenas, e apesar da inesperada e breve notoriedade, pelo que de fato era: uma pequena ponte de madeira — e mais nada.

Empurrados pelo terror que os acossava pelos quartos traseiros, apertavam-se em cima da ponte. Eram muitos e berravam com o resto da boiada espalhando-se pelo bairro; de cima da ponte saía o seu mugido esquisito, rouco, misturado ao barulho da madeira estalando, partindo. Nos focinhos finos tremiam as longas orelhas pendidas, as pernas compridas escorregavam, as corcovas magrelas perdiam o prumo; a giba ou cupim, o sinal distintivo que de longe os tornava conhecidos e já desprezados pelos melhores criadores paulistas. Esse conjunto de ossos, gorduras, músculos, pêlos, de repente desequilibrou-se de vez, os zebus perderam o chão, os cascos pisaram o ar — pela primeira vez desde o embarque tão distante não tinham o seu chão, logo desciam, despencavam, os focinhos batendo nos focinhos irmãos espelhados na água, eles viravam a cabeça de um lado para o outro, os olhos eram os olhos da morte, o rio era o matadouro e os esquartejava dando sumiço na água a essa e aquela parte: joelho, barbela, jarrete, lombo; sumia uma parte aqui, apontava outra ali; morriam afogados como os bois de corte que eram — anunciando os seus pedaços.

Pensar que pouco antes marchavam ordenadamente pela rua dos Patriotas. Tão em ordem como tudo o que é ordenável; batedores do dr. Armando, músicos de uma banda, escoteiros a passeio, notas de uma melodia — como tudo o que vinha a ser um pouco invenção da cidade, um pouco natureza. Teria acontecido quando viravam a rua Lino Coutinho, ou mais adiante. O momento então veio. Menos que nada para ouvidos e olhos humanos. Um segundo e zás! A ordem lhes foi arrebatada. Como também saltou da mão dos peões que os tinham recebido sem preocupação maior, dentro da rotina de desembarque de carga bovina no trabalho de sempre para a firma de Olinto Simonini. Uma ordem velha até, de quando haviam sido embarcados em Mato Grosso; depois, de quando rumavam decentemente para São Paulo e, saídos da companhia Paulista em Jundiaí, para a São Paulo Railway, vieram chegando, chegando, passando pelas estações de Várzea, Campo Limpo, Belém, Juqueri, Caieiras, Perus, Taipas, Pirituba, Lapa, Água Branca, Barra Funda, Luz, Brás, Mooca, para finalmente chegar de vez à Estação do Ipiranga.

Hora de modorra. Naquela parte do dia em que mesmo sendo de inverno o sol, a preguiça é grande, ainda mais no domingo. Quanto Tante Chevassus, no divã do quarto de costura da casa do engenheiro, havia espiado as horas no seu reloginho de pulso e ficado desapontada. O relógio estava parado no meio-dia.

Na hora mais quente do sol inclinado de inverno um homem teve um infarto na rua do Manifesto à passagem de quatro zebus furiosos. Levou meia hora para ser acudido. Moradores da rua corriam atrás dos zebus e corriam deles; esta foi a explicação para o atendimento tardio.

Perto da rua Martinho Prado, onde ficava o Rink São Paulo, o movimento de pessoas crescia. A hora do comício da Aliança Nacional Libertadora para os festejos do Catorze de Julho (especiais, segundo a previsão da Polícia Especial) estava próxima. Grupos isolados de aliancistas circulavam nas imediações.

Grupos isolados de zebus atingiam vários pontos da capital, principalmente as zonas do Cambuci, Barra Funda, Luz, Brás, Bom Retiro, Santa Cecília, Perdizes, Campos Elíseos e mesmo o centro. A toda parte estavam chegando.

A guarda civil foi acionada e pedido o concurso dos laçadores do Depósito Municipal.

Antes das três horas a Polícia Especial começou a dispersar os aliancistas. Impedidos de se encontrar no Rink São Paulo, desceram em grupos para a praça Ramos de Azevedo, para outro comício relâmpago, e diante do Teatro Municipal cinco oradores falaram.

Na praça Ramos de Azevedo zebus foram vistos passando em disparada diante do Teatro Municipal. Nenhum paulistano soube dizer quando ou quantos. (Constou mais tarde na casa do engenheiro que um paulistano ali havia sido chifrado.)

Afugentados da praça Ramos, com os punhos cerrados e cantando o hino da Aliança, os aliancistas atravessaram o viaduto rumo à praça do Patriarca onde foram atacados com bombas de gás lacrimogêneo pela Polícia Especial; entraram pela rua Direita. Próximo dali, na rua São Bento, quando terminava a matinê do cine Rosário, os espectadores ao saírem depararam-se com zebus em trote acelerado. (Uma jovem, com o susto, sofreu forte queda de pressão, mas não chegou a perder completamente os sentidos. A tia acompanhante entrou em pânico manifestando esquisito formigamento no braço esquerdo. O gerente, chamado às pressas, deu às duas senhoras o atendimento que dele se esperava a tempo de ver os últimos bois se afastando. Ainda que não lhe fosse estranho senhoras e senhorinhas passarem mal nas sessões sob sua responsabilidade, a causa desta vez ele não a esqueceu em todos os anos de vida que ainda teria por viver. Curiosamente nunca soube esclarecer, sempre que perguntado, se os animais vinham do largo São Bento ou, ao contrário, para ele iam; nem quantos eram. Tinha apenas certeza de que os seus quartos traseiros sacudiam-se extraordinariamente enquanto passavam sumindo de vista.)

Pouco depois os aliancistas dispersavam-se.

Àquela hora começavam a perder as esperanças de reunir os bois dispersados os empregados-peões da firma Olinto Simonini.

O domingo registrou dois casos de auto-agressão por desespero, um humano e outro bovino, mostrando a dimensão do acontecimento. Dionísio Beviláqua, morador à alameda Olga, 81, foi ferido no antebraço direito por haver se atirado contra a janela de sua casa. Já um zebu na rua Major Margliano investiu com tanta violência contra um muro que o derrubou, morrendo por causa do choque recebido.

Houve a prisão de vários aliancistas.

Bois foram amarrados em postes e árvores.

Não constou que houvesse indivíduos feridos nas escaramuças com a Polícia Especial — exceto um policial estrangeiro. O conhecimento desse policial estrangeiro termina aí.

Bois começaram a ser sacrificados.

(O sacrifício de um zebu na praça Princesa Isabel chegou com grande atraso à casa do engenheiro.)

Ambulâncias começaram a recolher feridos em vários pontos da cidade.

Lamentavelmente não houve qualquer tipo de registro, pelo rádio, pelo jornal, de boca em boca, de pai para filho, esclarecendo se os arrebatados festejadores do Catorze de Julho, sucessivamente dispersados de vários pontos da cidade, e os animais fugidos em diversas direções (batizados aqui e ali ora de "endiabrados", ora de "furiosos", dependendo do ânimo e da distância em que o observador estivesse) teriam em alguns momentos se cruzado. *Um* aliancista, que fosse, com *um* zebu. Na esquina da rua São Bento com a rua Direita, diante do Teatro Municipal, num comício relâmpago, no largo do Cambuci em outro comício relâmpago; aliancista que passasse correndo diante de zebu amarrado à árvore; zebu que cortasse o espaço de aliancista discursando. Mas nada transpirou a respeito. Nem as inquietações dos paulistanos, então e depois, apontaram nesse sentido. Dessa forma, a obscuridade sobre certos aspectos das ocorrências daquele domingo foi aumentando até escondê-las por completo; largadas na mais completa escuridão. Como a curta tarde de inverno escurecendo rapidamente até que a um determinado momento a noite se fechou sobre a cidade de São Paulo. Sobre a casa de Higienópolis.

Então, das árvores, dos muros, das ruelas, dos prédios, sombras se abateram sobre os paralelepípedos, sobre o asfalto, como partes de uma outra cidade embuçada, o calçamento trepidou mais com a cidade batendo os seus cascos; trouxas, fardos, desamarravam-se de dentro das sombras, amontoavam-se, separavam-se. Fachos de luz — de lanterna, de farol, de luminária de poste — jogados em cima e aquele movimento na noite logo se dividia e se reagrupava mostrando os seus lados todos, os seus relevos, brilhos e pendurucalhos: cabeças, rabos e pernas espichavam-se para fora dos embrulhos de sombra, marchavam unidos ou isolados mas sempre com determinação feroz, não como se corressem escorraçados pela coisa repentina que tinha ficado para trás, no Ipiranga — mas sim como se atraídos para um alvo firme adiante, adiante sempre, há muito desejado.

A casa do engenheiro estava com todas as luzes acesas. Do exterior viam-se as salas através das portas abertas para a varanda; grupos de pessoas no umbral das portas tinham as cabeças inclinadas e, imóveis, pareciam ter adormecido naquela posição, sustentadas por um sonho muito seu; desconhecido dos outros habitantes do território brasileiro.

Cirino movia-se, passo a passo na direção da porta lateral. Depois de todas aquelas pernas terem se aquietado em obediência às cabeças mudas na escuta, era difícil passar por elas como se não estivesse mais por ali, já tivesse chegado ao jardim onde deveria estar há muito tempo.

Porém, em certo ponto afastado do piano o silêncio não era completo.

— Temi por um momento — falou tão, tão baixo o Pereira Mattos inclinando o tronco atarracado na direção do Zé Belarmino — que ela fosse cantar o pedaço que diz aquelas coisas de mulheres negras suspendendo as tetas, de moças nuas e assustadas, ou espantadas, como é que é?

(O coração de Cirino batendo forte. Tetas.)

— Que esperança! — sussurrou o Zé Belarmino sacudindo a cara gorda e morena numa risada muda.

— Ah! Fontainha! Estava justamente dizendo aqui para o Belarmino...

— Escutei — disse o dentista e astrólogo franzindo o descorado rosto triangular. Seu ouvido fino o tinha, lá adiante, alertado que cochichavam sobre a mulher —, mas ficou receoso à toa. Claro que o trecho não foi musicado. Nem outros. Mesmo um poeta como Castro Alves tem suas indecências. Aliás, é meu ponto de vista, e não escondo, que todo poeta no fundo é um indecente.

— Todo artista — acrescentou o Zé Belarmino.

— Ora — disse o Pereira Mattos —, há artistas e artistas. Até eu próprio, pai de família e viúvo, vez por outra cometo meus pecadilhos poéticos.

— Sem dúvida fui radical — disse apressadamente o dentista-astrólogo. — Depois, mesmo no caso de Castro Alves, um grande, temos que levar em conta a sensualidade da raça.

— Temos — ecoou o Zé Belarmino mal descerrando os beiços grossos.

Um trêmulo no piano pelas mãos de Cremilda e Ermínia lançou ao ar mais um buquê de estrofes.

— Pst! — fez Fontainha, afastando-se na direção da mulher.

— Pst! — fez Tante Chevassus para a cozinheira, do outro lado, na porta da sala de jantar para a cozinha. — Quando for hora de servir eu aviso. Ou fica ou sai, senão atrapalha a cantora. — Augustina virou as costas num repelão, mas a Tante segurou-a pela ponta do avental: — Espera, mulher apressada! — resmungou. — E então, o Tomé? — Augustina abanou a cabeça: — Nada. Mandei a Olímpia ficar lá pelos fundos de uma vez, no quarto; aqui ela só me estava atrapalhando.

— *Gritos, ais, maldições, preces ressoam!/ E ri-se Satanás!...*

Ele vinha caminhando há muito pela cidade. E estava chegando. Vinha vindo e não se sabia. Tinha a determinação de quem vai pelo caminho certo, mas era tudo improviso. Ainda assim estava chegando. Esbarrava, refugava, prosseguia. Com a lembrança do solzinho do domingo no lombo, ia soltando mais daquela secreção repelente, amarelada e oleosa, escondida entre as dobras da pele, e que o protegia dos pequenos bichos de todo tipo que cismavam de lhe grudar no corpo. As moscas, ainda assim, ao virem importuná-lo eram logo sacudidas fora, pois ele lhes puxava o tapete de pelagem por baixo das patinhas, movimentando a pele tão livremente que ela parecia escorregar solta sobre a carcaça, acionada prontamente, na hora da precisão, pelos panículos musculares. As orelhas e o rabo compridos iam ajudando a afastar as importunas, mas de longe, pelos olhos da cidade, essa função tão útil se perdia, eram como lenços de adeuses, pás de uma hélice destrambelhada na grande carcaça adernando — despediam-se, despedia-se. Ele dobrava uma rua após outra deixando o sol para trás, já agora furava a noite. (Todos garrotes! — gritou de uma janela estreita uma velha para dentro da casa quando a lâmpada do poste na esquina o iluminou fortemente. — Olha só os ossos e as carnes bambas!)

— *Dize-o tu severa Musa/ Musa libérrima, audaz!...* — implorou d. Ermínia com a grande boca vermelha, para espanto de Brasília espiando de um canto da sala de jantar.

100

Ao passar pela sombra daquele grupo de alfeneiros, não se sabia ao certo o que passava; vinha um pouco mais claro que o escuro, lembrava um grande fardo sobre quatro andas e que fosse por aí afora levado por elas graças à sua natureza prodigiosa.

— *Nasceram crianças lindas,/ Viveram — moças gentis...*

Pelos quartos traseiros — lá de longe, do Ipiranga, ao lado da estreita fita de água do Tamanduateí — *aquilo* continuava empurrando-o, fazendo-o ir ora para a frente, ora para os lados, rodar pelo centro da cidade, dar uma volta inteira num quarteirão, tomar o rumo da avenida Angélica; vinha com fúria e estava chegando.

— *Quando a virgem na cabana/ cisma da noite nos véus...*

Alaor Pestana, no umbral de uma das portas da varanda, deu um pequeno passo atrás, levou a mão ao pescoço e afrouxou a gravata com as cores da bandeira da França. O Pereira Mattos notou o gesto e esboçou um sorriso dirigido à gravata; alegrava-o o seu presente à vista de todos no pescoço do aniversariante. Foi erguendo mais os olhos. Acima da gravata, porém, os olhos do engenheiro evitavam cuidadosamente os de quem quer que fosse, evitavam particularmente os de Urbino, que os tinha, contudo, firmemente pregados na nuca da filha do Pereira Mattos. Desencontrando-se dos olhos do sócio, os olhos do Pereira Mattos vagavam agora frouxamente pela sala. Alaor deu outro passo atrás; menor; passinho, passinho. Cremilda, no piano, não sonharia sua lenta retirada. Foi quando pareceu ao engenheiro que d. Ermínia, ao voltar a cabeça de lá para cá em um dos seus empuxos sonoros, tinha-o agora na mira. Ficou estático. Sair já não dava. Não saía ele, saía o seu pensamento. Procurou fixar a atenção em alguma coisa decididamente fora da sala; melhor: da casa, do bairro. Bois. Bois, por exemplo. Começou a pensar esforçadamente em bois, em zebus então..., quando na vida teria visto um zebu? Ou os bois que lhe haviam passado pela frente eram sempre zebus e ele nem havia dado pela coisa? Procurou pensar os detalhes, a corcova do zebu para começo, protuberância sem propósito, ele como engenheiro sabia o que dizia, não tinha proporção nenhuma o bicho, um boi futurista, horrendo — mas o boi que lhe vinha à cabeça era de dorso horizontal como a avenida Paulista, liso como o alto de um muro. Até os outros detalhes lhe fugiam, quanto mais pensava, menos nítidos lhe vinham. Tinha a impressão de nunca ter visto boi na vida. Mesmo pondo de lado a corcova, era tudo nevoeiro. O rabo, coisa tão simples, comum a uma quantidade de bicho grande e pequeno, lhe parecia esfumado. E por onde andariam agora os tais, os estourados? Esforçava-se. Mas a cidade desaparecia num deserto de neblina. Depois, o que não devia haver de exagero e boataria em tudo aquilo? Uma cidade de falastrões, de embusteiros. Falavam do que viam e do que não viam. Se fosse na França na certa dava cadeia. Pensou também de raspão no sogro com os armazéns da fábrica de biscoitos Jacim praticamente colados à Estação do Ipiranga. Bobagem, nunca se viu boi arrombar porta de armazém. E se o sogro, o principal interessado, nem tinha se abalado com o fato, ora essa, não seria ele então que... Com um fundo suspiro o engenheiro procurou enxergar *um* zebu que fosse. Como seria, como não seria. Inclinou a cabeça grande e rosada esforçando-se por escutar o seu mugido. O zebu distinguido com sua atenção correria em silêncio ou mugiria? Bois em tropelia mugem sempre ou dão suas pernadas em silêncio? Podia não haver regras a respeito; nenhuma. O Zé Belarmino é que havia de saber, sobre um, sobre todos. Seriam zebus esqueléticos naturalmente. Tudo o que chegava a São Paulo era esquelético. E toca paulista a engordar o resto do Brasil. Mas não conseguia enxergar boi algum, magro ou gordo. Enxergava era a mulher do astrólogo.

Porém, invisível para os olhos do engenheiro, encoberto pela volumosa figura da cantora, ele corria. Sem se fazer imaginado pelo dono da casa e da festa, em nem um pedacinho de pelagem e casco, dele todavia estava cada vez mais perto. Vinha com fúria e estava chegando. Se ali por perto, contudo, de alguma janela ou calçada, alguém o estivesse espiando, veria no seu trote a determinação da linha reta: continuar pela avenida Angélica até alcançar o seu fim, no alto da Paulista.

Mas um bonde quase vazio descia a avenida Angélica àquela hora, na direção contrária. Os poucos passageiros escutaram um baque surdo contra a lataria do lado esquerdo. Pela janela gritaram: É boi! é boi! é boi! Apanhado de raspão pela lataria do bonde, ele caiu, depois se levantou. Era parte ainda recente daquela enorme massa carregada por mais de mil patas deslocando-se ordeiramente pela rua dos Patriotas até que ocorresse *aquilo*, coisa de nada para ouvidos e olhos humanos, um *zás*! Como se o sol ainda estivesse alto e o corpo esquentasse à sua luz soltando a secreção oleosa, repelente, saída das dobras da pele. *Aquilo* (para o qual a polícia mandara abrir o inquérito que iria se mostrar ao longo do tempo absolutamente vão) tinha ainda o poder de ameaçá-lo, dirigi-lo, impedindo-o de parar, dormir debaixo de uma árvore, buscar água. E então, o que quer que o vinha empurrando há muitas horas e de tão longe, deu-lhe uma fortíssima palmada no flanco atiçando-o e animando-o como se anima o fogo. Obediente e à deriva ele executou larga curva à esquerda, quase tombou, mas continuou ainda alguns metros pela avenida Higienópolis. Trotou ao longo do gradil que separava a calçada do aclive coberto por hera graúda e que ia dar lá na parte alta do jardim, na casa do engenheiro. Chegou diante do pequeno portão, atrás do qual, por uma escada estreita e íngreme acompanhando o aclive, alcançava-se a residência. Voltou-se várias vezes diante do portãozinho de ferro, abanando a cauda com fúria, chicoteando-o repetidamente. Caminhou de volta pelo gradil chicoteando-o também. Investiu contra o gradil, refugou, voltou-se de novo para o portão, a chapa de ferro trepidava.

— Escutou? — perguntou Cirino.

Maria Antonieta apertou mais Jalne contra o peito e lhe fechou o focinho com a mão. — Tem gente surrando o portão!

O que terá havido com a campainha, que pressa, que falta de compostura!, admirou-se o sogro do engenheiro lá do seu canto.

Um retardatário!, pensou o engenheiro aprumando o corpo. Quem é vivo sempre aparece! Na certa é algum fugitivo da reunião do cônsul Pingaud. Aquilo lá há de estar um deserto, um cemitério!

Jubal Soares, o que ainda há pouco sacudira Cirino e o levantara acima de todas as cabeças presentes, o mesmo que homenageara Ordália Vilaça, a patinadora do Rink São Paulo desaparecida prematuramente de forma trágica, por afogamento, em Santos — ainda que pouco freqüentador da casa de Alaor Pestana a conhecia melhor do que muitos parentes próximos devido ao seu trabalho na firma Pestana & Mattos Ltda., o que o levava, quando chamado a opinar sobre alguma nova reforma para a casa, a memorizar detalhes, e não só de natureza arquitetônica. Possuía certas idéias firmes sobre a família do engenheiro, e que não perdia a oportunidade de expor a amigos, mesmo se não perguntado. "Uma cultura de quadrinhos!", gostava de esclarecer esfregando o nariz meio grande e piscando os olhos bonitos: "O que eu lhes digo: Uma cultura de quadrinhos a desse simpático casal!" (Como quadrinhos? Que quadrinhos?) Não repararam no escritório dele? Nunca subiram até lá? Forrado de quadrinhos! Tem quadrinho sobre aquela pomada do lado francês da família, sobre a Revolução de 32, e por aí vai. Já a mulher... a pobre Cremilda... no quarto de dormir do casal, no *seu* lado da cama, tem um trecho inteiro da Imitação de Cristo emoldurado, e no de vestir, mais quadrinhos. E livrinhos, adoram livrinhos além de quadrinhos.

Cremilda, de olhar fixo em um quadrinho pendurado na parede empapelada de um suave bege-adamascado, do quarto de vestir onde tinha a escrivaninha e a penteadeira — respirava ofegando. Sentia palpitações e calafrios; e mais medo do que na Revolução de 32 quando o marido fora como major para a prefeitura de São Vicente e ela havia ficado na casa da mãe. De início ele tinha ido como auxiliar do major-delegado-técnico, o Pereira Mattos. Depois, com a transferência do Pereira Mattos para outro cargo em São Paulo, passara a major-delegado-técnico interino, e mais tarde, nomeado pelo governador dos paulistas, o dr. Pedro de Toledo, o próprio major-delegado-técnico. Mas a essa altura a Revolução já terminava e os sentimentos conjugais confusos de Cremilda, de medo e orgulho, sucumbiram juntos à brevidade do evento. Ela também havia tido medo na Revolução de 1924, de 30... mas o que sentia hoje era outra coisa. Como se ela tivesse parte, algum tipo de compromisso com aquilo tudo.

— Boi! — A moleca Brasília tinha avançado esbaforida pela sala com Cirino e Maria Antonieta atrás. — Um boizão lá embaixo na rua. Só pele, osso e corcunda! — Ao enunciado a sala, num vozerio uniforme, um ruído de água escapando de um grande reservatório, havia se esvaziado rapidamente. Cremilda e a cantora Ermínia permaneceram ainda um instante ao lado do piano, imóveis, talvez com o mesmo imperioso sentimento de dever de um comandante e seu imediato, últimos a deixarem a embarcação perdida. Logo na sala vazia apenas o piano aberto com a partitura lembrava os recentes embates musicais da noite.

Ela... o que fazia exatamente ali em cima? Como chegara até ali? Primeiro, maquinalmente, fora espiar o sono do caçula, como se essa fosse a razão de sua presença no andar superior. Fizera com a mão um sinal para a pajenzinha Rosa, de pé e aflita, voltar a sentar e continuar rezando o terço à luz da lamparina. Logo lhe mandaria comida. Em seguida foi para o quarto de vestir. Muito medo. Pois que havia pecado. Entendia agora. O pecado pode ficar enganchado fundo na alma sem que o próprio pecador dele saiba e num determinado momento desprender-se do escuro e soltar-se como certas flores que à noite desprendem forte perfume espalhando-o à volta. Só agora entendia; só agora entendia por que havia pedido à mme. Keneubert para lhe vir fazer massagem no domingo; e lhe mostrara o ventre sempre um pouco distendido e lhe pedira, por favor, madame, castigue aqui, quero ficar elegante até o fim do ano. Queria era outra coisa. Só agora entendia? Pois, apesar de seu peito continuar cheio de leite, fazia alguns meses já que o sangue das regras voltara a lhe descer por entre as pernas. Mas não nesse mês de julho. Essa história de que não se pegava filho dando de mamar... ora, ela conhecia casos e casos em que... Sempre se cochichava a respeito: "Não confie no de-mamar". Uma família grande é uma bênção de Deus, eis uma santa verdade. E ela adorava crianças, queria logo uma garotinha para fazer companhia ao bebê, ao Marito, e depois outras, que a bênção de Deus lhe fosse dada muitas outras vezes... Então... não sabia explicar (sabia) por que havia pedido à mme. Keneubert para vir logo no domingo, sem esperar o dia marcado na semana. Corriam boatos em São Paulo, exatamente entre as mulheres bem-criadas do seu meio e que jamais levantariam *um* dedo que fosse para atrapalhar a chegada de uma criatura abençoada por Deus, que a frau-madame costumava aplicar um tipo especial de massagem que "desmanchava" os paulistaninhos recém-inventados (horror); não podia ser verdade...; que tipo de massagem seria essa? Qualquer uma não servia? Por isso que ela a chamara? Para ver se quem sabe qualquer uma... Não podia ser. Era. Era. Esse boi lá fora diante da casa, o demônio, essa história sem explicação clara de bois soltos na cidade. Ofegou; seus grandes olhos dilatados, de beladona, suplicantes, começaram a ler lentamente a *sua* oração, a que sempre a trazia *de volta* e lhe dava forças (o engenheiro havia pedido a um copista do cartório do Zé Belarmino que transcrevesse na sua caligrafia bonita, com uma tinta escura, marrom-ouro, o trecho final do *Guia dos casados* de d. Francisco Manuel de Mello, assinado da Torre Velha, em 5 de março de 1650; depois, sem titubear, lhe dera moldura de marfim): "Senhor meu. Casa limpa. Mesa asseada. Prato honesto. Servir quedo. Criados bons. Uns que os mande. Paga certa. Escravos poucos. Coche a ponto. Cavalo gordo. Prata muita. Ouro a menos. Jóias que se não peçam. Dinheiro o que se possa. Alfaias todas. Armações muitas. Pinturas as melhores. Livros alguns. Armas que não faltem. Casas próprias. Quinta pequena. Missa em casa. Esmola sempre. Poucos vizinhos. Filhos sem mimo. Ordem em tudo. Mulher honrada. Marido cristão; é boa a vida, e boa a morte". Cremilda curvou-se com um arrepio no baixo-ventre. Mulher honrada. Marido cristão; é boa a vida, e boa a morte. Sentiu forte o cheiro das flores da magnólia enjoando-a que, todavia, floresceriam apenas em setembro.

Embaixo, na rua, um dos dois guardas-civis presentes informava o Pereira Mattos que só sacrificariam o zebu em "último caso". Se ficasse furioso. Mas já não estará? Não senhor, está é aturdido, "embaralhado". O Pereira Mattos colhia informações inclinando o corpo atarracado sobre a grade ao lado do portão mas em um movimento oposto, de prudência, jogando a cabeça para trás. O senhor fique sossegado, estamos cercando o animal, a ordem é laçá-lo. Aqueles outros dois ali são laçadores do Depósito Municipal, vão dar conta do recado. (O boi, que oscilava de lá para cá como se levemente embriagado, deu nova investida na direção do portão.) Parem de berrar, meninos!, trovejou Alaor Pestana do alto da escada. Vocês não vêem que estão enlouquecendo o bicho? Quero silêncio. Maria Antonieta, leve esse cachorro já já para os fundos e o prenda no cercado! — Maria Antonieta apertou uma das orelhas felpudas de Jalne contra a face, e as duas cabeças manchadas pela luz da casa eram uma só labareda trêmula. Cirino encolheu-se atrás de Maria Antonieta, mas Brasília lhe pespegou um piparote: Não seja mariquinhas. Espia o bicho que ele não vai te comer. Olha lá embaixo o doutor Pereira Mattos dando palpite como se entendesse do riscado. Ele que não acreditou quando eu dizia ter boi à beça na cidade! — Mino Jr., Gastão e Miguel agachados na rampa e agarrados à hera graúda, um pouco atrás do Pereira Mattos, seguiam os acontecimentos. Mino Jr. fazia repetidamente com voz rouca, quiô, quiô, quiô, quiô, como ouvira os tropeiros na fazenda da família. Quem está fazendo quiô, quiô?, bradou o engenheiro. Quem estiver fazendo quiô, quiô, quer fazer o favor de se calar? Querem fazer o favor de parar os que estiverem fazendo quiô, quiô? Vai dar uma trabalheira esse boi!, suspirou Brasília. Atrapalhado, mas quero ver quem bota a mão em cima.

— O animal não estará ferido? — disse o pediatra Horácio Bulcão, próximo à entrada da varanda, para o sogro do engenheiro. Mas o velho João Alfredo Botelho apenas comentou: Que coisa; que coisa espantosa no coração de São Paulo.

Tante Chevassus perto da escada que levava à rua trazia os braços apertados contra o peito para espantar o frio. Uma comédia!, disse a Tante para o Zé Belarmino balançando a comprida cabeça com ar desesperançado em que havia certo desprezo. — Uma falta completa de organização na cidade; onde já se viu? Uma coisa dessas tenho certeza de que não aconteceria em nenhuma cidade da França. — Aconteceu em Marselha, Tante, contestou o Zé Belarmino num sorriso arreganhado. — Em Marseille, onde estive tantas vezes com Amélie?! Não posso crer. — Creia, creia, Tante, porque a informação é digna de crédito. Um comerciante brasileiro de gado zebu, Armel de

Miranda — Ah, brasileiro — Ora, Tante, o estouro de Marselha não teve nada a ver com a nacionalidade do homem — Disso já me permito duvidar — tinha ido comprar gado na Índia; mas foi em 1914, no ano em que irrompeu a Grande Guerra. Como não pôde voltar diretamente para o Brasil, teve a idéia de embarcar o gado primeiro para Marselha. Deixou a bicharia recolhida num pátio enquanto esperava o navio cargueiro que iria levar o lote comprado para o Brasil. Acontece, Tante, que houve ali o estouro e os bichos se espalharam por toda parte, pelo cais, pelas ruas. Muitos foram apanhados de volta, outros mortos pelos gendarmes. Dos cerca de quatrocentos animais comprados na Índia, chegaram ao porto de Santos menos de trezentas cabeças, também por falta de ração, por causa da guerra. Nunca se soube a causa do estouro, o mistério ficou. — Aposto como esse mascate de gado não tinha competência para fazer o que fazia. — Como queira, Tante, se insiste. Estou aqui comentando com a Tante, voltou-se o Belarmino para o velho Botelho, um estouro parecido com o de São Paulo, em Marselha, em 14, e também de gado zebu. Um zebueiro do Brasil, Armel de Miranda, foi comprar gado na Índia mas na volta (...), e os ouvidos do sogro do engenheiro receberam com atenção dócil o relato, agora enriquecido de detalhes. Alceu Fontainha aproximou-se obsequioso e chamou, com ar modesto, a atenção dos presentes para aquela coincidência entre revoltosos do Brasil e revoltosos da Europa misturados a gado zebu. As coincidências não eram de se desprezar, ainda que houvesse grande desproporção entre os revoltosos daqui e os de lá, pois, lá, um só tiro em Sarajevo havia bastado para deflagrar a GRANDE, e aqui, em São Paulo, não sei quantos mil tirinhos nunca haviam dado mais que uma ou outra revolução pequetita, quando não terminavam simplesmente em frege. (O pediatra Bulcão, estudioso de São Paulo e de suas revoluções, não gostou do que ouviu.) Continuando nas coincidências, vejam o número 14. Guerra de 1914, 14 de julho. É a Astrologia pedindo a ajuda da Numerologia, ainda que nesse campo eu... E mais: a França e o nosso engenheiro ali (Alaor virou-se e acenou), um dos nomes mais brilhantes de nossa vida comercial, de grande capacitação técnica. (Alaor sorriu o seu meio sorriso das horas pouco definidas.) — Ah, disse a Tante impressionada, realmente as coincidências, e não podemos esquecer os Chevassus da França e do Brasil — Avé!, saudou Belarmino — (Alaor já não sorria.) — É como estou lhes dizendo, continuou Fontainha, pode existir atrás desses fatos que se misturam de uma maneira ou de outra, desses nomes e datas, uma intenção, um desígnio que nos escapa. Se eu tivesse condições para fazer com segurança o mapa astral dos principais envolvidos, o que me é humanamente impossível, tropeiros, laçadores, guardas-civis, gendarmes, esse Armel de Miranda, talvez já morto, o cônsul da França, não se pode esquecer o cônsul, o cônsul é fun-da-men-tal (Alaor ficou muito atento), possivelmente a figura-chave, unificadora dos acontecimentos de hoje, 14 de julho, e dos de Marselha, em 1914 (Alaor assumiu um ar sonolento, como se dormitasse de pé, a cabeça descaída), então o significado maior desse emaranhado de coincidências seria plenamente esclarecido, apontando o caminho certo para dias futuros. — Como estará indo o sarau do cônsul Pingaud?, lembrou a Tante subitamente interessada, até que horas iria, você se lembra, Alaor? hum, chérie? Já terá terminado? (Alaor, de dentro de seu sono duvidoso, os olhos semicerrados, limitou-se a abanar a cabeça dizendo que não sabia.) Mas hoje, com segurança, posso apenas afirmar que o nosso aniversariante é de Câncer, arrematou Alceu Fontainha, o rosto mirrado erguido para o céu de julho num largo sorriso de cumplicidade. Ao voltar os olhos para baixo Alceu Fontainha viu a mulher assomar na varanda iluminada, o boá bem aconchegado ao pescoço cobrindo-lhe parcialmente o queixo; a boca meio aberta logo acima do boá aspirava o ar frio da noite, flutuava no rosto branco como um grande peixe vermelho que procurasse nos grupos conversando no jardim o caminho para o marido. Fontainha, o dentista-astrólogo, foi até ela com rapidez agitando o braço alacremente.

— Falou, falou — comentou o Zé Belarmino em voz baixa para o sogro do engenheiro —, só que... êh-êh. Mas ele está certo, certíssimo, não tinha mesmo que fazer profecia de graça, apesar de eu desconfiar que não é do brilho dos astros que lhe vem o sustento. — E Belarmino deu algumas pancadinhas com o anular gorducho na dentadura, onde se entrevia num dos caninos o brilho da obturação de ouro.

O dr. João Alfredo Botelho concordou: Meu amigo Justino, não sei se conhece, protestante, diz sempre que é preciso amealhar para as horas incertas. Depois, motorneiro atento não conversa em serviço. (O Belarmino ficou um pouco intrigado.) Mas o que me diz da Astrologia, meu caro, acha mesmo que o céu...?

Não paravam de falar, então não davam importância para o boi lá embaixo na rua, não estavam nem ligando? Estavam, sabia Cirino com o simples entendimento que lhe vinha do corpo arrepiado. Falavam uns com os outros como se o terreno por baixo dos pés fosse coisa pouco segura, trepidasse como chão de bonde despencando pela ladeira ou de carro passando sobre paralelepípedos mal assentados. Davam-se muitos tapinhas nas costas e cutucões, agarravam-se pela aba do paletó, pelos braços, pelo cotovelo, batiam os pés no chão para espantar o frio, "e então", diziam-se, e "vamos ver" e "ora, ora". Cirino investigava o que se passava ao redor avançando em todas as direções a ponta do nariz gelado, enxergou longe os pais Cássio e Mercedes debruçados no peitoril da varanda olhando para fora, estariam à sua procura mas ele não iria até a casa para a luz lhe bater em cheio no rosto e os que passavam descendo e subindo os degraus da varanda começarem a lhe fazer perguntas, se já tinha visto boi, o que achava de boi. Procurou Brasília e Maria Antonieta com os olhos, não sabia dizer onde haviam se metido. O ar frio tremia junto com as risadinhas e exclamações aqui e ali, crianças se esbarravam e desencontravam, muitas brincavam de fumantes aspirando com força o ar da noite para depois expelir pela boca uma "fumacinha gelada".

Ele chegou ao recanto ao lado do muro (que, mais adiante, descia acompanhando a escada do portão da frente até a rua) no trecho recuado onde cessavam os canteiros gramados, as hortênsias, as azaléias, a pedra rosa das alamedas. Meteu-se no meio de uma quantidade de arbustos e árvores de diferentes tamanhos crescendo "por si", "era uma ajuda do céu aqueles galhos esgrouvinhados que quase não precisavam de podão", havia dito um dia o Tomé, "cresceu como Deus os fez, nem praga lhes mete medo". A hera corria baixo naquele pedaço de mato e havia raízes aflorando e muitas outras plantinhas, capins e trevos que se misturavam forrando o chão. Olhou para o outro lado, o da magnólia que do seu lugar não enxergava e que em setembro iria florir, sentiu falta do tempo em que o calor estaria chegando aos poucos, de forma espaçada, indo e vindo até chegar de vez. Enfiou-se no meio da hera e deixou-se lá estar quieto, encolhido, batendo o queixo de frio. Então com cuidado, puxando um pouco daqui e dali como se levantasse as pontas de um grosso tapete, correu a mão por baixo da trama escura para ver se apanhava alguma tartaruga. Elas por vezes eram encontradas em lugares distantes, perto da cabeluda, da jabuticabeira, ou mesmo para o lado das garagens; contudo, ele sabia, era *ali* que moravam. Alguém passou por perto, mas do lado de fora da "mata", e comentou que se os guardas-civis haviam chegado tão depressa então as coisas estavam mesmo feias. De dentro da sombra escura Cirino viu piscar uma lanterna, abaixou-se mais. Um pedaço de lãzinha de vestido cor-de-rosa flutuou no ar com o claro da lanterna e sumiu logo; ele ouviu a voz alegre do irmão do engenheiro dizer à filha do Pereira Mattos, não tenha medo, me dê aqui a mão, Elvira, vamos lá embaixo ver o bruto. Passaram raspando por Cirino e ele estupefato pôde perceber com nitidez, quando o facho da lanterna voltou a relampear por um momento, que no meio das pernas de Urbino encontrava-se o famoso "inchado", objeto de tão prolongadas conjeturas suas e que agora emergia num volume jamais sonhado. Tem alguém aí?, perguntou Elvira. Lá embaixo, ao lado do portão, o zebu soltou o seu feio mugido de engasgo. Os que estavam perto da rua subiram a escada em tropelia, subia-se também pela rampa agarrando-se às compridas cordas da hera, o Pereira Mattos vinha junto no empuxo, ia dizendo, saiam daí, meninos, você também, e você, vão, vão para perto da casa, que ninguém fique lá embaixo, e vocês aí também, andem, o que estão esperando? — À voz do pai Elvira afastou alguns arbustos, saiu do círculo de sombra como se viesse do fundo de um palco para a boca de cena e tal qual no teatro articulou alto e agudo, os braços ligeiramente separados do corpo: Papai? Papai? Então tem perigo? — Que exagero, menina, que histeria, o Pereira Mattos espantou-se puxando-a para si, por que fala tão alto, não sou surdo, enquanto Urbino embrenhava-se mais na sombra, saindo pelo outro lado. Cercaram o Pereira Mattos com perguntas; se ele achava possível o boi rebentar as grades e chegar até ali em cima. Absurdo, negou com firmeza o Pereira Mattos livrando-se de um ou outro carrapicho que lhe tinha ficado grudado nas calças, só que ninguém mais pode sair ou entrar pelo portão da frente, estão colocando cordas em um trecho grande da rua, não passa mais ninguém da avenida Angélica para cá; Alaor? Alaor? Será que acenderam as luzes do lado da rua Maranhão? Alaor não está por aqui? Gastão, pergunte você ao Tomé, por favor.

— Não chegou — respondeu uma mulher robusta com um toque fidalgo e excitado na voz. Virando-se o Pereira Mattos constatou surpreso que se tratava da cozinheira Augustina, nem mais nem menos. Ali no jardim àquela hora, no meio dos convidados, sua condição de criada e grande cozinheira com que sempre a olhara, desfazia-se, e olhando-a mais detidamente, mais espantado ficou. Até então não se lembrava de a ter visto em outro lugar que não o quintal, o galinheiro, a cozinha e, principalmente, a porta da sala de jantar fazendo sinais com a mão para Cremilda, ou lançando instruções com o olhar severo para a copeira Olímpia. Aquela severidade mudava de natureza agora. A cozinheira lhe lembrava alguém muito estimado, ora quem, se não havia de ser! (Eureca!) Quem mais se não a Tia-Viscondessa da mulher e a responsável pela herança que haviam recebido em boa hora numa fase da vida em que o dinheiro minguava, pois as suas ousadas aplicações em vários negócios, do dote que lhe coubera pelo casamento, tinham então seus altos e baixos. A mulher sempre dizia que a Tia-Viscondessa alardeava ser proprietária de imóveis no coração do Rio de Janeiro, o que todos da família duvidavam, a começar por ele, e que os imóveis subiam sempre de valor, por isso era melhor que ficassem por lá, não mexer neles. Que a parenta vivia sem passar necessidade sabia-se, e sua ascendência ilustre achava-se devidamente documentada em um volume do Anuário da Genealogia Paulistana; mas daí a ser mesmo proprietária do que afirmava... Metia-se um pouco na vida da sobrinha, fazia visitas de lá para cá em carro alugado de que não se privava, e finura não lhe faltava. Intervinha sim, amolava bastante a vida da mulher, contudo dentro dos limites toleráveis e da mais estrita educação. Tinham-lhe algum medo apesar da muita simpatia, e aquele conjunto imobiliário de cuja posse sempre se vangloriava, ainda que tudo indicasse ser uma história enganosa, também podia não ser, o que lhes continha o ímpeto, refreado ainda pelo muito respeito. Ora, ora vejam. Quando morreu um dia a Tia-Viscondessa — pois tinha de morrer um dia, ainda que aparentasse ser imortal a prezada senhora — eis que era tudo verdade pura, e no seu testamento a sobrinha surgia como a única contemplada.

Foi portanto uma agradável surpresa para o Pereira Mattos, naquele 14 de julho de 1935, reencontrar-se no jardim da casa do sócio, em uma noite festiva, com o espírito tenaz e exigente da Tia-Viscondessa. Ele aos poucos se passava para a cozinheira Augustina, ajustando-lhe melhor entre os olhos a ruga costumeira, e emprestando à sua meia carranca (de muita valia para fazer as coisas andarem a contento na cozinha da casa do engenheiro) um quê de altaneria. E assim, em razão de tal metamorfose, o Pereira Mattos apreciou sinceramente, sem sombra de prevenção, o fato de Augustina se achar por ali aquela hora, misturada aos demais; ela manifestava certa exuberância contida pela educação, o que não contrastava, antes combinava, com a severidade do rosto, e encontrava amparo nas suas formas robustas; mexia-se de lá para cá, ora com as mãos na cintura, ora batendo com as mãos espalmadas no avental engomado e limpo para assentá-lo, com o orgulho de quem zela por suas insígnias. Sempre proseando Augustina foi caminhando devagar para a cozinha, rodeando a casa pelo jardim, seguida de um séquito numeroso. O Pereira Mattos vindo logo atrás teve a oportunidade de observar, examinando-lhe atentamente o traseiro, que ela o erguia e manejava com a leveza elástica própria de certos tipos de gorda. Tinha realmente o ar da Tia-Viscondessa, morta já lá vão anos, a mesma sabedoria no trato com a gordura, juntando todas as suas dobras de fartura ao redor de si como a um panejamento nobre de ricos enchimentos.

— Ah, doutor Domício — voltou-se Augustina para ele com insuspeitada coqueteria (poucos o tratavam pelo primeiro nome) —, o senhor, um inventor de apelidos, lembra quando deu o nome de "Crepúsculo" para a minha sobremesa de domingo? E depois bebeu à minha saúde? (o Pereira Mattos não lembrava bem o detalhe final) então, qual vai ser o apelido que vai dar para esse boi de corcova, esse zãibu? — Zebu, minha filha — corrigiu o Pereira Mattos, pronunciamento que teve o condão de rejuvenescer Augustina em muitos anos. É que se para o Pereira Mattos quem ela lhe trazia à mente no corpo farto encimado pela austera cabeça era a lendária Tia-Viscondessa (sim, começara a virar lenda logo após a morte, a parenta tão estimada) já para ela mesma o carinhoso "minha filha" do sócio do patrão lhe trouxera de volta de forma inesperada certa mocinha ruiva de prezada memória, e que num tempo remoto havia sido, nem mais nem menos, ela em pessoa; o que lhe produziu de imediato nova volta ao corpo e lhe dobrou a brejeirice — com efeitos por sua vez inesperados no Pereira Mattos. Aquele ir-e-vir dos braços e a forma brejeira da cozinheira movimentar a cabeça fê-lo descobrir então que ela não lhe lembrava simplesmente a velha Tia-Viscondessa com a qual convivera, mas principalmente a outra, em sépia, de convívio apenas imaginado, da aquarela retratando-a nos seus tempos de mulher madura, e que enfeitava a parede da sua salinha de estar, ao lado de outros retratos em diferentes fases da vida. Ela aparecia de corpo inteiro e com graciosa torção de corpo encostava-se a uma pequena coluna encimada por vaso com flores. Daí ter lhe dado tanto prazer a memória da tia baixar no jardim da casa do sócio naquela noite do Grande Desassossego (como veio a chamar nos anos futuros a noite de 14 de julho de 1935, numa provável tentativa, talvez vã, de enobrecer episódios de origem principalmente bovina). Era a Tia-Viscondessa dos tempos em que se dizia ter sido a grande paixão do famoso advogado Robortella, conhecido dos desafetos como Robortella, o Rastaqüera. Assim, à pergunta sobre o apelido do boi, exigido de quem batizara certa sobremesa muito popular naquela casa, o Pereira Mattos respondeu com outra, de entonação doce, doce: Minha filha, só você não sabe que eu sou poeta? — O que teve o efeito imediato de fazer Augustina baixar o rosto e escondê-lo nas mãos, sacudindo-o de leve, numa vergonha acintosamente demonstrada. Em seguida descobriu-se, aparentando já aí confusão verdadeira, e sorriu; até que ponto ia o jogo cênico o Pereira Mattos não entendeu bem, o que teve o condão de irritá-lo um pouco e por sua vez confundi-lo. — Ah, poeta! — Ele desconsiderou a exclamação pedindo: Me arranje um ponche que estou precisado, Augustina, vamos, vamos entrando (ora, vá se falar de poesia a cozinheiras!). E, num esforço tardio para recuperar a autoridade, perguntou-lhe por que afinal de contas não chegava o Tomé, diante do que Augustina, sem se impressionar com a entonação grave da pergunta, deu a entender com um meneio de ombros que talvez o atraso do homem tivesse muito a ver era com ele, dr. Domício, disso não havia falado à patroa porque não era do seu temperamento a intriga, mas Olímpia ainda há pouco lhe havia lembrado uma coisa..., e ela se permitiu sacudir o dedo, numa repreenda brincalhona, diante do nariz do dr. Domício Pereira Mattos como se o nariz fosse de um qualquer e não o dele, grande autoridade naquela casa. O Pereira Mattos não tinha a menor idéia do que se tratava e foi em vão que pediu a explicação do mistério. Há de saber! quando chegar a hora, foi só o que informou Augustina; e com um último saracoteio entrou na cozinha.

Alaor em companhia do dr. Horácio Bulcão deteve-se do lado de fora da cozinha. — Vou pedir à Cremilda que sirva de uma vez — anunciou ao pediatra —, pois até quando esse bicho diante do portão vai ficar nos empatando?

— Ótima idéia — concordou o doutor espiando com curiosidade o interior da cozinha, perplexo com a animação que por lá ia. — Mas se posso dizer que conheço alguma coisa da natureza humana advirto-o de que vai ser muito difícil conseguir reunir na sala seus convidados para o jantar (Ajantarado, corrigiu Alaor) com esse boi como a grande atração da noite (o aniversariante mexeu-se desconfortável e afrouxou o nó da gravata), quer dizer — emendou o pediatra —, a garotada e os jovens estão muito excitados, para eles qualquer bobagem já é folia, atração, há pouco vi o seu próprio irmão Urbino saindo daquele arvoredo grosso do outro lado como se estivesse no mundo da lua.

— Como assim? — comentou o engenheiro pensando em outra coisa.

115

— A vida é mesmo cheia de surpresas — continuou o pediatra —, não se tem a mínima idéia do que nos pode ocorrer no momento seguinte; quem poderia imaginar que um zebu iria parar logo aqui, justamente hoje?

Alaor pensou se algum zebu teria ido parar na casa do cônsul Pingaud. O pensamento de que pela lei das probabilidades não teria, o deprimiu. — Quantos zebus afinal de contas você acha que há pela cidade? — perguntou ao outro numa mistura de esperança e temor.

— Vejamos — considerou prudentemente o pediatra. — Qual será a proporção de bois aqui no bairro? Haverá quantos para cada quarteirão?

— Mas que é isso! — alarmou-se Alaor. — Não acreditava em boi nenhum e agora já fala em boi por quarteirão. (O engenheiro procurou enxergar, com as luzes fracas do Quadrado já acesas, os fundos do quintal; Maria Antonieta, por onde andaria a pequena?)

Dentro da cozinha, com um copo na mão, o Pereira Mattos pontificou: A desordem sempre passou por São Paulo, pelas fábricas, pelas ruas. O Meneghetti não era operário da Falchi? Mastiga-se um pedaço de chocolate e se fica pensando na quantidade de bandido que botou a mão na massa. Mesmo na Pestana & Mattos, na Jacim, sabe-se lá, no fundo, no fundo, quem prepara as pastilhas, quem responde pelo ponto da massa do biscoito? — E tirou de uma pequena salva de prata, erguendo-o bem alto, um coração-de-manteiga, com tal ímpeto que a vários dos ali presentes o último produto da Jacim agitado enfaticamente no ar lembrou coisa não muito cristã, incendiária, prestes a ser lançada por mãos que nunca se sabia ao certo onde paravam; numa hora apertavam a mão dos patrões paulistas no pátio das fábricas e armazéns com a fidalguia de mãos européias respeitadoras, já na outra...

Alguém de ânimo forte retrucou:

— Mas a respeito de que tudo isso, Mattos?

— Você está brincando? O zebu lá embaixo não basta?

— Então acredita mesmo que...?

Fora, Alaor suspirou: Maria Antonieta está ficando moça, mas continua sempre muito estrabulegas, um verdadeiro capeta;

nunca sei onde anda metida a pequena. — Os olhos varreram mais uma vez os fundos do quintal, e então, inesperadamente, agitando a superfície larga e rosada do rosto, a fisionomia se alterou numa curiosa careta, espécie de variação do seu meio sorriso Chevassus, o lábio inferior tremeu: — Incrível! Por acaso conhece o livro *Maria Antonieta em Versalhes*? Não? Um livrinho simplesmente delicioso, escrito pelo Nolhac, da Academia Francesa. Não, que idéia, nem sei se está vivo, modo de falar, intimidade nenhuma, não tenho obrigação de saber sobre vida ou morte de literato; diante de você se encontra um humilde fazedor de casas, está cansado de saber, e que ainda por cima espreme os miolos para sua fabriqueta de pastilhas dar certo ("Não se exceda na modéstia, macaco velho!", alertou de si para consigo) porque os tempos andam bicudos. Por isso não me canso de ler e reler a descrição dos interiores de Versalhes naqueles tempos de Maria Antonieta, uma beleza, me alivia a leitura daquilo tudo... quando estou nervoso... o que não quer dizer que me esqueça do infortúnio por que passou a pobre senhora... ah, ah, tem razão, chamar a lâmina da guilhotina despencando no pescoço de infortúnio... — (A pequena Maria Antonieta quando se fazia de decapitada, que inocência, que graça. Ainda que por vezes exagerasse.) Alaor continuou: Mas hoje veja só que coisa: é bem como você dizia, o inesperado está em toda parte, mesmo dentro de um livro que volta e meia abro para meu exclusivo prazer, minha bíblia podia dizer, não fosse tão pequeno. Você sabe que tenho pouco tempo para leituras... de livros. Possuo volumes belíssimos que me vieram das bibliotecas de meu pai e de meu avô, alguns, verdadeiras raridades... mas... e o tempo? Folheio, consulto, fico nisso, ah, o tempo, a vida. Se nem dou conta de jornal e de todas as revistas que assino, queimo as pestanas é mesmo com revista e jornal! Ah, isso queimo! Porém, veja, hoje..., sempre havia passado por alto certas partes do livro, como qual? *Maria Antonieta em Versalhes*; realmente nem me lembrava de as haver lido um dia quando... para meu espanto (o rosto branco e rosa do engenheiro acendeu-se num clarão de fogo; o pediatra agora estava atento) descobri que era costume na época, que... bem... os partos da rainha eram públicos! Isso mesmo, públicos! Lhe faz sentido essa história? Pois é a pura expressão da verdade, sem tirar nem pôr. Estava eu ali folheando o livrinho, distraído, quando se abriu numa página... e havia um trecho, um pedaço... francamente, um verdadeiro massacre, uma anarquia!

— Não entendo bem, na hora do parto?!

— No quarto de dormir dos reis sem tirar nem pôr... e decorado com que esmero! ("Na altura em que o parteiro Vermond disse, em voz alta: *A criança vai nascer*, precipitou-se no quarto uma onda de curiosos tão tumultuosa que chegou a julgar-se em perigo a vida da Rainha! O Rei tivera a precaução, durante a noite, de mandar amarrar com cordas os imensos biombos de tapeçaria que cercavam o leito de Sua Majestade. Sem essa prevenção, teria tombado certamente por cima dela.") Alaor esfregou as mãos uma na outra e bateu os pés no chão.

— Espantando o frio? Vamos entrando?

— Não sou friorento. Gosto mesmo é do inverno.

— Está agitado.

— Gosto de me mexer para não enferrujar. ("Ninguém se mexia no aposento que, repleto duma multidão misturada, mais parecia uma praça pública." *Uma praça pública!*)

— Você tem certeza dessa história?

— Madame Campan é quem diz, estava lá na hora do parto ("Ar, água quente, é urgente uma sangria num pé").

— E quem é madame Campan?

— A mulher de monsieur Campan, o bibliotecário do palácio, uma camareira.

— Hum... reconheço que é um episódio singular; jamais poderia supor coisa igual.

— Singular? A mim estarreceu-me... o que esperar dos costumes depois que se tem conhecimento desse episódio pavoroso? E com reis de França! Já nem me acho no direito de me escandalizar com o despropósito de certos festejos hoje em São Paulo. E preste atenção no que digo: logo vão festejar o Catorze de Julho nos pastos, nos cochos, nos açougues! — Alaor voltou a olhar para além do Quadrado, as luzes iluminavam frouxamente as moitas ao longo da treliça, o pediatra seguiu-lhe o olhar. Alguma coisa movia-se na extremidade esquerda da fiei-

118

ra de moitas onde a treliça se interrompia formando um cotovelo, um L que levava ao corredor cimentado para o lado das garagens, o lado da rua Maranhão; de lá vinha chegando algo e roçava a folhagem. Semelhava a uma das moitas que se tivesse desenraizado e avançasse por conta própria, oscilando. A forma bojuda aproximou-se o bastante para os dois homens conversando à porta da cozinha nela reconhecerem a portuguesa Olímpia atravessando o Quadrado na direção da casa; ofegava.
— Veja o tamanhão da mulher! Acho que é para logo, comentou Alaor apreensivo, falávamos de partos... — Para logo é que não é, discordou o pediatra examinando Olímpia detidamente, a barriga está muito alta, temos tempo. — E com essa algazarra toda será que não... — Ora, bois? Confiemos na barriga alta. E o dr. Horácio Bulcão retesou o corpo fino e elegante afastando-se alguns passos discretamente quando Olímpia parou diante do patrão e falou baixo mostrando nervosismo:
— Com licença, doutor Alaor, o Tomé chegou.
— Só agora? Já não era sem tempo! — O vozeirão foi diminuindo em consideração ao tamanho da mulher. — Demorou a chegar por causa do doutor Pereira Mattos, se me der licença vou entrando para ver onde está. — Mas o que o Mattos tem a ver com o Tomé? — E o engenheiro engrossou de novo a voz, o empregado é dele ou é meu? — É que... esteve a andar atrás de uma pessoa para o doutor Mattos levar com ele ao sítio do Valo Fundo, tinha de ser... especial. — Especial como? — Calma, Alaor (o pediatra aproximou-se). — Ele vai lhe explicar tudo, doutor, na certa, eu é que não entendo, o Tomé trouxe o homem como prometeu, voltou com um febrão da gripe que já lá tinha por dentro pela manhã, pensei o dia inteiro que pudesse estar ferido na cidade, metido com bois, ou sei lá o quê, soldados, soldados... (Mulheres, mulheres, ruminou o engenheiro), mas veio é com o febrão da gripe que já lá trazia. E Olímpia, levantando finalmente o rosto pálido iluminado em cheio pela luz da porta da cozinha, exibiu uma fisionomia onde alívio e acanhamento se anulavam de forma tal que o engenheiro a entendeu como mais uma manifestação de patetice de quem sempre soubera pateta; e o pediatra como um sinal evidente de abulia provocado pela anemia das grávidas, pobre portugue-

sinha ignorante, está se vendo que come muito e errado. Alaor lembrou-se de que a mulher lhe havia falado qualquer coisa sobre um homem de cara roída e que teria saído cedo com o Tomé; morfético?!... não seria, Deus é Grande, e o que o sócio haveria de querer com um tal tipo? Mas se o Tomé saíra cedo com ele como é que voltava trazendo-o? — Mattos! Alguém o viu?

Olímpia caminhava à frente o mais rápido que podia em direção à sala de jantar. Um aglomerado perto da porta impediu-a de avançar. Da sala a voz de Cremilda implorou que deixassem a passagem livre para a terrina de canja, cuidado com a cabeça das crianças, a canja estava pelando, chamassem os que estivessem fora para entrar de uma vez. Algumas mulheres de avental, mexendo aqui e ali, seriam as criadas do sogro, observou o engenheiro; resmungavam sobre Brasília e Augustina, onde estariam. Olímpia passou a mão no rosto, naquele estreito espaço entre as sobrancelhas e o começo dos cabelos, limpando as gotículas de suor (Testa de saloia, dizia Cremilda, dentro não cabe *um* pensamento inteiro). — "É aquele finório de novo!", escutou o engenheiro, não sabia de quem a voz. O finório seria o boi? Olhou à volta. Quem teria falado? Com essa história inacreditável de boi à porta da casa havia de ter muita gente curiosa querendo se meter onde não havia sido chamada; a pretexto de um copo d'água, um telefonema para a patroa, já tinha entrado guarda-civil e filado mais do que um copo d'água e um telefonema. A rua havia sido isolada, mas ele observara gente pendurada no gradil do muro; quem lhes dera licença? Penetra é penetra, sempre arranjam um jeito. Sua casa pensavam que fosse o quê? A casa da sogra? Já, já ia falar com os guardas-civis, uns pamonhas de milho verde, aquilo era caso, isso sim, para a Força Pública. Lembrou-se: o comandante da 2ª Região Militar e Força Pública havia sido convidado para a recepção do cônsul Pingaud. As têmporas começaram a latejar, aquilo era caso para a Força Pública, para brigadas, nada de civis, mas enquanto na certa o comandante tomava o seu licorzinho de damas na casa do cônsul, a cidade que pegasse fogo!

Deram-lhe um tapinha no ombro. Mme. Keneubert sorriu e balançou o corpo levemente no seu jeito de quem valsa e de quem manda: Engenheiro, engenheiro, estão todos perdendo o controle, o senhor também me parece muito aquecido, convém refrescar o rosto com água fria de vez em quando. A senhora do dentista que estuda os astros, dona Ercília (Ermínia), isso, engenheiro, esse o nome, a quem tive o prazer hoje de ser apresentado, teve um começo de desmaio, nada de muito sério, foi só a Tante falar em cânfora, já acordava. Ensinei-lhe como controlar a respiração, também em benefício do seu canto; voz poderosa! (Não duvido!) O que disse, engenheiro? Ah, concorda então? Veja, doutor Alaor, eu hoje... — Passe na frente por favor, madame, cuidado com a terrina, está pelando, vá na frente. Olhou ao redor, mas a barriga de Olímpia já não se achava visível. "O sacrifício do animal é só questão de tempo." "Furioso está, mas não tem força, vai de lá para cá, de cá para lá, chuchado de um lado para outro." "Um bicho de muito má catadura." "Tão pele e osso que a corcova cai para os lados, não se aprusma." — Procurem o doutor Domício, o Pereira Mattos, por favor.

— Então? — impacientou-se o Pereira Mattos.
Estavam dentro da garagem que Tomé transformara em depósito de ferramentas de jardinagem e de materiais diversos para consertos da casa. (Na outra garagem o Chevrolet pouco usado de Alaor exibia-se impecavelmente limpo.) Os três outros homens entreolharam-se e continuaram quietos, fitando o Pereira Mattos. Depois Olímpia, manobrando custosamente a barriga, fez Tomé subir de volta para o quartinho em cima da garagem. — A criatura arde de febre!, lançou à guisa de explicação. Há que desculpar, doutor. — Certo, leve o homem, melhoras, hein, Tomé? E obrigado! Vamos acertar isso depois!
O Pereira Mattos então olhou detidamente os dois homens desconhecidos. O que estava na sombra aproximou-se o bastante de forma que o sócio do engenheiro lhe viu muito bem o rosto iluminado pela lâmpada pendurada em um fio descendo do teto. Examinou-o atentamente com a fisionomia impassível, o homem quis recuar, mas foi atalhado: Seu nome mesmo é? — Gervásio. — E o dele? — Honório; é conhecido por

aquelas bandas como Honório de Levina, o senhor sabe por quê. — Sim, disse o Pereira Mattos, e retesou o tronco atarracado sem qualquer sinal visível de mal-estar por ouvir aquela voz truncada e que seu ouvido com presteza traduzia para uma sonoridade natural. Sei, por isso estou aqui, posso ajudar. — Demoramos da estação para cá porque a cidade está hoje do jeito que o senhor sabe. — Sei, viu muita coisa? Viu o quê? — Xiii... tem também gente com ataque, antes do boi apontar na esquina o pessoal já cai, pode ser também por negócio de política, correrias... O Tomé acha que são bois da política. — Ah, então o Tomé, hein? — Conhece São Paulo como a palma da mão, esse Tomé. Por dá cá aquela palha a cidade fica assim de soldado, ele disse, dessa vez variou, tem também bois... — Então variou! — ...por isso não deu para chegar antes. — Sei, atalhou o Pereira Mattos, vocês vieram então de...?

— Vanuire, município de Glicério, na Noroeste.

— Sei, disse o Pereira Mattos.

— Perto do posto de Icatu, onde também tem índio coroado, como em Vanuire.

— Sei, sei.

— A mulher tem parte com índio coroado, o senhor já sabia, não é?

— Já, já sabia, confirmou impaciente o Pereira Mattos, mas *ele* aí, Honório, estava morando lá, em Vanuire?

— Passou só uma noite em Vanuire, seu doutor Pereira Mattos, morava por perto na região, num roçado do compadre de um primo, a mulher é que às vezes vai para Icatu, ou para Vanuire, para pegar remédio... Estava escondido no roçado, mas já faz mais de ano que aconteceu...

— Sei.

— ...bobagem tanto cuidado, ninguém está ligando para Honório de Levina lá na Noroeste.

— É o que você pensa, atalhou com brusquidão o Pereira Mattos.

Gervásio pareceu desconcertado. — Só quis dizer que não tem perigo nenhum para ele.

— Isso diz você. E os filhos e a mulher, trouxe a família?

— Trouxe. Então todos na cidade. O filho mais velho é meio leso. Foi mordido por cobra e teve de beber querosene. Ficou atacado e com as pernas inchadas. Tem outro, mais moço, que é são. E uma menina pequena. São filhos de Honório com Levina; o mais velho, leso, é só de Levina.
— Fale você, Honório, e então? Hum? Tudo certo?
Honório permaneceu calado.
— Pois é como digo, continuou Gervásio na sua voz que exigia tradução apurada. Lá não dá para ficar, mesmo se não tivesse essa história de Honório por causa de Levina, é muita miséria por lá, entre os índios então, os coroados, os caingangues como falam no posto, chega o fim do ano sai verba das autoridades para os postos, mas não sei para onde vai o dinheiro: — Sei eu. — O administrador do posto em Vanuire é um, um sujeito, como dizer, ruim não é.
— Sei eu o que é; outro dia me conta. Agora... não se ofenda, esse seu machucado aí, não é... doença contagiosa, hein? O que é isso, hã? Você há muito tempo conhece o Tomé, não é mesmo? Então, o que é?
— Não me fale nisso pelo amor de Deus, seu doutor Pereira Mattos, é a minha desgraça, e eu havia de andar por aí se fosse doença que passa?, Gervásio abaixou a cabeça e cobriu com uma das mãos o rosto. Depois tirou um lenço do bolso do paletó surrado e começou a amarrá-lo atrás das orelhas. — Andei assim pela cidade e com o chapéu na cara.
— Não cubra o rosto. Continue aí debaixo da luz, perto da lâmpada, pediu o pediatra Bulcão.
O Pereira Mattos deu um pulinho de espanto, virou a cabeça. Horácio Bulcão estava bem às suas costas, mais atrás o aniversariante espiava também com a cabeça meio de lado. Acabados de chegar tinham se curvado para passar pela porta da garagem com a chapa ondulada de zinco parcialmente descida e ali permaneciam como dois espiões corcundas. O Pereira Mattos vasculhou a escuridão lá fora. Não viera mais ninguém, ah, são vocês dois, disse.
O pediatra chegou mais perto de Gervásio, excitado. — Olhem para o nariz (Qual nariz o quê, vejo é essa coisa pavorosa no meio da cara, pensou o Pereira Mattos, contudo era um

pensamento frio, de quem não se deixa abalar à toa. Não seria aquele "pouco" de nariz que iria tirá-lo do seu intento)..., cai como tromba pela destruição do septo nasal, por isso a fala sai dessa forma; não se ofenda, homem, não se acanhe, aqui, venha para cá, vire-se assim, não parece a fisionomia de um tapir? Nunca viram um tapir? Ora essa, nem eu, só nas ilustrações, e é um caso típico, é a doença-das-matas como dizem na zona da Noroeste, não é... Gervásio? Tem por lá muitos como você, não é mesmo? — Sim senhor, todo um povo. — Pois é, não tem nada de contagioso, que bobagem. Podem chegar perto, deixa o lenço em paz, mostre a cara, Gervásio, como estava antes, assim, bem na luz.

Alaor, porém, recuou. Sufocava de nojo e indignação. O Mattos exorbitava! O que aqueles dois sujeitinhos tinham que estar fazendo ali aquela hora, no *seu* aniversário? Ele se sentia hóspede na própria casa! Augustina, há pouco, perambulando estranhamente pelo jardim, tirara uma das mãos da cintura e com um gesto lânguido apontara a direção das garagens, indicando o caminho tomado pelo sócio. (O engenheiro não lhe reconhecendo as maneiras havia se virado para examiná-la melhor, mas a mulher já chegava na escadinha que descia para o portão da frente e dirigia palavras de ordem — assim lhe pareceu! — e gritadas! para os que estavam embaixo.) — Mattos, gostaria que você me explicasse — Calma, calma, por que se agita? Qual é o problema? — Você pode me dizer o que essas figuras, esses... dois estão fazendo aqui hoje? — Faltou oportunidade, já lhe explico, é um homem que estou contratando para o sítio. E o Pereira Mattos completou para o pediatra, de Campos do Jordão, o Valo Fundo. — Esse?! — O outro, Alaor.

— Não é doença que pega, repetiu Gervásio, sou amigo do Tomé já lá vai um tempo, de antes da ferida brava.

— Assim, disse o pediatra, afaste a mão para eu poder ver bem. Você tem sido tratado? Tem tomado remédio?

— Vou sempre nos postos de Vanuire e Icatu. Me dão remédio, mas acho que me deram tarde.

O pediatra exultava: — É a ferida brava, sem tirar nem pôr. Segurou com elegância o fio da lâmpada suspendendo-a um pouco, e como se esta fosse uma lanterna passeou-a de lá para cá diante do homem-de-nariz-de-tapir.

Alaor Pestana afrouxou o nó da gravata com as cores alegres da bandeira da França. Agitou-se, vamos, vamos, pessoal, é hora dos pratos quentes! O ajantarado, Mattos!

O sócio não se mexeu.

Um animal pardacento que poderia chegar a dois metros de altura, com quatro dedos nas patas da frente e três nas de trás, o focinho comprido, de tromba, vivendo perto dos lagos e dos rios — dele aquele homem, nem por isso alto, lhe tomara emprestado uma parte do focinho e, no seu terno surrado, enfeitara-se com ele; ou, quem sabe, ali diante do dono da festa estava era um pequeno tapir disfarçado de homem, um tapir ferido, com uma pesada flor rubra e amarela na tromba, vindo dos grotões, das paragens afastadas da cidade de São Paulo, onde bichos e homens fazem mascaradas noite adentro e se fantasiam uns nos outros.

O pediatra não tocava com as mãos o rosto de Gervásio, mas para movê-lo debaixo da luz ia lhe mexendo com delicadeza o pescoço, e dizia, assim, assim, é isso.

— Sem tirar nem pôr. É ela, a ferida brava, a úlcera de Bauru, a doença-das-matas. — E em seguida Horácio Bulcão saboreou o nome científico do parasita, pingando-o com vagar na sua bonita voz educada, sílaba por sílaba, o que trouxe uma relativa paz para o engenheiro-anfitrião, além de orgulho pelo convidado: de fato o pediatra era muito mais que um simples médico de crianças, era um sábio, um verdadeiro cientista! e como sabia se achegar e falar das misérias e imundícies desta triste existência sem perder a civilidade!

— Observem. É uma infecção muito comum de onde eles vêm.

Então Honório de Levina aproximou-se, e olhou, como se o visse pela primeira vez, o rosto do homem que o fora buscar no roçado onde vivera os últimos tempos escondido. A luz iluminou em cheio também sua figura forte, pequena, curtida de sol, de rosto de traços regulares, firme e bem talhado, o cabelo no rosto moço começando a grisalhar. E era de fato curioso observar aqueles olhos azuis azuis encravados na pele morena curtida. Honório de Levina completou:

— É por ali tudo como diz, seu doutor. Está assim de gente com a ferida brava. — Um dos olhos de Honório era de um azul mais claro que o outro, quase branco, e olhando-o melhor e fitando aquele olho azul-branco tão claro que quase se misturava ao branco do olho, e tão insistente no seu clarão de luz que apagava a pupila, o Pereira Mattos constatou com os outros dois que Honório de Levina era cego do olho esquerdo.
— O direito é são, seu doutor Pereira Mattos; esse perdi não foi de briga, foi de galho que bateu nele. (Hum) — Pela minha santa mãe, seu doutor Pereira Mattos, acidente triste só no caso de Levina de que o senhor já ouviu falar.
— Eu explico melhor — interrompeu Gervásio —, sabe como é paixão... — E olhou dubitativo para o pediatra Bulcão e Alaor.
— Pode falar, esses dois são como se fossem eu mesmo — disse o Pereira Mattos com autoridade. — Fique sossegado, eu cuido de você e de sua família, lá no Valo Fundo não tem quem descubra nada, é um fim de mundo.
— Na verdade, seu doutor, ninguém está mais me procurando, eu acho. Fui ficando no roçado para não atentar a sorte, mais por isso.
— Não atente mesmo, é bom ser prudente, mudar da Noroeste para Campos do Jordão, já ouviu falar?
— Dizem que lá faz um frio bravo de terra inglesa, alemã, de reis.
— Isso mesmo. É a Suíça Brasileira!
— Então eu vou?
— Está acertado. É aquilo combinado com Gervásio. Daqui a mês, mês e meio devo estar batendo no sítio. A patroa e os meninos vão gostar. Lá pode mostrar a cara de novo, sem susto.
— Eu conto como foi — voltou a insistir Gervásio, e as atenções se voltaram novamente para aquele outro com jeito-de-um-qualquer, não fosse o que lhe nascia bem no meio da cara. E por trás da fala custosa em que nariz e boca se misturavam, a mata veio chegando, puxando com ela os tempos primeiros da Noroeste do Brasil. Bugreiros, desmatadores, mateiros, zebueiros e-vem vindo pelas trilhas, logo é o caminho do

trem. Gervásio esbarrou na lâmpada pendurada, luz e sombra jogaram de lá para cá no espaço da garagem o dia e a noite da terra dos caingangues, dos índios coroados com seu corte de cabelo em coroa, suas cabeças de capuchinho; com as bordunas levantadas acima das capivaras, das onças-pintadas, dos porcos-do-mato, do tapir de três, quatro dedos, de nome variando no ar, tapir, tapira, tapiretê, os barulhos e alvoroços da mata soprando os nomes das coisas e bichos num vento bravo, suspiroso e arrebatador, fazedor de muito vavavá e vavavu. Mas bem antes dos assentadores de trilhos e dormentes, dos construtores de paradas e estações, dos armazéns de carga, dos embarcadouros e passadouros de gado, ainda antes dos desmatadores e mateiros, já lá se encontrava no alto, na copa das árvores, aquela espécie animal minúscula e até então silenciosa no seu poder de ferir os de baixo: o mosquito-palha; ou barígui, ou birigui, ou bererê, ou tatuquira, os nomes variando e soprando, fazedores de muito vavavá e vavavu nas árvores tombadas com estrondo. E da mesma forma que os telegrafistas narravam os acontecidos e os por acontecer da linha Noroeste do Brasil, de poste a poste, de estação a estação, assim também o tipo de flebótomo (*Phlebotomus*!, exultara o pediatra há pouco), o mosquito-palha — quando as árvores ao caírem sacudindo suas copas o jogaram fora de suas redes verdes e castanhas — como um minúsculo e certeiro telegrafista passou a transmitir, de homem a homem, tirando-lhes um pouco de sangue como paga, a espécie de parasita identificado no começo do século, o causador da ferida brava, a úlcera de Bauru; Bauru, um dia a Boca do Sertão.

— Sou nascido em Bauru — dizia Gervásio e fazia questão de afirmar que por aqueles lados da Noroeste ele não era um-sozinho, era ele mais os outros e apontava com o dedo para o meio da cara onde já ia avançada a grande destruição: ali, onde a pesada flor de sangue e secreção amarela, de borda redonda, fazia o seu nariz curvar-se para o chão à maneira de um tapir ou uma anta.

O pediatra Horácio Bulcão pouco escutava do que o homem tinha a dizer, atento às oscilações de som e cor que aquele rosto arruinado lhe oferecia, enquanto os dois sócios da Pestana & Mattos tudo escutavam. Ele ouvia era o trem chegando de longe, a linha Noroeste mudando na Paulista, depois na São Paulo Railway — a Inglesa —, chegando à Estação da Luz, às outras, parando, despejando povo e carga na cidade de São Paulo. E diante dos dois de pé chegados de fora — o do olho vazado azul-branco, ora imitando o são, ora sem rumo no rosto curtido, e o outro, o da fala que arrancava aos trancos do fundo da doença-das-matas — o pediatra sentia a corrente de ar frio passando pelas garagens, não a da serra paulista, mas aquela vinda das águas paradas e dos paus podres de outras regiões. Alguém soprava um canto, alto e agudo; a velha índia caingangue, Vanuire, a que havia dado nome a povoado, era quem cantava de lá do acampamento dos homens de Rondon, e no seu canto mandava recados à sua gente pedindo a paz para a região. Foi para 1912, ou menos, o fim daquela guerra grande de cinqüenta anos, dizia Gervásio, pois a conversa já caminhava muito afastada do caso de Honório de Levina, trazia estampidos e gritos de bugreiros, os caingangues-coroados apodrecendo de morte de tiro no caminho do trem — e punha mal-estar em Alaor que abominava tumulto ainda mais em dia de descanso e de festa, e pensava então nos bois desembestados por toda a cidade, por onde andariam, e naquele que ninguém sabia ao certo o quanto de fúria escondia nas pelancas balançando, fazia-se de atarantado mas teimava como só o diabo teima investindo na direção da sua casa (justo a sua), no lado de Higienópolis.

  O aniversariante sentia-se ele próprio atarantado, pouco seguro dos pés, media de cabeça o grande terreno da casa que ia de um a outro lado do quarteirão, em pensamento estava num e noutro portão, o da frente, o dos fundos. O boi zebu se tinha de aparecer devia era ter aparecido no portão dos fundos, ali junto àqueles dois tipos estropiados, mas vai-se lá contar com o bom senso do acaso; não no portãozinho da frente assustando as senhoras, onde, naquele fim de tarde, o que não passara por ele de elegância e finura. O último a chegar havia sido o Clovito Arruda que não via desde o aniversário passado; de excelente família apesar das idéias, moço de grande cultura, neto de d. Joaninha Arruda, a que pusera vinte filhos no mundo sem perder a estatura de grande dama — em que pesassem os achaques decorrentes de tal esforço; integralista o neto, mas... e o que era o integralismo afinal? Não falava o Clovito sempre na família? Mais seguro do que ser qualquer outra coisa por aí... e como falava bem quando dizia com aprumo, o gogó subindo e descendo no pescoço magro: "O Integralismo vencerá na Realidade, porque já triunfou no Pensamento". E gostava de terminar suas preleções afirmando: "É uma fatalidade em marcha!".

Gervásio concluía:

— E como a mulher era dele, na hora da dança, quando o cafajeste foi tirar ela num arrasta-pé perto de Avanhandava onde corria muita cachaça, ele que é homem avançou.

— Hum — pigarreou Alaor.

(Em anos futuros, um dia, hospedada em Valo Fundo, Tante Chevassus teve ocasião de conhecer Levina, a mulher pela qual o caseiro da propriedade do Domício Pereira Mattos se tornara assassino — quando então registrou com indignação no caderno marrom, sucessor do caderno bege: "uma bugre medonhinha, já sem mocidade e de peito chato como uma tábua de passar ferro. Inacreditável alguém ter brigado de morte por causa desse langanho".)

O Pereira Mattos estava acertando a combinação: Você fica, está tudo bem, aparece amanhã em minha casa com a patroa e os filhos, tem gente minha que vai para Pindamonhangaba e segue com vocês. Em Pinda um homem meu está esperando o pessoal daqui. Você sobe a serra com ele e as encomendas trazidas de São Paulo. Vai cuidar da criação, que é pouca.

— E hoje onde fica ele? — quis saber Alaor desconfiado.

— Vou parando na casa de gente do Gervásio, onde está a família.

— Muito bem — disse o Pereira Mattos —; falta ainda eu lhe explicar,

Bateram na porta de zinco meio descida, a porta fez um barulhão. Brasília botou a cabeça para dentro: Os guardas estão procurando o senhor, faz tempo, doutor Alaor, o boi vai ser morto, não tem jeito de ficar vivo.

O rosto de Alaor avermelhou num clarão (tiros!).

— Pensei que o senhor tivesse ido embora.
— Não estou em minha própria casa, menina? Como ir embora?
— Uai, por esse portão, por isso vim para cá, eu — Brasília calou-se olhando para Gervásio, o homem cujo perfil o médico traçara com o dedo no ar, num arabesco gracioso, dizendo ser o de um tapir.

O engenheiro foi tomado de grande emoção. Tinha que preparar o espírito das mulheres, segurar as crianças, arrumar as coisas. Mas... "arrumar" o quê? Esperavam por ele lá na frente, tinha de ir. Nunca vira coisa nenhuma morrer de tiro, nem em 32 na Revolução. (Uma tarde, em São Vicente, assinando despachos no seu posto de major-delegado-técnico, ao olhar pela janela do hotel da varanda envidraçada onde tinha sido instalada a delegacia técnica do município de São Vicente, enxergara alguma coisa mover-se no horizonte. Para lá assestou o binóculo, apertou a coronha do revólver; mas o naviozinho logo sumira na linha do mar levando consigo uma fumacinha tão pequena quanto ele. Bom, não havia de ser com revólver na cintura que iria fazer recuar o bloqueio naval a São Paulo; ainda assim pensou na ocasião que, se gente fardada começasse a descer em botes chegados de algum navio, ali na praia diante da delegacia técnica... ele então..., — Falou para Honório e o outro ao lado, com voz forte: Não vão agora, vou mandar Olímpia trazer comida e café para vocês. Olímpia!

O Pereira Mattos puxou Brasília de lado e lhe disse baixo que a mocinha não abrisse a boca sobre aquele homem doente, machucado, também não sobre o outro, lembrasse, ela que era tão apreciada do juiz de menores: se a palavra era de prata, o silêncio era de ouro.

Mas Brasília não resistiu a uma última informação: Eu sei o que é aquilo que ele tem na cara, é o botão-da-Bahia, da terra da minha mãe-menina.

— Não diga, vai indo, mocinha, anda.
— Sei tudo. Um dia o nariz cai.
— Suma!

Alaor ia pensando enquanto andava em direção à casa: Assassino e ainda por cima caolho. Por que o Mattos havia de querer um tipo assim? Verdade que não fazia má figura. E era até bonito. Tinha suas últimas palavras nos ouvidos: Sou homem manso, de paz, seu doutor Mattos, pode me acreditar. Foi acidente da vida. Não sou homem de matar para ver morrer, por gosto, por vingança, de tocaia no escuro. E o olho perdido e o olho são olhavam juntos para paragens que ninguém mais via a não ser ele, o que ficara para sempre de-Levina.

No vão da escada onde estava o porta-chapéus e o armário de capas, Urbino torceu uma pequena chave ao alcance da mão, a luz iluminou o seu rosto e o de Elvira no espelho do armário, dentro do espelho duas caretas riram e puseram a língua de fora — alguém passou por perto e entrou rapidamente no banheiro revestido com pastilhas da Pestana & Mattos, trancando-se lá dentro. Urbino ajudou Elvira a colocar o cachecol, disse-lhe que iria perseguir bois para os lados do Pacaembu no carro de Alaor, Elvira assustada quis saber por que no Pacaembu, ele respondeu que havia bois por lá também e naquele descampado do Pacaembu era mais difícil juntá-los, todos em São Paulo tinham que fazer sua parte como em 32, mas Elvira retorquiu ter medo de que lhe fosse acontecer alguma coisa; Urbino riu alto e feliz, tão mais velho do que ela, um tio por assim dizer, explicando que jogaria os faróis contra os bois, eles iriam ver! Era como tocar boiada, só que em vez de com cavalo, com carro. Levaria o seu fuzil Herstal da Revolução, fuzil o quê?, espantou-se Elvira, o fuzil fabricado na Bélgica, apenas por precaução fez questão de esclarecer, mas Elvira achou que ele a estava enganando, iria era caçar bois naquele mundão escuro do Pacaembu; Urbino achou-a muito esperta, quase uma adivinhadeira, mas não, só atiraria em zebu que investisse sobre o carro, e apenas para assustar; disse ainda que ia levar o Mino para lhe fazer companhia, se aquele bicho-preguiça de cartório, o Zé Belarmino, deixasse; ela riu um pouco cobrindo a boca com as mãos, bicho-preguiça, ah! como combinava com aquele homem gorducho, peludo e moreno. Depois se entristeceu lembrando que quando ele voltasse seu pai já a teria levado embora; mas Urbino insistiu que seu pai não iria arredar pé da casa enquanto aquele zebu não fosse morto, aí Elvira deu um pequeno grito, um trinado, e quis saber, seria mesmo preciso? Sacrificado sim, não assassinado, Urbino apontou a diferença, não escutara há pouco um zunzum de que não tinha mais jeito de ficar vivo? — Lá dentro do banheiro a descarga foi puxada e se ouviu muito bem do lado de fora o barulhão que fazia; alguém logo mais destrancou a porta do banheiro e passou rapidamente, miúdo, miúdo, não sem tempo de varrer com os olhos as pernas de Urbino, lá no alto no começo das coxas, sem conseguir decifrar o que via. Com um clique rápido na chave Urbino apagou a luz e já Cirino (aquele songamonga sempre entrando e saindo do banheiro, pensou Urbino) era apanhado mais adiante pela mãe que lhe sacudindo os ombros falou-lhe baixo no ouvido como ele era um menino sarambé! E o que havia ficado fazendo todo aquele tempo no banheiro, quis saber ainda Mercedes. Cirino, mexendo com as mãos nos bolsos as pastilhas que combinavam perfeitamente com aquelas do banheiro, e tendo ainda diante dos olhos a maçaneta de louça azul e branca tão longamente desejada, respondeu qualquer coisa sobre um cuspe que lhe havia ficado grudado muito tempo na garganta, a mãe comentou, então um cuspe, vejam só, e pediu-lhe para mostrar as mãos; ele virou as palmas para cima exibindo-as limpinhas, mas Mercedes, sem dar a merecida atenção àquelas palmas esfregadas, empurrou-o pelos ombros lembrando-lhe entre dentes que ele ainda não havia pegado o seu prato de canja, ao que o menino respondeu com voz sumida, eu não quero canja. Então não quer!

Fora, no jardim, um rumor insistente e surdo foi se aproximando, esbarrou nos homens que voltavam das garagens, Alaor apressado ia na frente, seguido pelo Pereira Mattos e o pediatra Horácio Bulcão. Era o novo boato que já agora corria no jardim de que o zebu lá embaixo na rua depois de uma investida de braveza tinha voltado a ficar como antes, só aturdido, meio "embaralhado", apenas um pouquinho louco no dizer dos guardas. Que história era aquela, trovejou o engenheiro (sem dar atenção à Tante indo-lhe no encalço, exigindo que "não lhe escondessem nada"), primeiro vão sacrificar, depois não vão, que amadorismo! — e na noite fechada de inverno, o rosto sanguíneo do engenheiro parecia reter ainda o calor e as cores de um sol que deixara há muito aquela casa.

Domício Pereira Mattos, descendo as escadas que levavam ao portão da frente no seu passinho rápido, deu com Mino Jr. subindo com as últimas informações. No rosto amarelado de olhos estreitos (onde mme. Keneubert sempre exultava em descobrir, ainda que amedrontada, "o mestiço") abriu o sorriso de dentes muito pequenos e gengivas à mostra. Mexendo o corpo desengonçado informou com importância que os guardas naquele momento de certa "calmaria" tinham ido ver como estavam as coisas para os lados de Santa Cecília, constava que feias, não havia um número assim tão grande de guardas-civis na cidade para serem desperdiçados parados tanto tempo num só lugar com um só bicho, mas um dos guardas era certo que voltaria, e logo. Os laçadores, porém, haviam ficado, mostrou Mino Jr. apontando lá embaixo na rua os dois homens movendo-se cautelosamente à volta do boi com os laços armados.

O zebu refugou mais uma vez.

Na ausência dos guardas os laçadores mostravam novo ânimo. Esperançosos estudavam o zebu procurando descobrir onde estaria ferido, e por que se tornava tão furioso de repente e depois baqueava; seria dor, medo, seria o quê.

O quê, o quê, o quê.

Pois o que quer que o vinha acossando há tantas horas e de tão longe ainda não o tinha largado, rondava-o como os que o rondavam; e era o peão-dono-da-sua-fúria. Diante dele está um morrinho coberto de verde e cercado, com um lugar fechado no alto. Não seria um curral, já que ele não era tocado para dentro nem reconhecia nos que se agitavam subindo e descendo pela rampa verde a sua espécie. Havia na cerca uma pequena porteira dura que não cedia a nenhuma vontade de marrada de boi, mas produzia o barulho de ferros, guizos e chocalhos, o que o fazia recordar os campos ralos distantes, onde homens e bois trabalhavam juntos.

Ele mal lembrava contudo a manhã branca daquele dia quando não era mais que um zebu malhado, distraído de si no meio da boiada, descendo para o chão tão diferente dos pastos-de-mato que conhecia, e de quando, desembarcado, pusera-se a marchar junto aos outros em compasso igual; já era dia pleno e o sol vinha pendurado no céu por cima do seu lombo, seguindo-o e balançando-se de lá para cá no percurso. Não o sol forte de Porto Esperança, Aquidauana, Campo Grande, com seus raios espetados iguais a chuchos cutucando-o no costado e nos flancos; acompanhava-o um outro sol de uma pelagem de ouro morno que ao descer para a terra misturava-se à sua própria pelagem branca e castanha; e havia o brilho de muita água por perto, o sol brilhava. Então *aquilo*! Um zás!

Uma rebentação de patas e cabeças, ele corria agarrado aos restos do que fora, do que já não era, num arranco mais outro que lhe parecia sempre o último, agarrava-se a si próprio juntando — das mais de mil perdidas — as quatro pernas que lhe tinham sobrado para sustentar o tronco, impelindo-o até a reta final de um rumo que não havia escolhido; mas já era o seu. Porém, logo adiante do caminho por onde então passara no galope (e agora naquele lado também havia o que se mexia e gritava atrás de cordas), no exato ponto do entroncamento entre um caminho e outro: o que-quer-que-fosse que mandava nele de longe atacou-o novamente marcando-o como se a marca do dono o tivesse atingido com o ferrete em brasa uma segunda vez; porém já não apenas na pele escura debaixo dos pêlos claros e sim muito fundo, lá no que ele era; e dobrou-lhe o rumo arrastando-o aos trancos até ali.

O dentro dele era um grotão de onde até aquele dia lhe haviam somente chegado escassas notícias: por vezes um suspiro, um gorgolejo, um crespinho de moita, uma asa de coisa voadora à-toa, um nada. Mas desde então soprava dele o vento seco da queimada, escutava os estalidos com as compridas orelhas pendidas. *O que* doía? *Quem* estava com dor? *O que* fazia doer? O focinho abaixado, atento, a barbela abaixo do pescoço tremelicando: *o quê? quem? quê?* — Ele perseguia o entendimento, deu uma volta completa diante do portão da frente da casa do engenheiro agitando-se atrás do que doía — sem bater no alvo.

— Um boi dançarino! — disse Maria Antonieta do alto da rampa de hera. — Que graça!

— Boi gira.
— Boi de corcunda.
— Boi japonês de olho puxado.
— Boi manco que eu estou vendo.
— Pelancudo! Cabide de pelanca!
— Boi burro! Burro! Burro!
— Pára com isso, pequenada — falou o Zé Belarmino, todavia com pachorra. O viver de sua família era os currais, não era o cartório, sabia como aconteciam as coisas; assim mesmo. Em caso de boi fujão, estourado, as pessoas não se seguravam tampouco.

— Um boi dançarino! — repetiu Maria Antonieta mais alto, o rosto avermelhando da corrida que dera até ali. — Olhem só como vem e vai mexendo o corpo, o malandro! — Ela girou o seu com os braços abertos, a saia do vestido azul ondulou e subiu-lhe na altura das coxas, baixou os braços, espancou a saia, meteu os dedos nos cabelos arrumados especialmente para a festa. (Que festa! Por que não decapitam de uma vez esse boi como fizeram com ela?) E Maria Antonieta, a pequena, ficou por um instante pensativa erguendo do chão o cão de orelhas crespas como os seus cabelos frisados, ao lhe vir na lembrança a outra, a grande, a rainha, a do passado, a das aulas do pai sobre boa educação e muitas coisas mais. Mas não acreditava nem um pouco na morte do boi. Achava impossível matar-se um boi perto de tanta gente reunida.

Nunca tinha visto matar coisa nenhuma de porte maior que uma minhoca ou barata. Você nunca deve ver matar coisa nenhuma desse mundo cristão, repetia sempre Cremilda para a filha. E lhe dizia quando Augustina ia para os fundos atrás de uma galinha para o jantar: sobe para o quarto ou vai para a frente da casa, já já, não tem daqui a pouco; criança que vê matar bicho cresce ruim. Ela não via, mas seu ouvido alcançava longe. E sabia de sobra o que acontecia com o pescoço da galinha. E depois, a história do coelho. Quando bem pequena surgira um coelho na casa; ele ficara seu amigo como Jalne era hoje e havia morado com eles dois meses; então tinha sido morto, ela sabia. Escutou os gritos; disseram-lhe, não é ele. Os gritos

135

vinham de longe e não paravam. Não é ele, é no vizinho, é um porco, ele fugiu de manhã, já não lhe falei? Aquela noite a carne no prato tinha um gosto diferente, um cheiro diferente e uma cor diferente: rosa. Não tem nada a ver com o seu coelho, menina, chega de invencionice, arre, que imaginação. Vai ver como ele ainda aponta amanhã de volta. Não apontou.

Augustina veio por trás e a segurou pela faixa do vestido. Vamos, Antonieta, para dentro, vai dar o exemplo para os outros, não quer comer os doces? Queria tanto de manhã que não agüentava esperar (Me larga, Augustina), é o aniversário do doutor Alaor e da Europa (da França), se fosse da Espanha estava melhor servido; o que os meus não falavam dos seus tempos de Badajoz e do Rei, coitado do seu pai, não se consegue juntar o pessoal na sala, nem para a canja se conseguiu. Mas na hora de servir o bolo como vai ser? Vou lhe contar um segredo: um passarinho me soprou aqui no ouvido que o doutor Domício fez uns versos sobre o aniversário para serem lidos na hora da champanhe e do bolo. — E a informante olhou à volta para ver se enxergava o nomeado. — É um poeta.

— É um mandão. Sei bem quem é esse passarinho, é ele mesmo.

— Menina, o que é isso, vamos entrando para ajudar sua mãe a juntar o pessoal, para beber à saúde do doutor Alaor e bater palmas, para ouvir os versos do doutor Domício.

— Doutor Domício, doutor Domício.

— Entre antes que o zāibu fique de novo bravo! — Todavia, ela própria, Augustina, deu uns passos a esmo respirando forte. — Ah, esse frio faz bem para a temperatura do meu corpo.

(Também com esse tamanhão... Hoje desamarrou a carranca. Parece que viu mesmo passarinho, passarinho verde, isso sim, está bobona.) Meu pai é que vai dizer a hora do bolo, de quem é o aniversário?

Já dentro de casa o aniversariante subia as escadas em direção ao escritório com o Domício Pereira Mattos atrás. Estava decidido. Eles próprios iriam se encarregar do zebu, havia determinado há um minuto no jardim o Pereira Mattos; e, ao sair de sua boca, a palavra *zebu* se afunilara num vapor luminoso e depois se dissipara no ar, como um sonho. Vamos pegar o

Herstal do Urbino, fez bem em guardá-lo com você porque é um moço de muito temperamento. Bobagem, havia retorquido Alaor e lembrara que o fuzil só estava com ele porque pensão de rapaz solteiro não era lugar para se guardar, nem arma, nem ouro. — Nem mulher, e o sócio lhe havia piscado o olho. Mas é um anjo de sossego o Urbino, estróina um pouco esse meu irmão, porém a idade... — Sim, condescendera o Pereira Mattos, além do mais é um companheirão (de *suas* pândegas). — E Alaor lhe devolvera a piscadela sem traduzir em voz alta a antiga suspeita de que o sócio mais jovem e o sócio mais velho não se reuniam apenas para falar de pastilhas. Entraram na casa calados e calados dirigiram-se rapidamente para a escada. Cremilda adiante, vinda da cozinha, fez um movimento brusco ao vê-los, ensaiou aproximar-se do marido, a ampla echarpe verde de franjas — tão ampla que se confundia com um xale e a obrigava a tornar mais lentos e cuidadosos os movimentos distanciando-a das lidas imediatas da casa — escorregou-lhe dos ombros, revelando-a humilde provedora com o peito pesado de leite, o tronco um pouco inclinado para a frente como se à procura de restos de comida e folhas soltas de jornal ou de planta, porventura caídos no chão e pisados. Cremilda recolocou a echarpe e voltou-se para mme. Keneubert ao lado. Esta apenas sorriu e abraçando-lhe o tronco com as mãos, ora esticadas ora meio fechadas como se o medisse, alertou-a que estava precisando mais seguidamente de massagens; palavras tão simples tiveram todavia o condão de afligi-la como se fossem as de um exorcismo e visassem a saída imediata de "algo", levando-a assim a buscar pronto conforto no *Guia dos casados* de d. Francisco Manuel: "Senhor meu. Casa limpa. Mesa asseada. Prato honesto. Servir quedo. Criados bons... [...] Ordem em tudo. Mulher honrada. Marido cristão...". Atrás de Cremilda e da massagista a pluma branca do chapéu de Tante Chevassus tremulava acima das cabeças. A Tante seguia com atenção os movimentos da sala procurando não se virar completamente numa e noutra direção.

O Pereira Mattos deu um tapinha nos ombros de Alaor no meio da escada e lhe disse: Ânimo, homem! Saúde e Fraternidade!

SAÚDE E FRATERNIDADE!

Subindo as escadas ia ele e ao seu encontro, fraternas, vibrantes, únicas, saltavam as fagulhas de 32 queimando-lhe o coração e fazendo-o bater como um tambor (para o que também contribuía a corpulência adquirida de 32 para cá...). Logo, um certo Manuel apresentou-se a Alaor com a mesma presteza com que o outro sempre respondia aos apelos de Cremilda, da remota Torre Velha nos idos de 1650. Manuel Rabelo, engenheiro militar, ele, Alaor Pestana, engenheiro civil, colegas ambos ainda que só de profissão; e apesar de naqueles anos de 31 e 32 não terem se cruzado (puro acaso), lá se achava no topo da escada saudando-o com o lema positivista que havia introduzido em São Paulo na correspondência oficial, a despeito dele, Alaor, preferir de longe "Cordiais Saudações" a "Saúde e Fraternidade".

— *Você, positivista roxo! Positivóide!* — Alaor soltou o vozeirão, mas apenas a abóbada da sua grande cabeça recebeu o eco, como o interior de um duro capacete de aço. — Você, coronel Manuel Rabelo, que em 31 era comandante interino da 2ª Região Militar e foi chamado a ser o terceiro interventor em São Paulo enquanto Getúlio procurava (sabe-se lá com que dose de empenho...) um civil e paulista para o cargo; ficou meio ano apenas na interventoria, antes do movimento rebentar. Epa, Manuel Rabelo, entre outras coisas que fez, meu Deus, por que foi baixar aquele decreto criando a categoria de *cidadão-mendigo*? Exagerou, Manuel Rabelo. Foi exagero. E depois, com o fogo de 32 já pipocando você voltou (mas de novo não durou) para nós, Manuel Rabelo, a São Paulo, no comando novamente da 2ª Região Militar, agora não mais como interino, e todo ufano como general-de-brigada. Epa, Manuel Rabelo, mas para quê? Para que veio? Para tirar a independência da Força Pública obrigando-a a se dobrar ao comando da 2ª Região Militar. Mas não deu certo, Manuel Rabelo, não deu. Do Rio lhe aconselharam cautela, você, carioca de Barra Mansa e militar, e já de atrito com Pedro de Toledo, finalmente o nosso anunciado interventor paulista e civil, ainda que velhote e patureba... (verdade que logo aderiu ao movimento e virou governador aclamado). Prudência lhe aconselharam! Você entendeu,

Manuel Rabelo, a Força Pública voltou a ter comando próprio e você teve de engolir a desfeita sem fazer cara feia. Ainda que depois de 32... (foi o mau exemplo, Manuel Rabelo, foi o precedente...) ela venha perdendo força, ano após ano (a Força perdendo força, que gracejo de mau gosto você me obriga a fazer, Manuel Rabelo); tanto assim que, hoje, quem é que há de estar na recepção do cônsul Pingaud tomando na certa o seu licorzinho de damas? O comandante da 2ª Região Militar *e* Força Pública! E o que há de estar em tropelia pela cidade? Bois, hordas deles, pior, zebus espalhados por todo lugar e um dos bichos — por enquanto *um*, mas vejamos... até quando? — plantado diante de minha casa com manifestos sinais de ferocidade — pondo em risco a segurança de meus familiares, meus convidados, minha vizinhança, e obrigando-me, eu, engenheiro e civil — a tomar uma decisão que preferia não ter de tomar; e que Deus, na sua infinita bondade, tinha evitado em todos esses anos de vida que ele tomasse: *apertar o gatilho*. No seu tempo de interventoria, Manuel Rabelo, havia hordas de mendigos pela cidade, por causa do crack da bolsa de Nova York, vá lá que seja... e o que você então fez, homem de Deus? Criou por decreto o *cidadão-mendigo*. Deu caráter *legal* à *mendicância*! Hoje, se você ainda estivesse por aqui mandando, ia na certa baixar um decreto criando o cidadão-zebu. Epa, Manuel Rabelo, epa! Cidadania tem hora e vez! Respeite o cidadão paulista que sou e o cidadão-major que fui.

(*"O doutor Pedro de Toledo, governador do estado de São Paulo, por aclamação do POVO PAULISTA, do EXÉRCITO NACIONAL e da FORÇA PÚBLICA... DECRETA... Art. 2º: Serão nomeados para os cargos ora criados engenheiros de reconhecida competência, com as honras de major, conferidas pelo Comando das Forças Constitucionalistas."*)

Lá estava ele, Alaor, a postos na delegacia técnica de São Vicente com o binóculo assestado, um olho no horizonte, outro nos despachos. Largava o binóculo para segurar a caneta, largava a caneta para segurar o binóculo. E às vezes segurava o coldre da pistola. Seu coração batia, batia — era três anos mais moço e vários quilos mais magro —, ele via o próprio coração bater diante dos olhos como um pêndulo de ouro, como de ouro eram os próprios cabelos, fartos.

"Para a Campanha do Ouro da Vitória, pedimos a V. S.ª sugerir nomes de pessoas gradas radicadas no lugar para formarem a comissão incumbida de angariar donativos. / É necessário fazer parte dessa comissão autoridades eclesiásticas e gerentes de bancos locais [...] *Saúde e Fraternidade*."

Choviam circulares por telegramas, cartas, ofícios:

"*Havendo necessidade de serem organizadas turmas de trabalhadores para serviços de retaguarda nos setores das várias linhas de frente deverá essa delegacia técnica envidar todos os esforços para o alistamento do maior número de trabalhadores de pá e picareta reunindo-os em ponto de embarque e fazendo disso comunicação.*"

Algumas circulares-telegrama eram particularmente lembradas pelo estilo austero e elevado: "*...deveis providenciar alojamento e alimento das caravanas de socorro* [...] *Ficareis responsável pela guarda e consertos dos caminhões concentrados em* [...] *Podeis entender-vos diretamente com a superintendência transportes a respeito pormenores*".

Outras mostravam surpreendentes delicadezas de estilo, como aquelas duas vindas do delegado de polícia, uma dirigida ao Pereira Mattos em que acusava o recebimento do ofício onde esse comunicava haver transferido o cargo de delegado técnico ao auxiliar dr. Alaor Pestana, e outra quando a 15 de setembro Alaor fora finalmente nomeado. Nas duas circulares o delegado agradecia a "*gentil comunicação*". Também da coletoria estadual de São Vicente chegaram manifestações de apreço por sua nomeação e assinadas pelo próprio coletor: "*Congratulando-me com a população vicentina por tão acertada escolha, sirvo-me da oportunidade para apresentar os protestos da minha mais elevada consideração e estima. Saúde e Fraternidade*".

Às vezes no embate entre ofícios surgiam frustrações como naquela troca de comunicações entre a delegacia técnica de Santos e a de São Vicente, ocasião em que os apelos da Revolução lamentavelmente não puderam ser atendidos.

"*Ilmo Sr. Major-Delegado-Técnico de São Vicente:*

"*Tendo recebido do chefe do policiamento civil desta cidade um ofício em que o mesmo, de acordo com instruções verbais do Departamento Municipal de São Paulo, solicita as providências necessárias a fim de que lhe sejam entregues seis cavalos que se acham sob a guarda da prefeitura de São Vicente, tenho a honra de encaminhar a V. S.ª o pedido do chefe da Polícia Civil, pedindo para ele a vossa melhor atenção. Saúde e Fraternidade."*

Ao que Alaor respondera:

"Em relação a um pedido formulado por essa delegacia técnica a respeito da entrega de seis cavalos à Polícia Civil de Santos, cumpre-me informar a V. S.ª que consultada a prefeitura municipal de São Vicente fui por ela informado não existir sob sua guarda qualquer cavalo mas sim seis mulos do Serviço Sanitário do Estado e que são empregados nos trabalhos de limpeza pública desta cidade. Cordiais Saudações."

Havia de fato muitas circulares por telegrama ordenando, pedindo esclarecimentos e serviços sobre animais, ou talvez em tempos futuros Alaor, em função do funesto incidente daquele 14 de julho de 35, delas mais se lembrasse: *"Circular n.º 45: Peço urgentemente resposta nossa circular 38 pedindo estoque de porcos e quantos cevados"*; ou *"Os donativos de gado devem ser despachados para a Estação de Presidente Altino — Estrada de Ferro Sorocabana".*

Em 21 de setembro de 32 chegara a circular 49: *"Deveis mandar a esta comissão as braçadeiras-distintivo da delegacia técnica que não devem mais ser usadas pt Serão substituídas por novos distintivos do comando militar da praça".*

E como soara animadora essa ordem para troca de distintivos, alvissareira mesmo! E vieram outras circulares e viera a do dia 29 de setembro lembrando os relevantes serviços prestados pelo correio militar MMDC *"à nossa causa"*, atestando a sua operosidade febril, pedindo que zelassem por suas atividades facilitando aos agentes o desempenho de sua missão e fornecendo-lhes..., *e meias, e gasolina, e acessórios e etecéteras* e como tudo parecia ir bem, e como todos trabalhavam pela causa.

Foi quando chegara no dia seguinte, em 30 de setembro, a enigmática, fatídica, circular-telegrama n.º 63:

"*Mantenha-se no seu posto pt Desconfie de notícias derrotistas — situação firme pt tenente coronel Alexandre Albuquerque — Controle do Comando Militar da Praça*".
E então o fim.

No dia 2 de outubro, depois de negociada a rendição, o coronel Herculano de Carvalho e Silva, comandante da Força Pública, depunha o governo chefiado por Pedro de Toledo. De 9 de julho de 1932 a 2 de outubro do mesmo ano (menos de três meses!) durara a coisa toda. Porém... durar... o que vinha a ser? Pois o que passava sempre a Alaor diante dos olhos era o escoamento das águas borbulhantes de um longo rio de meses e horas, sem pausa, sem qualquer termo.

Uma vez no escritório, Alaor, como de hábito, abriu a janela que dava para os fundos e olhou para fora, para o Quadrado com sua luz mortiça. Pensou em Maria Antonieta desaparecida nas sombras do jardim. Estava silencioso daquele lado e se ouvia apenas o zunzum da cozinha. Abriu a outra janela, a que dava para a jabuticabeira. Escutou vozes abafadas, risinhos. Inclinou-se; distinguiu perfeitamente a voz do irmão e da filha do Pereira Mattos, mas não os via por causa da folhagem. De alguma forma aborreceu-se sem saber a razão. Pensou que precisaria gastar mais com a iluminação do jardim. E quando o Pereira Mattos foi se aproximando fechou com rapidez a janela daquele lado. Os olhos percorreram as paredes cobertas por pequenos quadros: "O Céu abençoou-a. Onde ela entra (ela, a *Pomada Miraculosa Avé-Chevassus*, entra a luz — esta dissipa a treva, aquela..."); lá estavam também em uma moldura com as cores da bandeira paulista as congratulações da coletoria de São Vicente e da população vicentina pela sua nomeação, apenas quinze dias antes do fatídico telegrama. Lá estava ao lado o Certificado da Associação Comercial da Cidade, confirmando que o engenheiro Alaor Pestana dera ouro para o bem de São Paulo, cercado por uma moldura de prata dourada com o brasão do estado. Do outro lado, em prata lavrada, a bênção do papa Pio XI à família do aniversariante, trazida de Roma por uma parenta do Pereira Mattos: "Alaor Pestana e família prostrados aos pés de Sua Reverendíssima... humildemente...".

— Mil novecentos e trinta e dois! quem esquece? — disse o Pereira Mattos. Olhou mais de perto como se o visse pela primeira vez. — Fez bem em pôr o certificado na parede. O meu anda perdido em alguma gaveta (na verdade estava era muito bem guardado em uma pasta de couro com outros materiais de 32 na gaveta da escrivaninha, aquela reservada aos documentos especiais). Os atos nobres de um passado nobre devem ficar a salvo do esquecimento. Mas que quer? Sou viúvo, falta-me tempo para certos lazeres. A bênção papal, claro, está emoldurada e colocada em lugar de honra na sala de visitas, vis-à-vis a um crayon da Tia-Viscondessa, recorda?
— Sim, como não?
— Vamos, o que está esperando? pegue o fuzil.

O aniversariante abriu o pesado armário de mogno preto com relevos onde guardava os ternos fora de uso e de lá tirou algo comprido embrulhado em um roupão velho felpudo. — Os cartuchos, disse, estão noutra parte, trancados dentro do cofre, no meu quarto. — Faz bem a cautela, aprovou o Pereira Mattos, nunca é demais no caso de armas. Alaor se animou: O doutor Botelho, meu sogro, afirma que para uma arma de fogo não causar acidentes deve ficar sempre pelo menos a dez metros de distância da munição. — Isto!, aprovou o Pereira Mattos, mas o tom da voz não agradou o sócio; falava a sério? — Então! Mostre!, insistiu o Pereira Mattos.

O roupão de cor vaga foi aberto deixando escapar de mistura ao cheiro de naftalina outro muito agradável que o Pereira Mattos não conseguiu identificar. Um cheiro doce... um perfume feminino... Despido do roupão, o fuzil Herstal de Urbino apresentou-se em toda a sua altura: não mais que meio metro. Alaor colocou constrangido a coronha no ombro, apoiou o cano com o anular e o polegar, mirou a escuridão lá fora. O Pereira Mattos advertiu, é melhor com a mão inteira, não pegue assim; acho que deve deixar o tiro para Urbino. Deus me livre, disse Alaor, é capaz de começar a fazer gracinhas com o fuzil armado. Na verdade, opinou o Pereira Mattos depois de um pequeno silêncio, isso é tarefa para se passar adiante, não é coisa para nenhum de nós.

— Como assim, passar adiante? (De novo a gritaria das crianças lá na frente. O que pode ter acontecido agora?)
— Ninguém da casa deve sacrificar o animal. Isso mancharia seu aniversário. Quando disse que nós nos encarregaríamos do zebu estava pensando em Honório de Levina lá na garagem. Tem muita experiência com qualquer tipo de arma de fogo e me deve favor; como qual?! Se acabei de contratá-lo para Valo Fundo nas condições em que me apareceu, mais o estrepe da família! — Foi com arma de fogo o crim...?, hesitou Alaor. — Não tenho nada contra dar tiro, continuou o Pereira Mattos, sem ligar à pergunta; sou esportista, já dei muito tiro, já cacei muita paca, já comi muita paca; agora, as circunstâncias... — Certíssimo, trovejou Alaor animando-se; Cremilda nunca quis que as crianças vissem matar bicho para não afetar o caráter, calcule um zebu... e por um de nós. — Peça à Olímpia para chamar o Honório, encurtou o Pereira Mattos. — Não, não..., atalhou Alaor; vamos nós até a garagem, é mais seguro, mas que na hora H não me venha o outro junto, o da cara estropiada, o tal do nariz de... tapir, da ferida...
— ...brava!
Animaram-se e trocaram ainda alguns comentários sobre o bicho no portão. Teria algum ferimento interno, era a única explicação para ficar furioso e depois fraquejar, caso contrário... Alaor fechou as persianas. — Pego os cartuchos no quarto? — E por que não? — retrucou o Pereira Mattos. — Sim, mas... já? Então... carrego eu a arma e você os cartuchos. — Arre, que cuidados, já são demais. Embrulhe o fuzil no roupão de modo a parecer uma vassoura, antes da hora não vale a pena criar rebuliço. — E por que havia eu de embrulhar uma vassoura, ainda mais num roupão? Andar por aí com uma vassoura embrulhada? Andar com uma vassoura simplesmente...? — E Alaor rasgando o seu meio sorriso Chevassus soltou uma gargalhada forte, uma explosão repentina talvez tendo parte com o frenesi que há pouco, quando Castro Alves e Ermínia Nitrini Fontainha casavam seus variados talentos ao som do piano da mulher, tinha dominado com tanta bravura dentro do peito.
— Faz bem uma boa risada para desopilar o fígado; Mattos, por que está rindo de cara amarrada? Se eu na vida tivesse

rido todas as vezes que tive vontade, não estaria hoje onde estou, pode crer.

— E onde estaria exatamente?

— Ah, vamos deixar de histórias, vamos embora. (O anfitrião mostrou-se novamente sombrio.)

Lá embaixo Cremilda observou o antigo roupão, com que ninara e amamentara os três filhos mais velhos nas noites de inverno, descer nos braços do marido, e avaliou então com um tremor que se o fuzil belga de Urbino deixava finalmente o seu canto escuro no fundo do armário, não seria para animar com salva de festim o aniversário do marido.

Brasília, Cirino e Maria Antonieta no jardim viram quando os dois sócios saindo pela frente deram meia-volta e passaram rapidamente na direção das garagens. O pai pareceu a Maria Antonieta apertar um embrulho comprido nos braços, segurava-o como se abraçasse qualquer coisa peluda desmilingüida. Muito esquisito.

— Conta da Pedra da Ladainha que faiscava ao sol — pediu Cirino à Brasília com os lábios roxos de frio e sentindo-se um pouco enjoado do susto que levara com a última investida do zebu.

Mas Brasília, tendo ouvido dizer que a mulher do homem caolho que estava nas garagens tinha sangue de índio, contou foi o seguinte caso:

— Aconteceu mais ou menos no tempo em que eu vim para São Paulo trazida por dona Alzira que conheceu minha mãe-menina, eu era muito criança para entender direito as coisas, mas ela repetia sempre o que tinha se passado. Foi para os lados onde meu pai morreu na pedreira quando abria o túnel da estrada de ferro Minas-Bahia. Por causa da estrada de ferro e dos padres que havia por lá, os índios foram trazidos para perto da civilização. — Onde ficava? — A civilização? Ali mesmo por perto, menino. — Eram muito bravos? — Esses índios não porque estavam perto da civilização. — Queria conhecer a civilização, disse Cirino. — Você está nela, informou Maria Antonieta. — Não acredito, disse Cirino. — Brasília suspirou. — Então não eram mesmo bravos?, insistiu Maria Antonieta. — Esses não, já falei, até fabricavam potinhos para vender e plantavam, mas havia outros que viviam numas matas afastadas do caminho do trem. — Brasília apontou para o lado mais escuro do jardim onde as árvores e arbustos cresciam misturados, as copas juntavam-se no alto e a hera atapetava o chão. — Como ali, só que de verdade, matas fechadas onde você vai andando e tropeçando de tão escuras que são, e se arranhando nos carrapichos e se atrapalhando com os cipós. — E as tartarugas? — Não sei de tartaruga nenhuma, menino. — Brasília, não responda para ele que eu quero logo saber o fim, disse Maria Antonieta olhando para os lados, intrigada com o sumiço de Jalne. Descobriu o pediatra Horácio Bulcão por perto com um olho neles. O pediatra piscou o olho para ela: — Não tenha medo, minha pequena, sossegue, o zebu não vai pular o portão e comer o seu lindo cachorrinho. (Cirino escutou foi outra fala do médico correndo ao lado daquela: Não tenha medo, meu pequeno, sossegue, deixa eu pincelar sua garganta com azul de metileno, é um instante só e a dor e a febre vão-se embora num átimo; se você se mexe aí espeta e dói, fica bonzinho que amanhã vai ter uma surpresa; vai fazer xixi azul! — AZUL, Cirino! — E a mãe, verdadeiramente encantada, juntou as mãos como se o desfecho maravilhoso estivesse sendo anunciado pela primeira vez. Porém, como Cirino não a acompanhasse nas manifestações, viu-se obrigada a desatá-las e agarrar a cabeça do filho por trás, sendo que a sessão de azul de metileno terminou como usualmente, com muitos berros, engasgos e lágrimas; e palpitações por parte de Mercedes conforme relato mais tarde ao marido. Cássio teria olhado o filho em silêncio e abanado a cabeça entristecido.) Cirino grudou-se a Maria Antonieta. — Pois bem — continuou Brasília alteando a voz com um olhar de relance ao pediatra; a este não passou despercebido que "a moleca mulata dos Botelho gostava de palco" — Pois bem — e a voz adquiriu um tom agudo — um dia o empregado da linha do trem que ajudava nas manobras, o guarda-freios por nome Serafim Ferreira, pegou na estrada uma bugrinha, assim pequetita como você, Cirino, para criar e ajudar na casa, também para fazer dela um bichinho de estimação. Mas a bugrinha conseguiu fugir. — E depois? — Brasília aproximou bem Cirino e Maria Antonieta de si — *O tempo-foi-passando*. Um dia a mulher do Serafim Ferreira foi numa fonte perto da casa buscar água e recebeu uma flechada que lhe varou o coração. Morreu na hora. Todos disseram que tinha sido algum índio da sua tribo que vingara a jovem selvagem! — Quem? — Não seja pamonha, menino, a índia, a índia era a jovem selvagem! Só se falava na jovem selvagem na casa de dona Alzira, em jornais de São Paulo, de Minas, só se falava na vingança dos índios e no assassínio da pobre senhora. A polícia chegou a Teófilo Otoni perto do lugar onde eu nasci querendo saber como tudo tinha se passado. Dona Alzira sempre que comentava o caso repetia como tinha sido um fato dramático. Eu tremia cada vez que ela falava no fato dramático. — Dramático?! — Cirino!, disse Brasília pondo as mãos na boca de espanto. Não sabe o que é um fato dramático! O fato dramático foi a flechada no coração da pobre senhora! A vingança da tribo da jovem selvagem!

O pediatra afastou-se lentamente não sem antes advertir Brasília para não meter medo nas crianças com histórias tão feias. — Não inventei uma palavra, doutor, como hoje de tardezinha quando disse que tinha ouvido sobre guardas-civis espantando zebus na cidade. — Justamente, não esquecesse a confusão criada logo ali adiante na rua por causa de um desses animais fugidos, não esquecesse a pajem que era de um menino pequeno. — Não é minha pajem!, exclamou Cirino reanimado. Brasília baixou a cabeça, mas quando o pediatra, movendo compassadamente as longas pernas, achou-se suficientemente afastado, pespegou em Cirino um peteleco.

Horácio Bulcão ia pensativo: índios, índios. Clareando as sombras do jardim, figuras de uma fotografia varrida de luz despegaram-se de seu fundo cinzento e apresentaram-se diante dele em posição de sentido: o batalhão formado em 32 por índios guaranis escolhidos para desempenhar tarefas auxiliares. Que tipos, ia pensando o pediatra afrontado pelas pequenas criaturas de rosto largo e pômulos tão salientes que os olhos já estreitos reduziam-se a duas riscas. Mobilização completa em 32, nem guaranis haviam escapado. Ordenados, sérios, curiosos, inquisitivos, olhavam-no com seus olhos de riscas e ele os olhava de volta com a precisão de uma boa Leica que tudo via; mas também com sua cegueira: nada entendia, ele, um estudioso de

São Paulo e da sua História. No meio do grupo postava-se o guarani-comandante de quepe cercado pelos subordinados de capacetes. Ladeando o comandante duas indiazinhas guaranis com seu toucado de enfermeira-militar caindo-lhe até os ombros, o jaleco de corte masculino abotoado até o alto espremendo-lhe os peitos, a saia clara, as meias longas e os sapatinhos rasos tipo escarpim, de alça. Aquelas pernas de índia de panturrilhas batatudas cobertas por meias compridas eram o mais inacreditável de tudo, delas exalava uma estupidez de estacas de pilão que nada tinha a ver com a postura enérgica da Mulher Paulista em 32. Ah, Florence Nightingale, pensar os caminhos tomados por sua descendência, seu apostolado de enfermagem onde viera dar com os costados, em que praia, em cima de que corpinhos retacos suas ordens foram cair... Esse batalhão, onde o vira afinal? Uma lembrança patusca talvez de noites maldormidas antes da derrota final, ou brincadeira de algum regimento mordido pelo ócio, cansado da batalha não acontecida... (Eu me dispo, você se veste e pegue lá duas mulherinhas bem cheias...) Para sua tristeza sabia porém que havia sim existido o fantástico pequeno batalhão. Idéia de quem, difícil lembrar, já que todos, sem exceção de nenhum paulista, tinham idéias em 32; do Comando Militar da Praça? de alguma senhora católica operosa? do cônego? do bispo? Era pena realmente que os paulistas de 32 tivessem tido tantas idéias. E aquele homem educado e à sua maneira um sábio, pediatra de renome, formulou ainda para si algumas considerações profissionais sobre o possível estado de saúde dos componentes do batalhão — formado a que custo só Deus sabe: sofreriam de amarelão, teriam bicho-do-pé, as mulheres estariam prenhas... curiosidades que mesmo não satisfeitas muito o consolaram, distraindo-o. Em seguida sofreou uma espécie de soluço, em parte eco de algum sofrimento antigo pelos rumos tomados por 32, em parte reclamação de seu disciplinado estômago diante das sucessivas interrupções no ajantarado. Arch! aquele zebu! Aprumou-se.

Dali a pouco Alaor Pestana, seguido da mulher e do Domício Pereira Mattos, apareceu na varanda e bateu palmas. Atrás um grupinho amontoava-se acotovelando-se. Alaor chegou perto dos degraus. Sua figura e a dos outros contra a luz da casa iluminada apareciam em silhueta. Tornou a bater palmas. Os que estavam no jardim também se aproximaram. Falou alto.

— É necessário sacrificar o animal perdido. O animal sofre, isso me parece claro; também tem manifestações de fúria, todos viram. (O Pereira Mattos cochichou-lhe no ouvido.) O Mattos aqui está lembrando que não é prudente esperar a volta dos guardas-civis, pois a cidade está cheia de outros animais perdidos; ele está certo. O Mattos tem um empregado muito responsável, recentemente contratado para administrar sua propriedade em Campos do Jordão, o Valo Fundo. É homem forte, de boa pontaria, acostumado à caça, a guardar rebanho e cercado. Por sorte, ou porque assim quis a Divina Providência, como está muito bem lembrando aqui ao lado meu sogro, o doutor Botelho, acha-se hoje conosco. (Pausa.) Peço a todos calma. O homem, saindo pela rua Maranhão, dará a volta ao quarteirão e chegará à avenida Higienópolis por fora. Nesse momento, acaba de me dizer Miguel, o animal está acachapado diante do portão; mais uma razão para se chegar a ele por fora. Então, daqui a uns quinze minutos esse empregado de meu sócio irá fazer o que é preciso que ele faça; o que irá fazer não por gosto, mas porque é preciso. Peço a todos calma, particularmente à minha mulher e às outras senhoras. Que é isso, minha gente, não é o fim do mundo! (Cremilda cochichou-lhe no ouvido.) Cremilda pede que as crianças e os jovens caminhem para os fundos e seria aconselhável que as senhoras os acompanhassem ou fossem para dentro. Peço eu por minha vez, à Cremilda e às senhoras presentes, que não puxem para o trágico. Um animal extraviado está lá fora sozinho, não um exército invasor. Depois, não sofrerá praticamente nada. Será tiro e queda como se costuma dizer. Além do mais foi destinado já por ocasião do nascimento a ser gado de corte; carne de açougue. Não esqueçam as senhoras mais sensíveis, o detalhe. Então, então. (José Belarmino chegou até os primeiros degraus e cochichou-lhe por sua vez algo.) Aqui, nosso prestativo amigo Zé Belarmino se oferece, com sua grande experiência de indivíduo criado em fazenda, para estar presente lá embaixo na hora, ajudando no que for preciso. Não creio que será necessário, mas agradeço da mesma forma. Nós todos, meus convidados e eu, agradecemos ao Zé Belarmino. Os laçadores continuam a postos, contudo chegaram à conclusão de que o caso não é para laço e que, se laçado fosse o animal, as coisas não terminariam por aí. São dois bravos munícipes, não tenho por que duvidar do que afirmam. (Ouviu-se um choro de criança, seguido de uma risada espremida. João Alfredo Botelho espichou o pescoço e alcançou o ouvido do genro.) Aqui, o pai de minha mulher, meu bom sogro, avô amoroso de meus filhos, faz mais uma intervenção oportuna; pede que se diga às crianças — Não quer falar o senhor mesmo? — bem, para elas se reunirem no Quadrado porque ele vai também estar lá distraindo-as com um jogo muito divertido do seu tempo. — O nome, meu sogro? o nome? — Diz que se chama "Porta do Céu" e foi inventado pelo seu pai. (Breve riso ergueu-se no jardim como um sopro, uma brisa noturna, logo esmoreceu, cessou. O Pereira Mattos voltou a cochichar no ouvido do aniversariante.) Atenção, é para irem só até o Quadrado, não muito para os fundos, para o lado das garagens. O Tomé chegou da rua doente. Bom, era o que eu tinha a dizer.

— O Tomé! — exclamou Mino Jr. e outros meninos o acompanharam: o Tomé! o Tomé! Que-re-mos o Tomé!

Maria Antonieta chegou perto do pai: O Tomé! Vou ver ele e contar tudo sobre o boi!

— Não vai coisa nenhuma. Está muito doente, com uma gripe feia. Não quero ninguém perto das garagens. Vamos indo... vamos indo...

(Brasília cismou: É por causa do homem com o botão-da-Bahia, não sou trouxa. Um dia vão ver o que eu digo: o nariz cai.)

Ergueu-se uma voz feminina quase tão alta e forte quanto a do engenheiro; pelo volume seria a cantora Ermínia: Tenho pavor de estouro!

— Venha, lhe arranjo um chumaço de algodão; mais alguém quer algodão para os ouvidos?

— Prenda o cachorro, disse o engenheiro para a filha.

— Não acho Jalne.

— Basta!, trovejou o engenheiro. Prenda-o!

150

As figuras moveram-se contra a luz da varanda, separavam-se; umas, recuando um pouco, mostravam-se, iluminadas em cheio, aos que estavam fora: ali mme. Keneubert sorrindo para o engenheiro, acolá o Fontainha dando o braço à Tante. Outros desceram os poucos degraus e foram para o jardim. Houve um movimento comum na direção dos fundos, o ruído abafado, plac, plac, de passos sobre a grama, sobre as alamedas de áspera pedra rosa.

Cirino deu uma corrida para alcançar os outros. Pela escada do portão da frente subia um bicho gosmento como um vômito, um catarro de sangue. Não era o zebu. Era a morte do zebu que lhe vinha no encalço.

A CASA DO ADMINISTRADOR

Numa noite do inverno de 1938 uma fogueira foi acesa perto da porteira do sítio para indicar o rumo aos que chegavam de São Paulo.

Não longe da porteira e um pouco à sua direita estava a pequena casa térrea caiada de branco. Acompanhando a estradinha de terra que ia dar no sítio do Valo Fundo e ali morria, corria um braço de rio. Além da porteira o rio era acompanhado em uma das margens por uma treliça de cipó para dar proteção aos moradores da casa, erguida de frente para as suas águas. Mais adiante, porém, fora da área da casa, ele virava à esquerda, embrenhava-se na vegetação, saía do nível do solo do sítio (que ascendia em morros não muito altos à volta da casa) com as margens livres, atrás do rio maior.

No dia anterior, o alugador de cavalos e homem de prestar serviços diversos aos proprietários paulistas com terras na região, seu Trajano, havia chegado em trote acelerado até a porteira encostada, apeara-se diante do mata-burro e caminhara, já sem pressa, em um andar gingado muito desenvolto, até a casa; ali, diante dos degraus da varanda, erguera o chapéu para os que nela estavam dando a notícia colhida ainda há pouco na central telefônica de Capivari: de que os que deviam chegar no fim da semana tinham marcado a viagem para o dia seguinte devendo estar em Campos do Jordão lá pelo meio da tarde.

A noite porém chegara antes dos viajantes.

A casa de Valo Fundo não tinha luz elétrica nem água corrente e havia sido erguida como moradia do administrador. Mas como o seu dono (o Proprietário) nos primeiros tempos da compra ia para lá freqüentemente, o primeiro administrador, que na verdade, como os outros vindos depois, não passava de caseiro, jamais abandonara os dois cômodos ao lado do estábulo.

O Proprietário, todavia, acabada a novidade do investimento, passou raramente a lá ir. Tinha gente sua cuidando de seus interesses no lugar, em Capivari e Abernéssia — o resto era de responsabilidade do caseiro.

Em um futuro indeterminado — que não deveria, contudo, estar distante — seria erguida a casa do sítio, a sua sede verdadeira, em um lugar também indeterminado mas que naturalmente ficaria em plano elevado, distante da porteira de entrada e das águas perigosas do rio, na encosta ou cimo de um daqueles morros de porte médio. Dessa forma, os parentes e amigos próximos que se hospedavam em Valo Fundo — em rodízio, devido às dimensões reduzidas da casa — sabiam que a ausência de conforto da moradia não era dirigida a eles, pois dizia respeito a um desconhecido administrador do passado e se destinava a um vago administrador do futuro. Os caseiros sucessivos que por lá passavam por sua vez sabiam que o cocô e o cheiro da criação, principalmente dos porcos e das três cabritas leiteiras, assim como do cavalo Castanho, não representavam de fato as condições do emprego, de resto sem lhes causar qualquer aborrecimento material, já que sempre tinham vivido assim, se não pior. Importava-lhes eram os ganhos espirituais muito finos advindos dessa situação: "hospedavam-se" apenas nos dois cômodos cercados pela fedentina da qual eram parte. Seu lugar natural, de raiz, vinha a ser a casa caiada de branco, a varanda onde já estariam sentados escutando as águas barrentas do rio, não fossem as coisas do jeito que eram.

Com o tempo, para os hóspedes do Proprietário os desconfortos da "casa do administrador" confundiram-se com a natureza agreste, rude, de Campos do Jordão, cujos nomes de um ou outro recanto por vezes a lembravam e eram mesmo um pouco assustadores, como Homem Morto ou O Pico do Carrasco da Onça. Ao chegarem ao lugar os hóspedes saboreavam por antecipação o frio que iriam sentir naquela casa sem lareira cujo único calor provinha do fogão, a mão-de-obra que iria ser buscar a todo instante na fonte Simão água de beber, a luz mortiça e amarela dos fumacentos candeeiros de querosene que proibiam a leitura mas atiçavam a conversa, ainda que esta acompanhasse sua qualidade baça e morrediça. Era só engano, porém, aquela fala soprada, pois nela assomavam, disfarçados em conversa miúda e sonolenta, os pesados segredos e as histórias proibidas de São Paulo. Lá fora o escuro absoluto de Valo Fundo. O silêncio. Só passava na estradinha de terra quem ia a Valo Fundo, tudo acabava em Valo Fundo. O barulho do rio à noite; um poder, uma coisa ignorante e bruta arrastando pelo leito o seu corpo enlameado. O assobio limpo das casuarinas quando ventava. Abria-se cuidadosamente uma fresta de janela, junto com o frio entrava uma alegria de natureza leve, um verde mais claro, o coração desapertava, os ramos da casuarina roçavam no céu de ardósia, acendiam pequenas estrelas.

Uma casa encravada entre morros em terras de um lugar que se chamara originariamente Buraco Fundo. Como os primeiros nomes dos lugares nunca são esquecidos de todos, dos lugares ermos então..., alguém da região, expedito e letrado, soprou no ouvido do Proprietário "Valo" em vez de "Buraco"; era igual, era diferente, não era aquela coisa feia com associações ainda piores em que poderiam entrar tanto um poço fundo destampado pronto para engolir passante como uma toca escura de bicho ruim; ou a mais bela flor de uma donzela reduzida àquilo mesmo.

Mas o nome Buraco Fundo perdurou, permaneceu por assim dizer como a parte escondida do novo nome, como o seu lado de baixo "mais fundo", mais escuro, arrastando a casa do administrador consigo, onde a noite se prolongava e a geada formava pela manhã um grande poço branco que deixava, por muito tempo, a vegetação molhada. Lembranças de fato de outros lugares verdadeiramente úmidos e insalubres, dos primeiros tempos de Campos do Jordão, trazidos para ali ao se olhar para trás e pensar nos habitantes muito antigos da região e nos primeiros moradores daquelas terras hoje com o Proprietário. Pois o ar ali era na verdade puríssimo, a qualquer hora do dia e da noite. Medo os visitantes tinham de cobras, picada de algum outro bicho, desconhecido, ferida arruinada, tétano, tuberculose. Quando se ia pela estradinha para vila Capivari (o coração da estância), ou quando se andava pelo alto dos morros fora das terras do sítio, ladeando a estrada, a passeio ou cortando caminho para a vila, o medo eram os tuberculosos. No alto do morro alguma criaturinha tonta recém-chegada de São Paulo apontava na direção de vila Abernéssia onde ficavam os tuberculosos pobres, os residentes nos sanatórios, e virando a cabeça na direção oposta perguntava se a brisa vinda de lá não soprava na cara dos de cá a doença. A coisa vinha pelo ar! se comentava. Mas o próprio ar de Campos se encarregava de acabar com ela, respondia um outro, otimista. Aproximando-se da vila, pelo morro ou pela estrada, a ordem era afastar-se dos desconhecidos. Um morador escarrava lá longe, os de cá faziam um longo desvio. Depois, seu Trajano, o alugador de cavalos, ou outro morador, sempre tinha uma história triste sobre alguém, coitadinho, que estava com o mal-de-secar, com a queixa do peito; uma mocinha recém-saída da meninice que morrera com a delicada, tanta coisa. Mas as inquietações e cismas dissipavam-se a cada novo dia, desmanchavam-se em nada, eram partes da temporada os medos naquele mundo tão verde de um sol devastador na sua luminosidade, de queimar retina, onde só se andava, andava, a pé ou a cavalo, comia-se, dormia-se e conversava-se muito, no alto do morro, na varanda, diante do rio, e à noite à luz do candeeiro: das coisas do mundo, de São Paulo.

Com pequenas diferenças — uns mais niquentos, menos acostumados ao frio, à falta de tudo naquele cafundó-do-judas (falar ao telefone para São Paulo, por exemplo, era como falar para a lua, e jamais se deveria esquecer de carregar consigo para a central telefônica um vidrinho com álcool para limpar o bocal do aparelho) — levavam os hóspedes do Proprietário uma vida em que se davam ao luxo de não ter nenhum; disfarçavam-se de pobres; era uma pândega!

Com vantagem para o Proprietário de fazer gentilezas a parentes ou amigos sem casas de campo, ricos e ainda assim nem tanto, ou muito, contudo à cata de aventuras — a um custo baixo. Depois, a constante ocupação da "casa do administrador" evitava que esta se deteriorasse por falta de uso, pois uns e outros nela pagavam pequenos consertos e traziam, com a simples presença, o caseiro e os restantes "homens do Proprietário" sob rédea curta.

Além do mais, a grande importância que os da região davam ao Proprietário transferia-se em parte aos hóspedes (sem as correspondentes obrigações e importunações); eram tratados com certa reverência; o que não lhes fazia nenhum mal.

A riqueza do Proprietário havia começado com o casamento. Ainda assim, perto daquela de d. Deolinda, irmã da falecida mulher, a sua empalidecia. Tratava-se de uma das maiores fortunas de São Paulo (multiplicada pelo marido, também falecido) e tão sólida e antiga que a cunhada do Proprietário por caminhos diversos havia adquirido com o tempo o mesmo "desvalimento" de aparência da "casa do administrador" em Valo Fundo.

D. Deolinda era de fato a mais rica da família. Sem descendência direta, viúva, deixou aos cuidados do Proprietário a administração de seus bens, o que era feito com muito zelo e proveito. Contudo, sabia ela que uma mulher sem marido e filhos devia se acautelar; os que a cercavam por razões que pouco tinham a ver com a amizade desinteressada eram muitos. Desse modo passou ela do luto prolongado a uma grande simplicidade no vestir. Essa simplicidade de fato já existira em embrião e era também a das irmãs (haviam chegado àquele ponto da riqueza em que não ostentá-la vinha a ser a melhor forma de legitimá-la). Todavia, no seu caso constituía também uma forma de proteção quando se movimentava entre estranhos, para "não dar na vista". Porém, juntava d. Deolinda a essa simplicidade acentuada um mau gosto original, aliança que marcou aos poucos, nas variadas circunstâncias da longa vida, o seu estilo. Cedo passou a ter um penteado de coque baixo, dificilmente tirava os tailleurs de cores escuras ou neutras. Numa época em que as mulheres vestidas para sair à rua jamais calçavam sapatos sem salto ela os usava quase rente ao chão, alegando maior conforto; e ponto final. Quando ia às compras gostava de apresentar-se de uma forma que (mesmo não tendo disso plena consciência) lhe trazia a condição de incógnita. Descia do majestoso carro preto, afastava-se dele, dava alguns passos pelo centro da cidade completamente "solta", quem a olharia? Todavia, ao entrar na casa de uma modista de alto nível (pois seus tailleurs e vestidos de noite, de corte modesto e insosso por exigência sua, eram feitos dos melhores tecidos e cortados pelas melhores tesouras) era recebida com a deferência dedicada a uma personalidade de relevo indiscutível. Agradava-lhe esse reconhecimento e a recuperação, depois de alguns passinhos no anonimato, de sua real identidade.

Contudo, havia sempre o risco — ao entrar ou sair da rica residência, ou mesmo ao circular no carrão preto — de passar por governanta na própria casa. Nunca ninguém chegou a lhe apontar o perigo, as irmãs não se sentiam à vontade com seu temperamento e não ousavam enfrentá-la. Mas, vez ou outra, a presença de algum desconhecido à procura de auxílio para reformar seu orfanato ou de uma senhora recomendada por outra que a visitava pela primeira vez, na forma como a tratavam ao chegar até ela, fazia com que — assustada diante da frase que poderia vir pela frente (mas nunca veio): Poderia por favor levar-me à presença da dona da casa? Ela se encontra? — se desse pressa em apresentar-se a si própria com doce sorriso no rosto afogueado, como uma freira que por determinação superior, ruborizada, erguesse o véu do anonimato e mostrasse seu rosto ao Século.

De certa forma vivia uma situação instável. Simples para não demonstrar riqueza, como prova de possuí-la com tranqüilidade; e simples como disfarce, para não ser molestada. Qual das duas formas de simplicidade gostaria finalmente que prevalecesse? Quanto ao mau gosto, disso não se dava, obviamente, conta, mas era espantoso como freqüentemente corria de fato o risco de passar por governanta da própria casa. (Ainda que tal engano se baseasse num pressuposto falso sobre a aparência das governantas, já que a governanta da casa de fulana ou sicrana tinha uma elegância na medida certa; jamais passava por ser a dona da casa, mas era como se fosse beneficiada por sua aura e recebesse no fim de cada mês, junto com o salário, sua cota de distinção e garbo.)

Sem dúvida o complicado comportamento de algumas famílias da cidade, que oscilava entre esconder-se e denunciar-se de maneira bem curiosa, tinha em d. Deolinda sua manifestação mais clara. Tal comportamento implicava variações de toda ordem, mas pode-se reiterar sem temor de erro que nessa cadeia de procedimentos apresentava-se numa ponta a "casa do administrador", e na outra, "a governanta de si mesma".

Certo dia do inverno de 38 correu a notícia na família de d. Deolinda que seu cunhado, o proprietário de Valo Fundo, havia pedido licença a ela para hospedar por uma noite em sua casa o mal amado dos paulistas, o dr. Getúlio Vargas, Chefe do Governo do recém-proclamado Estado Novo e que naquele ano de 38 visitaria pela primeira vez depois de 1930 a capital de São Paulo. Estaria naturalmente em viagem oficial, mas teria uma tarde e uma noite "menos oficial" quando, segundo o Proprietário, teria prazer em usufruir da hospedagem da cunhada, se esta estivesse de acordo. (Mas por quê?) O Proprietário sorriu. Já não era de hoje que o Chefe da Nação mantinha contatos aqui e ali com grandes fortunas e grandes empresários. E não esquecesse a cunhada suas raízes no Rio Grande do Sul, filha de sulistas e viúva de um rio-grandense puro, não esquecesse a velha matriarca, mãe do falecido esposo! Os lábios de d. Deolinda tremeram e ela baixou a cabeça concordando.

O lema dos paulistas depois que Getúlio Vargas literalmente "afrontara" São Paulo em 1932 (conseguindo juntar contra si a incrível e breve aliança de dois partidos paulistas que até ali se antagonizavam): "São Paulo não perdoa, não transige, não esquece", já não era levado inteiramente a sério; ainda assim... Getúlio continuava sendo olhado de lado pelos paulistas, que segundo um deles transformara o País — principalmente São Paulo, em "Terra de Interventores". E na cidade, ainda que sob censura, azedumes daqui e dali vazavam pelos jornais. Mas havia aqueles cidadãos como o Proprietário que, apesar de terem idéias muito suas sobre a política do País, não a "faziam" de fato, outros a "faziam para si", e eram conhecidos mais por sua condição, seja de empresários fortes, seja de beneméritos milionários, quando não de ambos. Chegou-se, em anos anteriores, quando em certa ocasião mais uma vez se buscava um nome de consenso para governar São Paulo que fosse "civil e paulista", a pensar no concunhado do Proprietário, o marido de d. Deolinda, rio-grandense é verdade, mas civil e figura apartidária (o que o próprio Proprietário, a partir dos começos de 1936, cada vez mais se esforçava por ser).

Com o consentimento tímido de d. Deolinda (seu coração batia dentro do peito rápido e silencioso como asa de borboleta) as mulheres da família agitaram-se, o marido de muitas iriam criar problemas... mas... dariam as condições atuais do País liberdade para se recusar o convite do Proprietário e de sua cunhada? comentavam elas entre si, excitadas, e não muito a propósito acrescentavam *noblesse oblige* (pensariam talvez algumas na saudosa Tia-Viscondessa...), *noblesse oblige*, procurando convencer esse ou aquele a se fazer presente.

A morada de d. Deolinda na região mais nobre de São Paulo vinha a ser verdadeira mansão com dez quartos e três edículas. O falecido, multiplicador-de-fortunas, engenheiro como o Proprietário, porém civil, não se dedicava à profissão a não ser para alterações e aumentos imprimidos à residência, o que, se a tornava mais valiosa, causava certa dificuldade em se memorizar a circulação do seu interior, assim como a quantidade de portas que a ligavam ao exterior. Um dos mal-entendidos arquitetônicos freqüentemente ocorridos na residência de d. Deolinda e daquele que daqui por diante será chamado de o Multiplicador (o cunhado, o Proprietário, também o era, sem dúvida, mas em escala mais modesta) resultara sempre em muitos gracejos. Algumas visitas ingênuas, ou distraídas, e que pela primeira vez chegavam à casa, confundiam-se na entrada caminhando para as dependências de serviço, onde ficavam sentadas — surpreendidas pela relativa despretensão da entrada de residência tão portentosa — no vestíbulo que antecedia a sala de refeições dos empregados. Às tantas chegava o Multiplicador (conforme informação dada depois, em inspeção costumeira às dependências de sua propriedade), espantava-se (espantava-se?), pedia desculpas pelo mal-entendido como se dele tivesse sido a confusão, erguia e abraçava calorosamente a visita rindo-se muito e a obrigando a rir também com ele, e muito. Depois, abrindo portas e atravessando corredores conduzia o desavisado a porto

160

seguro, à opulenta sala de visitas, onde já os esperava, sorrindo com deferência e não sem uma sombra de malícia no olhar, d. Deolinda, graciosamente destoante das riquezas que a rodeavam, esplêndida no seu disfarce de governanta, tranqüila, destemida, já que na mais bela sala do palacete, e com o Multiplicador aproximando-se dela e dizendo-lhe sorridente, "Minha cara, veja só o que foi acontecer com fulano...", era impossível qualquer engano sobre o seu verdadeiro lugar na ordem das coisas.

Vindo de Minas Gerais, Getúlio Vargas visitaria então São Paulo depois de oito anos de ausência e a idéia era tê-lo por algumas horas naquela mansão perfeita para acolhê-lo, cuidando, é claro — e aí o Proprietário de Valo Fundo lançava à cunhada um olhar matreiro lembrando os bons tempos do falecido Multiplicador assim como da sua própria, querida e falecida mulher —, "que não entrasse pela entrada de serviço!". Seria para Getúlio Vargas a visita a São Paulo um teste para sua popularidade na cidade, um risco assumido na hora certa, "não fosse entrar pela porta errada!".

O novo interventor de São Paulo, médico, paulista de Piracicaba, não era figura de primeiro plano dentro de seu partido (extinto no ano anterior como os demais), o qual fizera oposição ao partido que mais se opunha ao Chefe da Nação. Então, como quem anda sobre palafitas, equilibrando-se nos antagonismos do jogo partidário paulista submerso nas águas do Estado Novo, Getúlio chegaria a São Paulo escorado por aquela nova figura pública de duas faces sorridentes enfeitadas por dois brejeiros bigodinhos pretos, uma voltada para São Paulo, outra exclusivamente para si (o moço médico era de sua inteira confiança). E Getúlio teria, como se observou então e se comentou depois, passado no teste com louvor, sendo calorosamente recebido.

Todavia... o que a maioria dos paulistas pensava realmente dele? Os recalcitrantes, os desconfiados, os descontentes, os que lhe apontavam a "última truculência", o Estado Novo no ano anterior — de que tribuna falavam? Para quem? Onde se escondiam? Escondidos estavam ou tudo se resumia a conversas particulares e ao cenho franzido quando o nome (o Nome!)

era pronunciado? Ou quando viam o retrato (o Retrato!) e o retrato estava por toda parte. Era inescapável então para os de cenho franzido manterem a carranca (e não se tratava de cenho franzido como simples selo de autoridade lembrando a feição austera de certa distante parenta nobre de alguns...); o que, se lhes tornava até certo ponto leve a consciência de opositores ao regime, pesava e distorcia suas fisionomias otimistas e operosas de empresários de sucesso. Resumindo: talvez o conjunto dos ódios e das idiossincrasias desses paulistas se reduzisse, nessa Terra de Interventores (e como se intervinha, meu Deus! Para o bem? Para o mal?), a uma careta. Era então melhor o sorriso. Contava-se que o Proprietário e por extensão a família da falecida mulher e da cunhada Deolinda eram defensores do sorriso; sorriam todos. Interesse, sincera admiração, ou porque a prática do sorriso se prestasse mais à vida pública do que a careta? O Proprietário, promotor da recepção, e d. Deolinda, a anfitriã, não tinham respostas a dar. Nem a si mesmo a davam, sorrindo, sorrindo.

Hospedado Getúlio na casa da viúva do Multiplicador, recepcionado por ela e pelo Proprietário de Valo Fundo, tal recepção seria dividida em dois momentos: à tarde seriam apresentados a ele também os jovens e crianças da família e dos amigos mais próximos de ambos, além da velha senhora do Rio Grande do Sul, mãe do Multiplicador e principal razão do encontro vespertino. Apesar do seu caráter íntimo, ao encontro também estaria presente o moço alto de bigodinho preto e pele clara, médico recém-nomeado em abril interventor de São Paulo, com todo o aparato de segurança. À noite, comerciantes, industriais, profissionais liberais e suas esposas (alguns casais já presentes à tarde por causa dos mais jovens) teriam então a oportunidade de jantar em companhia do Chefe da Nação.

Pena o Multiplicador não poder estar presente, comentava-se, pois ele, com sua personalidade forte e cordial, na certa iria impressionar o ilustre visitante; pena já não se achar entre os vivos, ele, que além de multiplicador de fortunas, também havia sido à sua maneira um multiplicador de talentos. Gostava de incentivar de forma geral "as artes", de ajudar jovens talentosos a lançar os seus primeiros livros, desempenhava uma razoável atividade nesse campo ainda que (qual a razão?) não a misturasse com a vida familiar ou de trabalho, a não ser nos raros casos em que essa viesse a confinar com a atividade de homens como ele próprio; por exemplo, a vez em que chegou a financiar praticamente sozinho uma revista de estudos na área de História, Urbanismo, Engenharia (sua especialidade), Pintura, além de, é preciso não esquecer, Literatura, chamada apropriadamente, com todas as suas maiúsculas — e não podia ser outro o nome diante do brilho dos artigos divulgados: TALENTO. A revista, como tantas outras, foi de curta duração, e não era raro serem encontrados à mesa do escritório do Multiplicador, em alguns dos quartinhos de refugo que não faltavam à mansão, no seu estúdio onde muitas vezes projetava as modificações e ampliações que a casa freqüentemente sofria sob o comando da sua Vontade (desenhando ele mesmo as plantas), inúmeros exemplares de TALENTO encalhados. Não era incomum também, parentes e amigos, principalmente mulheres da família que não perdiam ocasião de se divertir um pouco (pois a vida era tão tediosa por vezes...), dizerem a propósito: Hoje me deparei com o talento de fulano empilhado. Ou: Mas o seu talento acha-se espalhado por todo canto da casa, numa desordem! Ou: O que tem dentro desse pacote pardo? — Como? Não se faça de desentendida; embrulha o talento vocês sabem bem de quem, e separado em fascículos! Ou ainda: Quem diria que um tão formoso talento acabasse desse jeito, entregue às traças!

Das relações do Multiplicador com a Semana de Arte Moderna, conhecia-se apenas um ou outro episódio passado à distância e logo esquecido, já que ele não tinha nas paredes da casa nem um sinal que a lembrasse, um quadro que se pudesse chamar de "moderno"; não havia por toda a mansão, fora um ou outro livro, nenhum rastro dessas suas relações tão especiais. Pouca coisa chegava até os seus sobre sua familiaridade com as "artes". Uma vez foi quando a mãe desse homem pródigo, multiplicador de fortunas e de talentos, vira pela primeira e única vez certo amigo do filho "daquele meio" — como se concluiu depois pelo que vem a seguir —, de curioso sobrenome que rimava com o nome, homenzinho espevitado, entrar excitadamente casa adentro batendo nas coxas uma determinada publicação e gritando repetidas vezes a estranha palavra: Klaxon! Klaxon! Klaxon!

Tal como ondas chegando do passado muitas recordações alimentaram a casa de d. Deolinda nos dias que antecederam a recepção, trazendo ao presente a figura insubstituível do falecido marido. Porém, verdade seja dita, não fosse pelo esforço do cunhado, homem de cabeça fria e muita determinação, o encontro previsto jamais teria se realizado; assim, talvez tivesse sido mesmo melhor que coubessem ao Proprietário os pesados encargos na preparação do acontecimento, e viesse a se ter dele, Multiplicador, apenas sua lembrança flanando pelas dependências da casa (como gostava de fazer nos tempos de vivo); tê-lo como lembrança, o braço entrelaçado aos inúmeros braços dos convivas, sussurrando-lhes aos ouvidos coisas do Rio Grande e que estes por sua vez as levassem até o chefe recepcionado numa revoada de familiares pequenas recordações, gotículas luminosas de memória formando uma névoa tão densa e fresca, tão cheia de ecos, sonhos e promessas como a daquelas manhãs brancas de Valo Fundo.

E foi assim que começou o dia; refletindo o esforço comum para se tornarem rio-grandenses; todos.

Como preâmbulo à reunião, um pequeno susto. Para os que o levaram: um sustão.

O quarto de Getúlio Vargas já estava preparado para recebê-lo. Nele, entre o encontro da tarde e o da noite, provavelmente iria se recolher por algumas horas.

Lá pelas duas horas da tarde, duas senhoras, antes que chegasse o esperado visitante, tomaram em particular uma resolução; iriam as duas conhecer o quarto onde aquela noite dormiria Getúlio. Uma delas vinha a ser a mulher de um dos sócios do Proprietário e se achava em "estado interessante"; o que não deixava de ser realmente interessante como observava em silêncio, olhando-a de lado com certo azedume, a companheira (mãe de filho único), já que a outra no início de 1936 tivera sua quinta criança, seguida de mais uma em 37. A que observava era casada com o advogado da mesma firma do Proprietário de Valo Fundo, irmão da outra, e assim as duas vinham a ser parentes.

Sem intimidade maior com d. Deolinda, sentiam-se todavia, graças aos laços que as uniam ao promotor da recepção, muito à vontade. Além disso, já lá tinham estado outras vezes mas sempre em função de algum acontecimento de relevância: fosse a passagem da imagem de uma santa milagrosa pela cidade, a presença do arcebispo metropolitano, de algum grande cômico estrangeiro que daria, fora de sua agenda oficial, um espetáculo só para os convidados de d. Deolinda (um pouco talvez como seria com o Chefe da Nação naquele dia); e tantos outros. Sentiam-se as duas sempre envaidecidas com o convite, mas não como a dimensão de cada acontecimento faria supor. É que nessas ocasiões geralmente o espetáculo (pois tratava-se sempre de um espetáculo: a imagem, o arcebispo, o cômico) era presenciado também por alguns parentes e amigos muito pobres de d. Deolinda e freqüentemente por sua criadagem, o que as fazia sentirem-se, sem disso provavelmente darem-se conta, como as ocupantes de um lugar social que, se não vinha a ser o mais humilde, também não atingia o mais nobre; aquele reservado à d. Deolinda e seus pares; essa apresentando-se em tais ocasiões como de costume, de uma simplicidade única (mas a elas não enganava!).

Talvez certo ar operístico que tais funções tinham é que havia dado às duas senhoras nesse dia uma ousadia em despropósito com a solenidade da ocasião, como se fossem, as duas, garotas apreciando tudo das galerias e por isso mesmo com direito a algumas liberdades e escapadelas.

Muitas pessoas já se encontravam na casa circulando pelas salas, pois a hora marcada para a visita seria às três da tarde; a mãe do Multiplicador já havia chegado, a cabeça muito branca, caminhando com dificuldade apoiada a uma bengala; a rio-grandense nata, a gaúcha, e que naquela noite pernoitaria também na casa. Assim, as duas mulheres, tendo se informado sobre o quarto onde ficaria o hóspede, apressaram-se. A ele estava reservado o grande quarto de canto no fundo do corredor da ala mais nova, de face norte, onde quem nele dormisse amanhecia e anoitecia com o sol. Guiadas por essa e aquela empregada que encontravam pelo caminho, as duas subiram um lanço de escada que ia dar na ala, atravessaram um corredor, depois outros, os passos abafados pela grossa passadeira, até a porta indicada, que se encontrava apenas encostada. A senhora em estado interessante, com um sinal de cabeça para que a outra se aproximasse, empurrou com a mão o batente e este se abriu por inteiro. As duas mulheres detiveram-se no umbral, o coração batendo forte. O quarto muito espaçoso tinha duas janelas altas ladeadas por pesadas cortinas de cor clara; estavam com as presilhas laterais soltas, sombreando àquela hora o quarto, mobiliado com todo o conforto e um luxo não ostensivo. A um canto sobre uma mesa com espelho havia os apetrechos necessários à toalete do visitante e ainda assim, perto, ao lado, uma pequena porta indicava a provável existência de um banheiro particular, o que mostrava a face progressista do Multiplicador; este, ao reformar e ampliar a casa, nela multiplicara também banheiros e torneiras, em um ímpeto higienista, tendência pouco comum na época. Todavia, como mais tarde comentaram as duas, deveria encontrar-se por ali guardado em algum lugar o famoso urinol de louça inglesa (de influência chinesa) decorado com pintura em ouro e azul de uma série de pavões com as caudas abertas formando magnífico desenho entrelaçado. Sim, d. Deolinda era sóbria quanto a si, mas não iria se privar do prazer de mostrar ao ilustre hóspede de uma só noite sua famosa louça íntima dos pavões.

    Elas não ousavam atravessar o umbral; porque a futura presença de Getúlio já marcava o quarto: sobre a cama o penhoar e, ao lado, no chão, um par de chinelos. As duas mostraram-se deliciadas e a senhora em estado interessante disse para a outra à meia voz, tocando-lhe de leve o braço, com o acento doce que reservava aos seres pequenos: Veja o tamanhinho do penhoar! E os chinelinhos então!

    Nesse exato instante as cortinas de ambas as janelas agitaram-se e "dois negrões" — foi o que contaram mais tarde aos respectivos maridos — saltaram para o meio do quarto. Ambas recuaram, a grávida segurou sua incipiente barriga e a outra soltou uma exclamação que soou no quarto como um estertor, um rangido no ar: — As madamas desejam alguma coisa? — perguntou o "mais gorila" como depois foi relatado. — Ah, não... — respondeu a que esperava para os próximos meses sua sétima criança, somos... fomos... somos... convidadas... viemos conhecer o quarto... — Mais alguma coisa, madamas? Posso servi-las em mais alguma coisa? — E deram ambos um passo à frente. As duas cunhadas abanaram a cabeça negativamente e logo se acharam fora do quarto. À sua saída a porta foi novamente encostada pelos que se encontravam dentro, sem pressa. Como couberam atrás das cortinas? — comentou mais tarde a outra. Meu Deus, meu Deus, e estavam lá! Estavam lá!

Tinha-se pensado de início em colocar Getúlio e a velha do Rio Grande lado a lado em uma daquelas minúsculas salas, bastante comuns no país em construções do fim do século, sem dúvida inventadas para quebrar a aridez dos salões. Ficavam em plano mais elevado que as outras com as quais se comunicavam por uma abertura larga, sem batente, tendo-se que subir um ou dois degraus baixos para alcançá-las. Eram muito aconchegantes com o seu assento acolchoado acompanhando a parede (geralmente em semicírculo ou meio octógono) em toda a extensão, servindo esta de espaldar cujo estofado tocava o peitoril das janelas. Assemelhavam-se a bay-windows (janelas situadas em um espaço avançando além da linha da parede) ampliadas. Salinhas de leitura, de conversa íntima, mas que também, devido à sua elevação de plano e feitio peculiar, poderiam ter outras funções, lembrando por vezes pequenos nichos ou palcos. Naquela destinada a Getúlio já se sentara o cômico estrangeiro, o arcebispo metropolitano já rezara aí uma missa de ação de graças, nela fora colocada a imagem da santa milagrosa (a qual, assim se dizia, acompanhava com os olhos de massa colorida o movimento das pessoas a seu redor). Mas o Proprietário de Valo Fundo depois de muito hesitar descartou a idéia, achou que não seria apropriado. Contentou-se em explicar que o Presidente não gostaria de ficar em plano mais elevado, ainda que de um degrau. Era homem muito simples.

Dez minutos antes das três os presentes formaram duas filas ao longo do corredor que saía do vestíbulo. Às três em ponto, Getúlio, o Interventor e acompanhantes passaram rapidamente. E de tal forma que muitos dos que ali estavam mais tarde recordaram apenas a passagem do Interventor, pois o que primeiro entrara, tão pequeno, já lá não estava quando se pensou em acompanhá-lo com os olhos. Logo, a um sinal do Proprietário, conforme fora previamente combinado, os presentes desfazendo a fila seguiram atrás encaminhando-se todos para o salão.

Nele, na grande sala, d. Deolinda havia então simplesmente mandado que fossem colocadas duas poltronas gêmeas quase encostadas à parede. À esquerda para quem olhava seria a de Getúlio, a da direita, a da mãe do falecido.

Olhando-os calavam-se os presentes levemente constrangidos; permaneciam de pé do lado oposto; o Interventor esfumaçava-se ao fundo cercado pelos seus; em outro ponto mais atrás, a criadagem, que permaneceu ali por algum tempo.

O homem sentado à esquerda, robusto e bem-disposto, o peito empinado, talvez para compensar a pouca estatura (ou de puro otimismo e afirmação), sorria por vezes. A velha do Rio Grande trazia a cabeça abaixada e as mãos abertas descansavam no colo. Logo porém Getúlio inclinou-se um pouco na poltrona e perguntou-lhe alguma coisa em voz baixa; ela sorriu inclinando-se por sua vez na sua direção. Iniciaram a partir daí os dois uma troca de palavras na qual se percebia mal-e-mal uma ou outra expressão. Eram interrompidos sempre pela fala do Proprietário que apresentava ao homem bem-disposto esse e aquele; mostrava quem era o filho de quem, enumerava os sobrinhos de d. Deolinda, sobre a própria filha esclareceu que se encontrava convalescendo de uma febre insidiosa; Campos do Jordão, lembrou, era conhecida como a Suíça Brasileira. Getúlio assentiu com um movimento de cabeça. Alguém empurrou de leve uma menina loira, mocinha já, com porte de rainha, verdadeira beleza, até Getúlio; ele a cumprimentou e lhe fez um afago na face. E apesar do pai da jovem (um dos sócios do Proprietário) e todos na sua casa, incluindo a mãe, a senhora em estado interessante, não apreciarem nem um pouco Getúlio — a mocinha loira voltou ao seu lugar emocionada e os pais — não deixava de ser curioso — pareciam também comovidos.

Sobre o que conversariam o Chefe da Nação e sua conterrânea? Falariam do Rio Grande, de cidades, de estâncias, paragens, falaria Getúlio de sua própria família e extensa parentela onde havia também a velha rio-grandense sua mãe, ela se parecia com aquela ao lado, no cansaço e no sossego do corpo, no modo de sentar com as pernas descruzadas, as mãos descaídas no colo, no sorriso tímido, a meio, hesitante na forma de olhar os homens da família, de com eles conversar, deles ouvir tudo que precisasse saber, mas também por vezes ensinar, explicar, chorar, rebelar-se, sempre com as pernas descruzadas cobertas pela longa saia escura e o resto do corpo escondido pelas dobras soltas da matinê; voltar a se calar, ouvir, e a velha ao lado se inclinava mais na cadeira, dizia sim, como?, sorria, aquiescia. Ao seu lado Getúlio soltava um pouco o ar do peito, desempinava o corpo, já não se sentava tão teso, olhava ao redor e voltava a olhar para a velha, talvez pensasse em antes das coisas começarem a lhe acontecer, mesmo antes de 28, quando o haviam feito presidente (assim era o modo de se dizer, então) do Rio Grande, mesmo antes de 26, de 23, bem antes, quando o que ficava para trás eram só campos abertos de muito horizonte. Na extremidade oposta da sala um menino franzino de cabelo castanho repartido do lado, perto da menina loira crescida, procurava escutar, entender o que os dois falavam. Pareceu-lhe ter ouvido um "tu" a determinado momento ampliar-se, quase sumir no ar, estar de volta. Sim, minha senhora, sorria Getúlio, e teria dito "é um pedido, sim, tu" e naquele "tu" repetido, em que um ecoava o que o outro dizia, o menino aos poucos atinava por que a conversa tinha mesmo de ser em voz baixa, desentendida, onde só o "tu" batendo lá e cá assegurava que não havia silêncio completo entre as duas poltronas gêmeas. O Proprietário estava também atento, e se mostrava satisfeito. Escutava, mas diversamente do menino não estremecia, não tinha o coração apertado no desejo de estar mais perto daquele buliçoso e altivo "você" do Rio Grande. Era só uma pequena bolha de ar na sala ele, o "tu", logo iria se romper quando a tarde avançasse e a velha já tivesse se recolhido, exalando sobre as cabeças uma viração familiar; o Interventor alto, rindo-se com gosto por baixo do bigodinho preto, já teria então se despedido e levado para fora, para a cidade, as novas de congraçamento que lá observara. Estava-se, e como não, em família, e na cidade, como na casa, iriam se fazer grandes coisas em família. Juntos, o Proprietário e d. Deolinda, a viúva do Multiplicador, dariam sua contribuição ao país, hoje, amanhã, sempre que se fizesse necessário; no ano seguinte, quando se fosse tratar mais seriamente do programa (ainda um segredo) "Asas para o Brasil", estariam dispostos, cada um (ele a teria convencido no devido tempo), a doar um avião à pátria. No Estado Novo o Brasil também se sairia vitorioso no céu.

À noite, durante o jantar, Getúlio mostrou-se cordial como à tarde, mas a situação era outra. À tarde, o afastamento de Getúlio, que ficara exposto aos olhares dos presentes de pé formando pequenos grupos ao fundo, levara a uma troca de sorrisos e sinais de uma extremidade a outra da sala numa procura (simulada) por maior aproximação. Já ali no jantar a proximidade natural ao redor da mesa dos que haviam sido convidados para a noite, executando os mesmos atos: bebendo, mastigando, levando o guardanapo aos lábios, servindo-se das mesmas travessas e bebidas apresentadas por três garçons dando a volta à mesa sem falhar o passo, o braço estendido no momento certo, traziam o Presidente para muito perto do grupo; ou melhor, ele também era o grupo, fazia os mesmos gestos e estabelecia a mesma cumplicidade com os garçons. Era preciso alimentar o ritual dos garçons com um sim, um não discreto, ora um gesto obstruindo a boca do copo para dizer não, ora um breve recuo do corpo para facilitar a chegada da garrafa ao copo, um breve sorriso, um discreto olhar, os braços juntavam-se no ar, serviam-se, a travessa voltava a se erguer, deslocava-se para diante, eis que já vinha outra, o vizinho de um lado, o próximo a ser servido, espreitava dissimuladamente o que estava para lhe chegar, o vizinho do outro, já servido, voltava-se para o próprio prato, seduzido pelo que ali via, por um momento entregue completamente à alegria de começar a degustá-lo. Tudo isso gerava agora de parte a parte (entre Getúlio e os outros) certa necessidade de marcar distância e não perder a compostura. E quando os garçons lhes davam uma boa trégua, os presentes convidados pareciam menos à vontade ainda, pois era preciso agora agir de forma mais cuidadosa, alimentar convenientemente não apenas os estômagos mas a conversa geral, fazê-la correr naturalmente de um a outro, com o quê, porém... como? Na verdade conversavam entre si pouco interessados realmente no que diziam e escutavam, atentos aos movimentos do homenzinho bem-disposto sentado a uma das cabeceiras. Getúlio por sua vez sorria sempre com aquele ar que ao longo da sua prolongada passagem pelo poder ficou conhecido como "benigno" e, ainda assim, olhando muito à vontade na cara, bem nos olhos, com uma curiosidade constrangedora e uma ponta de astúcia, um a um, aqueles paulistas.

A velha do Rio Grande já havia se recolhido há muito na ala oposta àquela em que dormiria Getúlio e os laços sulistas que amarravam o encontro como vistosos festões talvez tivessem por momentos se afrouxado.

Getúlio perguntava a um e outro, amavelmente, o nome, a profissão, interessava-se (a ele nada se perguntava) ou comentava brevemente com voz suave:

Sobre a tentativa de golpe integralista dois meses atrás (muitos abanaram a cabeça com um sorriso superior, coisa estapafúrdia, de opereta) ou sobre sua ida no ano anterior em peregrinação aos túmulos dos "militares mortos pelos comunistas em novembro de 1935". Sim, ele acentuava, e não perdia a suavidade, uma homenagem aos mortos e um alerta aos vivos para que jamais fossem esquecidos os acontecimentos de novembro de 1935 — não esquecessem a Intentona. A expressão tinha vindo para ficar, o que então não se sabia, perduraria quando já tivesse desaparecido no tempo o significado exato da ocorrência, soterrada pelas sucessivas comemorações que a aguardariam no futuro. Alcançaria um futuro no qual mesmo Getúlio Vargas ali sentado com a força do tempo presente já não estaria entre os vivos. O próprio sentido da palavra teria sido algum dia conhecido e estaria de acordo com o que se passara? Deslizava o seu sentido da tentativa de sublevação à de um empreendimento louco, um plano demente, era mais que tudo isso junto, um espanto o nome estranho e pouco conhecido: acobertava, revelava... que acontecimentos precisamente de novembro de 1935? Contudo, os ali presentes não sendo capazes de prever o futuro (incluído também naturalmente aquele cheio de astúcia mas não destituído de uma afabilidade natural) deixaram o termo passar como outros pronunciados durante a noite.

(Sobre certa pessoa das relações do Proprietário e de outros presentes, do qual se tinha conhecimento apenas superficial, constava ter se acabado na grande onda de prisões que sucedera à Intentona. Mas como desaparecera tão completamente...; assassinado? Ou talvez o seu enfisema não tivesse agüentado a umidade dos cárceres, se é que por eles realmente passara aquele homem de olhos formosos e nariz pronunciado... — um excêntrico, dele se dizia então, apenas — e que ali à mesa se fazia agora questão de esquecer.)

Menos se comentava sobre a implantação do Estado Novo, sobre os fatos que o antecederam, sobre o plano Cohen. Mais tarde soube-se que Getúlio tinha sido alertado, quando chegava à residência que o hospedava, de que talvez fossem estar presentes dois judeus à hora do jantar. Olhava os presentes... pensaria nos judeus? Onde estariam, o que guardariam na cabeça? Seriam os judeus, parentes? contraparentes? — E ali permaneciam todos, próximos e contrafeitos, amarrados à solidariedade trazida pela profusão das travessas e dos vinhos, rindo em conjunto (riso leve, logo desaparecido) ao menor motivo para isso. Houve o momento em que um dos convivas pediu muito baixo ao garçom que por fineza colocasse a travessa do seu lado direito, o que provocou na anfitriã, sem poder à distância identificar a razão da incrível reviravolta na etiqueta, um olhar estupefato primeiro (para todos indistintamente sentados daquele lado), logo irado (para o garçom), finalmente compreensivo e sorridente (dirigido à mesa em geral) quando o ar implorativo daquele que apanhava a carne da travessa pelo "lado errado" foi completado com o anúncio fornecido em voz pouco firme: Lamento ser canhoto, de fato sou canhoto.

E Getúlio perguntava; amistoso, decidido. Uma pausa. Outra pergunta. A uma determinada hora Getúlio indagou do senhor de óculos, retraído, que estava a pequena distância de si, o nome. Ao que o senhor respondeu prontamente, explicando os laços que o uniam à anfitriã e ao Proprietário de Valo Fundo; deu a conhecer também sua profissão anterior, sua profissão presente, falou mais do que lhe havia sido perguntado e do que se poderia esperar de pessoa tão calada; talvez quisesse esgotar logo o diálogo, teria algum motivo. Getúlio escutava;

172

quando lhe foi dada a oportunidade voltou a indagar do outro se por acaso esse conhecia o jornalista da seção política do jornal tal, que vinha a ter o mesmo sobrenome que o dele. É meu irmão, senhor Presidente, respondeu o senhor de óculos, sério, e um certo mal-estar tomou conta dos convivas. Mas Getúlio mostrava-se mesmo muito bem-disposto. Considerou com ar fleumático: Irritadiço ele, não? um tanto azedo...

Lá pelo meio do jantar já se conversava de forma mais descontraída ainda que superficial sobre o que interessava aos presentes e era a razão de estarem reunidos, agricultura, comércio, pecuária; aí o Proprietário lembrou-se de determinado episódio ocorrido em um domingo no inverno de 35 em São Paulo, sobre bois... o Chefe da Nação teria na certa lido a respeito. Não tinha. Pois, fez questão de frisar o Proprietário, lá a seu modo tratou-se também de uma verdadeira intentona na cidade, que o diga o meu sócio aqui ao lado: uma intentona bovina. Risos. O sócio ficou vermelho. Sua esposa, a senhora em estado interessante, pressionou-lhe o pé por baixo da mesa; e quando o Proprietário lembrou do homem que tivera parte importante naquele domingo dos bois e agora era seu caseiro no sítio em terras de Campos do Jordão, a conversa tomou o rumo de Valo Fundo, chegou aos verdes da serra, a certas manhãs tão limpas e frescas e brancas quanto as do Rio Grande do Sul, falou-se das maravilhas da estância, para fraqueza de pulmão seu clima vinha a ser superior ao de Davos Platz na Suíça, e isso afirmado por médicos suíços. O Proprietário conduzia com gosto o diálogo dos presentes levando-o àquele que se mostrava tão interessado à cabeceira, sempre perguntando e, atento, ouvindo as respostas. O caseiro que já estava há três anos em Valo Fundo era da região da Noroeste, gente brava a de lá, a mulher era índia, ou meio índia, mistura de índio com mulato; Getúlio fez, hum. Mas é tudo o mesmo Brasil como tanto aprecia o senhor Presidente, não é mesmo? Ahm, ahm, assentiu o pequeno homem de peito empinado a quem muitos dos paulistas já não se importavam naqueles dias em chamar senhor Presidente. Sobre o episódio de 35, dizia o Proprietário, não o de novembro, o anterior, de julho, não, não sobre certas ocorrências políticas havidas no mês (a política eu a deixo para os políticos — e o Proprietário sorriu humilde), sobre os bois de que falei. — Bois?; ah. — Zebus. — D. Deolinda pediu então ao Proprietário que contasse em pormenor como o homem da Noroeste resolvera o "probleminha" de certo boi em certo portão. Nesse momento o Proprietário, tendo tido súbita lembrança, ficou apreensivo. Trocou um olhar breve com o sócio vermelhusco; não fosse a história chegar até a origem de *certo* fuzil belga... Amaldiçoado para todo o sempre aquele boi no portão, nem hoje, três anos passados, podia-se transformá-lo e a toda a sua caterva numa inocente anedota para com ela alegrar a noite do Chefe da Nação rodeado da boa vontade dos paulistas. Uma arma cuja destinação primeira havia sido exatamente atingir o poder do que ali se sentava naquele encontro feliz e jantava com evidente prazer (talvez excessivo, pois sendo homem de pequeno porte, com o passar dos anos...). Uma arma erguida em prol da *Constituição, por São Paulo* e *pelo Brasil* — mas o que ali sentava à cabeceira enxergara a Revolução de 32 apenas como insubordinação e pirraça da gente de São Paulo, um movimento separatista... e para ele as leis, ora bolas as leis... que o diga o seu Estado Novo; ora... Na outra cabeceira da mesa d. Deolinda aguardava risonha o resultado da sua deixa. Getúlio também, e olhava o Proprietário com os olhos apertados no sorriso; aguardava. Bem... E o Proprietário sorria por sua vez para os dois. Bem, deixemos para o próprio autor da peripécia, o nosso homem do sítio de Valo Fundo, o prazer de narrar com suas palavras de criatura boa e rude do interior como as coisas se passaram na ocasião; isso quando o senhor Presidente nos der a honra de sua visita, por ocasião da inauguração da casa que penso lá construir; o local ideal para a construção seria provavelmente... e o Proprietário passou a descrever com entusiasmo a topografia do lugar, muito, muito variada; mas por enquanto, concluiu, temos de nos conformar com a antiga residência do administrador, uma morada de simplicidade franciscana. Getúlio deu a entender que conhecia e apreciava a simplicidade dos lugares; o Proprietário apressadamente com ele concordou salientando que apesar de apenas ter condições de hospedá-lo na nova sede, reconhecia o quanto tinham de estimulantes as temporadas passadas na casa do antigo administrador. Alguém próximo a ele comentou que férias no campo mais se aproveita quanto mais se vive conforme a simplicidade do lugar; trazem maiores benefícios à saúde, não só do corpo como do espírito. E a conversa estendeu-se novamente aos verdes da serra; alguns dos presentes que já haviam estado em Valo Fundo escutavam; e recordavam:

O frio e o escuro das noites, o rio passando, a cerca de treliça para proteger os da casa, já um pouco frouxa em certos lugares, inclinada na direção do rio, e o homem que lá estava, o caseiro morador atrás da casa, perto do estábulo, o que ficara conhecido com o tempo, dos que ali se hospedavam, como o Caseiro Assassino; o que matara por causa de mulher (aquilo não era mulher, era uma assombração sem peito na frente e nada por trás). Dedicado ao Proprietário como não tinha outro; entendido de criação e de tudo o que fosse negócio de mato. Parecia ser homem do lugar e nunca ter saído da região. Certas noites a mulher em estado interessante, sua cunhada, alguma outra, passando a semana longe dos maridos que só chegariam de São Paulo para o fim de semana, as cabeças juntas, próximas da luz frouxa e amarelada do candeeiro de querosene, escutavam gritos vindos de trás, dos lados do caseiro. Era ele surrando de novo o menino mais velho, o filho da cafuza com outro homem, o doente do coração por motivo de picada de cobra, ou quem sabe do querosene que bebera forçado para não morrer do veneno, os pés sempre inchados e aquele ar de songamonga. A cafuza gritava junto, as mulheres da casa escutavam. Por vezes as crianças da casa acordavam, escutavam o que diziam as mulheres: É um assassino, matou por causa de mulher, sujeito de quantas mortes na verdade, vá lá se saber. Brincava sempre o Proprietário: Cego de um olho já tem cara de pontaria pronta para a caça; não perde tempo fechando o outro. As mulheres comentavam baixinho: tivesse ele ficado lá pela Noroeste sua sorte teria sido outra; os vingadores do homem que matara sempre atrás dele, a polícia; ora, a polícia. Que idéia a do Proprietário, pegar um homem assim para o seu serviço. E por que não? Ali no sítio da serra era o primeiro de um poderoso, ninguém mexia com ele nem ele com ninguém. E dizia um dos maridos no fim de semana, surrasse o enteado e ficasse nisso. Ah, mas era um assassino. (Pela manhã, depois de uma dessas noites de gritaria, o Caseiro Assassino surgia vindo dos fundos com a cara de sempre, respeitoso, contava para as mulheres as novidades da criação, apontava para o céu branco predizendo o sol que ia nascer dele, e tirava o leite das cabritas para os hóspedes da casa tomarem na hora. Um traço vermelho no olho azul são. Só.)

Talvez alguns dos poucos hóspedes habituais de Valo Fundo sentados à volta da mesa com Getúlio pensassem — ao recordar aquele empregado fechado e cumpridor de tarefas — nos trabalhadores da cidade, nas novas leis do trabalho que agora eram mesmo para valer (para isso havia leis! mas para a lei maior do País...), complicadoras, atrasavam o serviço e acabavam com o bom humor de todos. Quantos dos presentes não tinham casos para contar em que o próprio empregado viera se queixar de encrencas acontecidas com ele no emprego antigo, por causa das tais leis complicadoras. Se alguns dos convidados fossem relatar esses casos ali à mesa... o Chefe da Nação teria motivos de sobra para ficar muito, muito admirado! Mas... sua alma sua palma.

(Algum outro... pensando ainda naquele homem de tiro certeiro, por ter estado presente na casa onde essa pontaria sem erro fora pela primeira vez provada num certo domingo em São Paulo de anos passados, recordava principalmente aquele que vira apenas de raspão trazendo à casa o futuro caseiro e atirador, cujo rosto arruinado lhe voltara muitas vezes em sonhos; e recentemente e com insistência lá na estância famosa pelo seu ar bom, onde havia estado uns dias de férias. Era um rosto que lhe vinha mesmo se sonhava acordado quando o sono e o descanso são longos e cobrem a maior parte dos dias. Quando lá esteve em Valo Fundo comentara-se a morte recente de Lampião e o destino das treze cabeças do bando arrancadas do corpo a facão e guardadas com sal grosso em latas de querosene, era como se nelas estivesse estampada a doença-das-matas da zona da Noroeste, a chaga frontal. As crianças custaram a dormir quando chegaram novos hóspedes de São Paulo trazendo jornais e contando o caso do fim do bando e das cabeças sem corpo. Lampião ia durar dentro da lata de querosene com sal grosso; servisse de lição! — e o caseiro sorriu. Falava-se muito de querosene no sítio: para acender os candeeiros, para cortar veneno, para usar as latas vazias como floreiras; era a grande força daqueles lugares de difícil acesso e estrada ruim. O caseiro e também o alugador de cavalos conheciam muitos casos que começavam e terminavam com QUE-RO-SE-NE; quem se matou despejando querosene no corpo e ateando fogo nele, quem se limpou da sujeira de muita coisa safada com querosene, quem fez seu pé-de-meia vendendo nas feiras de Abernéssia, Jaguaribe, latas vazias de querosene pintadas de florinhas. Fosse em Sergipe, onde o bando do Lampião se acabara numa emboscada em Angico naquele inverno de 38, fosse em serras e vales da região da Mantiqueira ou de outras regiões, o querosene escorria como a grande força passando, era igual ao rio à noite no sítio com o seu corpo grosso e bruto torcendo-se enlameado, a cerca de treliça voltando-se para ele como se quisesse nele ser consumida, e não, dar proteção aos da casa.)

Conversava-se, recordava-se. Com mais da metade do jantar transcorrido falou-se, contudo, pouco de coisas grandes, importantes, do desenvolvimento do País, do Rio Grande, de São Paulo.

Vez por outra Valo Fundo aflorava de novo, quase como o perfume da serra e o vôo das borboletas azuis. Disso se falou, das imensas borboletas azuis, alguém tinha também uma modesta casa num pequeno sítio em Santo Antônio do Pinhal, lá pegara um dia com o chapéu, numa trilha de morro, uma borboleta azul. Maravilha para não se esquecer, de asas imensas. Um azul precioso, de céu. Depois havia soltado (Getúlio aprovou com a cabeça).

Com o jantar chegando ao fim falara-se mais de outras cidades de São Paulo do que da capital, mais do campo do que da cidade, pois apesar daqueles homens da cidade e suas mulheres lá estarem para defender o progresso, não precisavam gastar muitas palavras com isso. Quem não reconhecia o progresso nas suas figuras bem alimentadas e bem tratadas, os seus nomes por si só não falavam do crescimento de São Paulo? Atrás de cada nome não se reconhecia uma fábrica, uma loja tradicional, a perícia de um grande cirurgião? Aquele em honra ao qual o jantar transcorria, pela simples presença quase silenciosa, só perguntando aqui e ali, não pedia que se ocupassem pormenorizadamente com os grandes temas do progresso. O nome desse ou daquele, o que fazia, isso sim. Um interesse cordial por assuntos de família: então a filha do Proprietário convalescia no belo sítio da estância?

Do que precisamente convalescia a filha do Proprietário, alguns dos presentes gostariam de saber. Quem casualmente no instante da pergunta botasse os olhos no sócio vermelhusco do Proprietário teria sem dúvida estranhado o seu movimento rápido de cabeça na direção da pergunta. Alguém mais ao ouvir a pergunta teria por sua vez pensado no irmão mais moço do sócio vermelhusco, ele também sócio do Proprietário. Outros ou outras ali à volta da mesa sempre animadamente mastigando e bebericando, saberiam mais, não saberiam nada, inventariam o pouco que sabiam... Pois nessas grandes casas, quase vazias em dias que não são de recepção, domina a fala da criadagem, há diz-que-diz-ques que se encadeiam e prolongam-se como serpentina de fumo ou poeira de tapeçarias batidas, percorrem os cômodos e corredores, dispersam-se, saem para o exterior pelos janelões, portas de serviço, frestas, chegam ao jardim e à rua. Há espiadelas disfarçadas acompanhando os passos dos poucos que nesses dias perambulam pelos aposentos abandonados; e a certo olhar espião não custará alcançar os recantos mais escondidos, os clandestinos, ou os mais aconchegantes; como as pequenas salas que nascem em aberturas de arco das grandes, elevando-se, em dois ou três degraus rasos, do piso comum da casa e que podem facilmente se fantasiar de palcos, altares (alcovas?...). E certo dia um criado de dentro, arrumadeira, copeiro, em conversa com algum parente ou visitante mais humilde, deixa passar qualquer coisa... vista, entreouvida...; às vezes bilhete interceptado de um moço parente para uma criadinha, às vezes mais, passos, vozes...; jovens que combinam encontrar-se como que casualmente em visita à casa, ele se despede antes, retorna furtivamente por outra porta entreaberta, ela goza da intimidade dos donos, dona, vai ficar por lá até a noite, a dona da casa sobe para uma sesta... Silêncio nos aposentos, quase absoluto; e de dentro do vazio, de que função irá se investir dessa vez naquela hora da preguiça, a salinha mais bem localizada? A que já serviu à animação de um espetáculo, à solenidade de um rito, à entronização de uma santa (e mais teria servido, como espaço reservado ao primeiro dignitário da nação, não tivesse ele hábitos tão simples que o levariam provavelmente, se convidado a ocupá-la, a recusar de pronto o privilégio). Que nova aparência poderá tomar na tarde sonolenta? Há quem tenha afirmado que tais salinhas se prestam melhor, como se para isso tivessem sido especialmente construídas, para o segredo.

Afinal quem teria contado para quem, e como teria chegado ao ouvido de quem, a cena fabulosa:

No longo assento estofado semicircular acompanhando a curvatura da parede da salinha, um homem — numa daquelas tardes modorrentas — de costas para o seu possível observador, dava estocadas firmes e de natureza bem conhecida numa delicada figura feminina que seu corpo parcialmente ocultava. Pelas laterais do corpo do homem escapavam, uma de cada lado, as longas pernas femininas de meias claras com pés calçados em sapatinhos de presilha. As pernas com os sapatinhos solidamente presos nos pés agitavam-se soltas como se substituíssem braços e mãos desesperados dirigindo-se para o alto. Contudo, se as pernas lembravam braços enlouquecidos pedindo clemência ao céu, os braços, esses, assentavam-se mais do que firmes na nuca do homem debruçado, as mãos agiam como pés descalços que teriam aterrissado em lugar seguro e de lá não pretendessem sair tão cedo; agarrados a ele com seus dedos em gancho como o das aves de rapina. O gobelin do estofado já um pouco desbotado, com almofadas de um rosa-seco, descrevia graciosa cena campestre de um casal de pastores abraçados cercados por cordeiros. E era sobre essa cena bucólica esmaecida que a outra, de acentos firmes, se passava. As cortinas da larga janela do pequeno pavilhão estavam corridas, tanto as leves, de voile, como as pesadas para vedar a luz externa. Mas quem tivesse os olhos já habituados à meia-luz do seu interior e, curioso, dali se aproximasse para esclarecer de uma vez por todas o significado daqueles estranhos resmungos, talvez pudesse reconhecer certa nuca masculina e identificar a dona da profusão encaracolada de cabelos castanhos lustrosos contra uma das almofadas rosa. Talvez imaginasse. Mas imaginasse por quê? Certamente por ter observado algumas vezes aqui e ali, cochichando pelos cantos, aquele moço simpático tido como estróina e aquela mocinha bonita considerada um dos melhores partidos da cidade e muito guardada pelo pai, o Proprietário. (Este, "conhecedor dos homens e do mundo", sempre a quis sem maiores intimidades com aqueles que, mesmo sendo seus companheiros de trabalho — ou simplesmente bons amigos —, também o eram da *Noite*. Sabia-se que com os seus comparsas da *Noite* nem um simples namorico seria tolerado, nada além da boa camaradagem. Depois, no caso do moço simpático... ela era ainda uma criança e ele... quantos anos a mais não teria? Passaria por tio... ou até pai.) Assim, a fabulosa cena talvez não fosse mais do que um capricho da imaginação desse ou daquele empregado vagando pela casa. É que alguns deles, como mordomos, garçons, por desempenharem funções que lhes dão tempo de sobra para o exercício da imaginação, costumam projetar no vazio dos cômodos, no silêncio dos corredores e principalmente em certos cantos escurinhos, cenas realmente espantosas nas quais invariavelmente os patrões (seus parentes e amigos) são os principais protagonistas. Deles, a sua imaginação recebe o alento; além do salário. O que teria então sucedido talvez fosse algo mais modesto, onde os ruídos não passassem de ingênuas falas murmuradas, não mais que isso, com pés e mãos assentados nas suas posições naturais e esperadas, pés no chão, mãos no regaço, quando muito, entrelaçadas. Assim, aquele volume de roupa feminina alvoroçada e aquele torso masculino vestido da cintura para cima de alpaca inglesa e da cintura para baixo desvestido da mesma alpaca — o cinto da calça afrouxado permitindo que esta deslizasse ao redor das pernas cabeludas formando um montinho perto dos sapatos de cromo inglês — seria um erro de avaliação de olhos nervosos treinados a verificar, cada dia e cada noite, se portas e trancas estariam realmente fechadas (sempre achando que não estariam) e o que poderia se achar do outro lado se uma das portas fosse inesperadamente aberta, uma cortina afastada, um canto de súbito iluminado.

Mas continuam em certos locais da cidade comentários que se desenvolvem por conta própria, como se independessem da sua comprovação nos fatos, sobre a febre insidiosa que teria atingido a quase-menina e entristecia e preocupava o pai, o Proprietário. Seria realmente febre? Ou ele diria isso para esconder alguma coisa mais séria, mais funda, inapetência de origem desconhecida, sangue fraco, responsáveis por aquele ar macambúzio da filha. Ou... simples tristeza escondida no coração ou (o que viria reforçar a tese na veracidade da fabulosa cena) seria *mesmo no coração* que o escondido se escondia?

E os que assim cismavam (e nem era certo que cismassem) tenderiam então a aceitar como verdadeira a cena. E sem chegar a pronunciar claramente, com todas as letras, os nomes dos envolvidos, insinuavam que havia na cidade de São Paulo certa alemoa por ocupação massagista (a mulher da rouparia teria baixado os olhos ao escutar, "alemoa por ocupação massagista") que sabia desfazer acontecimentos que não tinham por que acontecer, desamarrar o que não tinha por que razão continuar amarrado. A alemoa teria se ocupado um pouco da moça quase-menina e por que não se metade de São Paulo com ela "abria os pulmões" e não era só os pulmões que abria. Mas é sabido que a imaginação corre afoita na frente dos fatos e que uma simples febrícula por fraqueza natural da idade pode virar neurastenia atribuída a amores infelizes e daí é um passo para se concluir (com espanto e temor pela coragem da própria conclusão) que não se está diante apenas de um simples caso de amor contrariado mas de um caso no qual tenha sido preciso (infelizmente) "contrariar", de maneira fulminante e definitiva, sua conclusão natural.

Dessa forma, enquanto o Proprietário agradecia o interesse do Chefe da Nação pela saúde da filha, já em plena convalescença, pois tudo não passara de uma "febrícula de moçoilas", as conjeturas a respeito da fabulosa cena descrita (por quem afinal?) perdiam sua leve espuma de realidade e desfaleciam ao longo do prolongado jantar, assim como empalidecia lentamente com o passar dos anos a cena de amores pastoris na curva estofada da minúscula sala. E teria restado no ouvido dos presentes — pois ao se falar de febrículas voltara-se a falar de Valo

Fundo — apenas o assobio limpo das casuarinas quando sopra o vento na montanha.

Logo mais Getúlio virando-se para o outro lado fez nova pergunta de natureza bem diversa daquela dirigida ao Proprietário mas que — tal como ocorrera repetidas vezes ao longo da noite — começava de forma igual por um comprido *Então*. O que dava a idéia de o Chefe da Nação conduzir ele próprio até certo ponto a resposta, como a um manso animal de montaria levado passo a passo pelo campo permitindo ao seu dono distanciar sua atenção da trilha e passear os olhos ao largo, aprendendo — e muito — com a paisagem.

O jantar continuava e quando dele se fosse falar mais tarde seria difícil recordar como terminara, não se tinha na memória o seu fim, ele durava e durava. Ali estavam todos os comensais, d. Deolinda a uma das cabeceiras sem jamais desfalecer ou mostrar cansaço, vis-à-vis com o Chefe da Nação na outra, o Proprietário orgulhoso, os enfiados por natureza ou por questões de política local, os escolhidos a dedo para fazerem eco, os titulares do progresso, os poderosos "por si só" e o maior de todos, o falecido Multiplicador — muito presente nas conversas — e que em São Paulo deitara sua vontade imperiosa e seu dinheiro em pelo menos meia dúzia de empreendimentos dos quais dependia (dessa ou daquela maneira) grande parte dos que ali comiam. Afastavam-se juntos, a memória traria de volta mais tarde o ruído de talheres e copos como um marulhar de água fendida abrindo caminho a um alegre barco cheio de coisas boas e bons presságios. Getúlio na outra cabeceira, à proa, sempre bem-disposto (mas que disposição!), fazendo suas perguntinhas um pouco implicantes, lembrariam alguns, ainda que revestidas da maior urbanidade; Getúlio sorrindo, Getúlio chegando a rir, um riso apertado de lábios fechados, quiquiriqui... Getúlio empoleirado à cabeceira, de ótimo humor... e lá iam todos juntos, a mesa girava no marulhar de copos e talheres levando-os para longe; Getúlio satisfeito da vida, e lá iam...

Algumas semanas após o encontro memorável, em certa noite muito fria, a fogueira acesa perto da porteira do sítio de Valo Fundo para indicar o rumo aos que chegavam de São Paulo já havia sido várias vezes alimentada. As chamas subiam altas marcando o termo da viagem àquele fim de mundo — àquele ponto da estradinha que ia dar em Valo Fundo e não ia mais a parte alguma.

Ei-los que surgem (finalmente!). O carro trepida no mata-burro. Atrás, o alugador de cavalos, seu Trajano, vem de charrete com mais um hóspede chegado no fim da tarde pelo trenzinho de Pindamonhangaba a Capivari, e que ainda ficara um bom tempo passeando na vila. (Vivera grandes emoções na subida íngreme da serra, vinha contando logo ao apear. O trem pondo mais gente da região para dentro a cada parada, carregada de sacos e sacolas de toda espécie. Pobrinhos de fazer dó os que iam entrando, mas consolava um pouco ver suas faces vermelhas, esfoladas do frio; e entre eles naturalmente tuberculosos dessa ou daquela localidade que desceriam em Abernéssia para consulta nos Sanatorinhos; ou quem sabe seriam todos tuberculosos, sem tirar um. O viajante não se deixara enganar pelas faces coradas do frio ou por certa febrezinha "típica" que tinha por costume acompanhar os fracos do pulmão ao longo da vida, dando-lhes, muitas vezes mesmo às portas da morte, as belas cores da saúde. Também por isso passara o tempo do trajeto com a cara para fora da janela olhando a paisagem; des-lum-bran-te!) Quem aguardava na varanda já desceu e se aproxima da fogueira. As chamas iluminam vivamente as fisionomias surpreendendo-as, arrancando-as da sombra, revelando quem são, quem não são. Vivas. Risadas. Sim, ali está o Pereira Mattos. Elvira abraça o proprietário que há muito não vinha à sua propriedade. Ei-lo que beija a filha e olha a todos um por um com alegria. Ele e o viajante que viera por trem discutem bravamente qual a viagem mais perigosa, se por ferrovia, se por rodovia. Nenhuma conclusão. Mais risadas.

Sim, ali está o Domício Pereira Mattos e vem recebê-lo chegando dos fundos da propriedade, tão submisso, Honório de Levina com o olho azul são lacrimejando do calor da fogueira; e atrás vem a própria Levina com a filha pequena, de ranho escorrendo do nariz, agarrando-se à sua saia; ela vai empurrando de leve para trás — para não provocar um "ataque" no marido — o filho maior, dela com outro homem, o songamonga das pernas inchadas. O Pereira Mattos pergunta onde está o filho do meio; Levina não sabe; se atrapalha. O Pereira Mattos faz uma festa na cabeça da pequena. Todos olham um instante para a pequena, depois olham-se uns aos outros nos olhos. Como terão o que conversar. Mercedes que chegara dias antes ao sítio pede notícias ao marido, Cássio, sobre Cremilda, Alaor, e os que ficaram na cidade. Urbino ainda não voltou da Europa. Ah, não mesmo? Brasília, a moleca dos Botelho, ajuda a descarregar as malas, o coração batendo. Honório de Levina dá notícias do sítio e do céu que está por cima. Fala da grande Araucária. Das queimadas na direção de *lá*, depois do outro morro. Aponta com o dedo para o alto; mostra as estrelas, o Cruzeiro do Sul, a lua. Aponta na direção do rio; para a cerca de treliça; fez alguns consertos. O Pereira Mattos escuta o rio. Os presentes escutam o rio. Há quem ao escutá-lo pense em coisas informes como certas apreensões mal explicadas, ou sonhos de sentido obscuro indo embora. Alguém terá recordado aquele domingo longínquo em que se apresentou certa criatura de rosto desfigurado vinda não se sabe bem de onde, nem qual o seu começo, como são os monstrengos trazidos pela água. Que escuro é o rio quando se tira os olhos da fogueira. Mais tarde, já dentro da pequena casa caiada de branco do administrador, iluminados pela luz mortiça de dois candeeiros, falarão de muitas coisas: será preciso no dia seguinte fazer compras na vila, não esquecer o querosene, as velas, a farinha; principalmente falarão dos ecos da recepção para Getúlio Vargas, houve quem achou uma violência ter sido obrigado a estar presente. (O fiteiro foi porque quis.) Brasília espevitando o candeeiro maior, atenta aos detalhes, a cada palavra sobre Getúlio Vargas. Não duvido, terá a certa altura dito o Pereira Mattos, de que se eu o convidasse para comer um leitãozinho pururuca aqui no sítio seria capaz de vir e ainda por cima passar a noite, como fez em São Paulo. Aqui! Que tem? É homem muito simples.

O ADIANTADO DA HORA

— Catorze de Julho de 1935. Um dia para você não esquecer nas suas futuras memórias, Alaor.
— Não sou de botar pensamento no papel. Isso deixo para minha tia Chevassus.
— ...Como diria minha sogra: Um dia de sustância.
— O paquiderme ainda está lá, caído diante do portão?
— E não vão tirar tão cedo; acredite em mim.
— Eles mesmos arrastarão do local ou os bombeiros?
— Na certa a demora é desaforo para Alaor, porque o serviço foi feito por outro; não por eles.
— A cara dos dois quando viram a carcaça do bicho no chão! E os laçadores? Por que não se mexem? Só laçam coisa viva, então?
— Mas quem vai levar embora são os bombeiros, você não acha?
— Acertei com os guardas para providenciarem a remoção do animal o mais rapidamente possível, informou o Pereira Mattos. Já lhes dei um bom dinheirinho e disse-lhes que podem registrar a morte como se fosse obra da guarda civil. Ficaram satisfeitos, me pareceu.
— Também eu lhes dei alguma coisa, acrescentou Alaor com precipitação. E Cremilda mandou comida lá para baixo assim que voltaram; depois, deixei bem claro que não tenho o menor interesse em que minha casa, meu nome, minha família acabem rolando por aí em notícia de jornal.
— E por causa de bois fugidos!, exclamou Tante Chevassus.

— A reunião do cônsul Pingaud, comentou o velho Botelho com voz hesitante, e o engenheiro olhou na direção do sogro esperando o que ainda viria, por certo ganhará uma nota nos jornais; isso, uma nota; o seu aniversário, meu caro, bem que a merece também; uma nota; nada de muito floreio, rapapés, mas uma nota, por que não? Uma nota, uma notinha que seja; mas uma nota.

— Papai, disse Cássio Botelho, me dê aqui o seu copo; vai lhe fazer mal para o fígado tanto ponche.

— Não me aborreça; uma nota.

— Respire fundo, dona Ermínia. Assim, explicou mme. Keneubert para a cantora. Não fique tão aflita à toa. Se quando for embora ele ainda estiver caído lá na frente, saia pelos fundos como eu. Já combinei com o meu amigo Hans; quando eu telefonar avisando-o vai me esperar na rua Maranhão diante do portão dos fundos.

(Seu amigo Hans, eu sei..., cismou a Tante.)

— Vai achar que é bobagem, desculpou-se a cantora. Mas na minha casa sempre se falou que não presta entrar por uma porta e sair pela outra. Cumpre sair por onde se entrou. Fontainha diz que não acredita, mas não afronta o costume por respeito aos meus.

— Mas o senhor não é um astrólogo?... sempre pensei que Astrologia e crendices assim fossem uma coisa só, disse uma senhora de idade, aparentada ao Zé Belarmino.

— Minha senhora, uma ciência milenar e essas encantadoras tolices, o que podem ter em comum?

— É que eu pensei... os antigos... tudo isso não são coisas dos antigos?

— Ah, minha senhora, acredite em mim, pois é um homem de dupla ciência que lhe afirma. A Astrologia está mais próxima da Odontologia do que desses... receios infundados... Ainda que a Odontologia não tenha a mesma história grandiosa, a mesma profundidade...

— Ah, mas você não afronta, Fontainha, não vai afrontar! (Foi recomendado mais uma vez à Ermínia Fontainha que respirasse fundo.)

— Curioso. Uma ciência milenar, então? Pensei que a ciência não se apegasse ao passado como fazem as famílias de bons costumes, pois a ciência, como você bem sabe, tem maus costumes, é muito desrespeitadora. E por acaso você faz idéia desde quando o conceito de ciência, tal como o entendemos hoje, existe?

— Não compreendi bem, Jubal... se me explicasse de novo...

(Mas aquele homem alto, de nariz um pouco grande e olhos bonitos, já se afastava.)

— Pois eu acredito! E muito! Com certas crenças não se brinca. Prefiro pular por cima do belzebu a ter de sair pelo outro portão (e a possibilidade do pulo — de êxito improvável — excitava enormemente o Zé Belarmino).

— Mas ele caiu assim tão perto do portão, Belarmino?

— Não foi ver?

— Ainda estou tremendo, repare, disse a senhora aparentada ao Belarmino, minhas mãos como tremem. E foi tudo tão rápido! As crianças, coitadinhas...

— Cirino onde está?

— Trancou-se no banheiro.

— Ah.

— Que é de Maria Antonieta? Eu a havia proibido terminantemente de ir espiar o animal morto. Terminantemente.

— Não se exalte, Alaor. Você está rubicundo. Ela deve andar por aí com o cachorro.

— Sua filha está uma beleza...

(O rosto do engenheiro desmanchou-se em ternura.)

— ...uma pequena fada com aqueles cabelos louros, sua Maria Antonieta...

(E no clarão de um vitral ele enxergou a outra, a grande. Do vitral descia um facho de luz atingindo a pequena.)

— ...uma verdadeira princesinha.

(...que fede a cachorro — resmungou a Tante para si. Doa a verdade a quem doer: tem a estampa, mas lhe falta a majestade.)

Uma das pontas da ampla echarpe de Cremilda quase tocava o chão, lambia os móveis, ia de um lado a outro, uma cobrinha verde lampeira ziguezagueando ao lado da dona. Cremilda andava por ali ajeitando as coisas, pondo certa ordem para a hora em que o bolo fosse servido. Ergueu algumas folhas de jornal caídas atrás de um cachepô. Leu com olhos desatentos que vinham de longe, dos espantos do domingo, olhos de beladona, escancarados: "The Royal Bank of Canada. Rua 15 de novembro, 34. Abra sua conta em nossa seção de Contas Particulares; e tire da mesma as seguintes vantagens: 1) eliminar o perigo de perder dinheiro; 2) controlar exatamente os seus gastos; 3) render seu capital juros de 3% ao ano". Ergueu o busto cheio, acertou a echarpe nos ombros. ...Os bancários do Royal Bank, gente ordeira na certa, saudável, sabia como viviam esses ingleses, canadenses, dia de trabalho é dia de trabalho, domingo é domingo e nada de ficar bocejando dentro das casas, fazem excursões... passeios higiênicos pelas cercanias; talvez um deles tenha se deparado com os bois e então... um bancário canadense, ou mesmo brasileiro mas do Royal Bank of Canada, um bancário do Royal Bank e zebus em São Paulo, o que pensaria... Dobrou o jornal. Saltou-lhe diante dos olhos, de um canto de outra página: "Não se aflija! Pessários Americanos Velam pela Senhora!" — estremeceu.

— Lá para mil oitocentos, mil oitocentos e pouco, Jubal, tudo por aqui ainda eram chácaras, mato alto — contava o pediatra Bulcão para aquele que horas atrás havia abraçado Cirino tão apertado que o menino pudera sentir o estranho barulhinho de estática que trazia escondido dentro do peito.

Cirino destrancou a porta do banheiro sem fazer barulho, deu alguns passos de cabeça baixa; guardava na mão direita o toque macio e fresco da maçaneta azul e branca de louça, em forma de bola levemente achatada. Quase tropeçou no médico, quis evitá-lo, esbarrou nas pernas do homem ao lado escutando com simpatia o pediatra, firme como uma árvore bem plantada. Jubal olhou para baixo com o seu rosto muito especial, bonito e feio, sorriu para o menino. Cirino sempre iria se lembrar do homem. Levou a mão direita em concha à boca, para os lábios roçarem a maçaneta de louça.

Uma vozinha soprava dentro da cabeça do contralto Ermínia. Era de soprano: "Silêncio, Musa... chora, e chora tanto /

Astros! Noites! Tempestades!/ Rolai das imensidades!/ Silêncio, Musa... chora, e chora tanto/ e chora...".

— Estou com um ruído esquisito, fino, dentro da cabeça, disse a mulher do dentista e astrólogo para ele; não estou bem; o "Navio negreiro"...

— Vai passar, vai passar. — Mas Fontainha respondia distraído, agastado com aquela história sobre a idade da ciência e os seus maus hábitos. Pensavam o quê? Poder fazer pouco dele àquela altura da vida?

— Não descarto os arruaceiros. Para mim no começo de tudo, lá bem no comecinho... estão eles, e comandados vocês sabem bem por quem...

— Eu não sei.

— Não se faça de inocente.

— Não entendo e nem gosto de política.

— Pois sim!

— Não estou brincando. Não faço a mínima idéia.

— O que há é que o negócio de carnes ainda é muito primitivo no Brasil. Nem controle, nem higiene, nem segurança no transporte dos bois de açougue.

— Não me referia ao negócio de carnes nem aos bois de açougue.

— Como estará a cidade a essas horas...

Notícias chegavam trazidas por Gastão, Mino, Miguel, outros; escorregavam pela hera da rampa e penduravam-se nas grades do muro, espichavam o pescoço, comparavam informações, negavam umas e outras, voltavam a afirmar que o empregado "da firma dos bois" já se havia apresentado ao delegado de plantão da Polícia Central declarando que um número grande dos bichos tinha sido capturado.

— E o que ele chama número grande? Ouvi dizer que não passavam de trinta e dois os zebus laçados.

— Mas isso é o mesmo que nada diante da quantidade dos bichos espalhados... quantos você disse que eram?

— Consta que mais de trezentos.

— Então!

(Um pouco mais tarde veio a notícia de que os bois sacrificados já chegavam a quarenta e cinco.)

— O nosso zebu estará nessa conta?
— Se nem arredou pé do portão ainda...
Vagarosamente as falas foram baixando umas sobre as outras. E assim como as folhas caídas naquela parte mais desalinhada do jardim, no pedaço de mato, confundiam-se com a hera, as raízes aflorando e os matinhos que ali cresciam — outros sons misturaram-se às vozes, passos aproximando-se vindos do jardim, cortinas cerradas, duas ou três janelas fechadas com um ruído seco, cadeiras arrastadas.

Acharam-se então finalmente reunidos na sala, pacificados e atentos, os que haviam sido trazidos àquela casa para brindar a saúde do dono. O que fizeram de maneira exemplar.

Porém,

...nem uma hora havia transcorrido depois do último brinde quando penetrou sorrateiramente na sala, como se não quisesse realmente ser percebido aproximando-se, o último visitante da noite, surpreendendo a todos, pedindo desculpas pelo adiantado da hora; vinha de Sorocaba o antigo colega de Ginásio do Estado do engenheiro, chegara cedo, mas tivera antes de atender a velha mãe em Campos Elíseos; probleminhas.

— Viva Zeferino!

O engenheiro abraçou fortemente o visitante tardio guiando-o no abraço de forma que esse tivesse logo a visão esplêndida da mesa servida. Os fios de ovos, os olhos-de-sogra, as mães-bentas ao lado do bolo em três camadas, a toalha de renda creme quase tocando o chão — emanava da mesa uma vitalidade única, assim a via o engenheiro, como se de seu centro brotasse um pequeno sol irradiando calor para uso particular dele e de seus convidados.

— Sirva-se à vontade. Mas que alegria!

Porém, apesar da recepção calorosa o visitante tardio não se animava, hesitava. Ele entrara pelos fundos, o que o desorientara como se chegasse a um espetáculo pelos camarins, esbarrando no que não estava programado para ser visto, surpreendendo intimidades e feiúras. Primeiro aquele fardo, aquela trouxa de carne fechando a entrada da frente, empurrando-o para trás, assombrando-o e forçando-o a dar a volta no quarteirão. Na outra entrada um rosto se voltou com rapidez para a parede da garagem quando ele passou, deixando-lhe nas retinas a memória de uma ameaça, de um descalabro. Adiante, já perto das luzes do Quadrado, duas sombras siamesas moviam-se para certo lado desaparecendo sugadas por outra sombra maior, e não lhe dizia respeito nem lhe interessava saber o que o irmão do antigo colega de Ginásio fazia ali, nem com quem. E assim, disfarçava ele agora na sala a sua confusão com amenidades, informações sem maior importância, historinhas sobre conhecidos ou figurões, soubera na casa da mãe que a locução do cônsul da França pelo rádio tinha sido muito apreciada, após o que havia sido servida uma taça de champanhe aos presentes.

— E o que mais? — perguntou o engenheiro, desconfiado.
— Que eu saiba, só isso. Uma recepção de duração curta. Deve ter terminado há tempo.

Uma taça de champanhe!

A taça difundia seu brilho lunar erguendo-se pouco acima do nariz do engenheiro; meia-lua de pura transparência sustentada por finíssima haste de prata. Através dela via moverem-se figuras entre as quais julgava distinguir ora o prefeito da capital, ora o representante do governador, ora um membro da colônia francesa ou da sociedade paulistana; lá estavam também o ministro da Polônia no Brasil e o comandante da 2ª Região Militar e Força Pública do Estado... Poucos haviam sido os escolhidos. Silenciosos e ordeiros, depois de ouvirem atentamente o cônsul da França, bebiam em pequenos goles, banhados pelo luar de julho em São Paulo, uma taça de champanhe.

A taça tirava o seu estilo do pouco de informações que produzia. Sua força vinha de flutuar em um espaço vazio, sem nada que a maculasse, um docinho que fosse; um salgadinho que a tivesse precedido; uma azeitona!

Com olhos piscos e certo desalento o engenheiro então voltou-se para a mesa servida; e como esta agora lhe parecia outra: de uma natureza apalhaçada, motejadora. O bolo, meio comido, um monumento esbranquiçado e grudento, desmoronando. Observou muitas nódoas de vinho e de chocolate na toalha repuxada para um lado. Corações-de-manteiga ressurgiam sobre a toalha, em potinhos, nas mãos em concha das crianças, dentro de guardanapos, esmagados no chão, eis um negócio que prosperava essa história do sogro de biscoitinhos fabricados praticamente com nada, mas como lambuzavam tudo à volta. Viu uma criança cuspir qualquer coisa na própria mão e depois esfregá-la com força contra a parede; porcalhona, porcalhões todos e não paravam de mastigar e bebericar. Uma investida em regra. E Cremilda que insistia, a cada simples festejo, em fazer três vezes mais comida do que o conveniente. Isso sempre havia sido mania dos Botelho; cevarem porcos!

Mas alguma comidinha... teria o cônsul servido na recepção.

(No dia seguinte Alaor iria correr ao jornal. Sim, e lá estaria com bastante destaque na seção "Notas e informações" a notícia que procurava; iniciada por: "Em comemoração à data de..."; e finalizada: "Durante a recepção o sr. cônsul da França, de sua residência, ocupou o microfone de uma das nossas estações de rádio fazendo uma eloqüente oração, alusiva à data, terminada a qual foi servida uma taça de champanhe aos presentes". Nem uma palavra a mais. Nem uma palavra a menos. Ele então daria de ombros; pois não era nenhum basbaque — o cônsul que ficasse com sua reuniãozinha oficial sem cheiro nem cor. Ele ficaria com a Vida.

Ao longo de sua laboriosa existência, contudo, vez por outra tornaria a cismar: Uma taça de champanhe!)

Porém, se a reunião na casa do engenheiro Alaor Pestana teve — ao que tudo leva a crer — pouca ou nenhuma semelhança com a do cônsul da França, a ela não faltou também o seu ponto alto, merecedor de que os que nela estiveram presentes a recordassem nos anos futuros, ainda que a crônica jornalística a tenha cabalmente ignorado.

Algumas lâmpadas foram apagadas. Permaneceu uma meia-luz na sala. Os presentes aproximaram-se da mesa, cercando-a; Zé Belarmino pediu silêncio avisando que o Domício Pereira Mattos queria dizer alguma coisa sobre o significado da data: 14 de julho de 1935. Abriram-lhe espaço para que se aproximasse mais, e ele se postou próximo a uma das cabeceiras da mesa oval, estando na outra o aniversariante, ao lado da mulher e dos filhos. O Pereira Mattos retesou o tronco sacudido e olhou ao redor sorrindo. Mais do que a postura ereta, a segurança que manifestava deu-lhe alguns centímetros excedentes. A maioria o olhou admirativamente: tinha diante de si um gigante. O Pereira Mattos lembrou que naquela noite, depois de um dia tão agitado na cidade, com desfecho tão dramático — infelizmente inevitável devido às circunstâncias de todos conhecidas — ocorrido diante do portão da casa que os recebera tão generosamente como aos outros ali presentes, como sempre os amigos eram recebidos..., em suma, exortou, não se devia insistir no incidente, e assim pedia aos convivas que voltassem suas atenções exclusivamente para quem a elas fazia jus, o aniversariante da noite, Alaor Pestana, engenheiro civil, cuja função vinha a ser edificar moradias, erguê-las bem alto, enquanto ele, mero escavador do solo, engenheiro de minas que era... (risos aqui e ali; nem um tanto edificava, nem outro lavrava) pedia licença para dizer em sua homenagem uns modestos versinhos. Em seguida o Pereira Mattos tirou um papelucho do bolso e começou com voz pausada:

É tão pobre a minha lira
Para louvar-te, Alaor.
És gênio da engenharia
Como pai és um primor.

Ao lado da cara-metade
O doce anjo do lar
E de filhos belos, sadios,
Que mais podes almejar?

De um lado descendes dos bandeirantes
Paulistanos de velha cepa.
Pestana! — quem os esquece
Avançando São Paulo adentro?

De outro descendes da França Eterna
Com quem comungas no aniversário.
Chevassus! — quem os esquece
E à pomada abençoada?

Avé-Chevassus! Salve Pestana!

Bravos! Bravos! Admirável! — Merece moldura!, exclamou o velho Botelho. — E a terá, completou Alaor com convicção, eu prometo! — Vai para a parede junto a outros quadrinhos!, decidiu Jubal Soares, num tom de voz que fez Cirino olhá-lo demoradamente. — A parede! A parede!, gritaram muitos. — Um quadrinho, um quadrinho, um quadrinho, na parede, na parede do escritório, na parede do escritório! Um quadrinho na parede, na parede, na parede...

Mas o Pereira Mattos não havia terminado. E de improviso, o rosto risonho de satisfação, voltou-se mais uma vez para o aniversariante:

Não te perguntamos a idade
Que de resto conhecemos.
Perguntamos-te por que o bolo
Tarda tanto a chegar à mesa?

(*Apoiado! Apoiado!*)

Voltando-se então num movimento amplo que fez seu corpo rodopiar em um semicírculo, indicou, com o braço novamente estendido, a porta entreaberta da sala, onde dois olhos vigiavam na sombra:

Augustina, o que esperas
Fada-Rainha da cozinha
Para trazeres a esta sala
Tua última obra-prima?

As lâmpadas remanescentes foram apagadas e, majestosa, carregando uma grande travessa com os braços fortes, ela se aproximou lentamente, graciosa no corpo volumoso. E assim, o Pereira Mattos com os olhos brilhantes viu mais uma vez aproximar-se — na nuvem arruivada da chama das velas, os cabelos altos na touca branca (refeitos momentos antes), uma leve camada de pó-de-arroz clareando-lhe o rosto e esmaecendo-lhe os traços (desmanchando entre os olhos a ruga da rabugice e ali deixando ficar apenas leve franzido, o selo da autoridade)

— a Tia-Viscondessa dos seus idos de mulher madura desejada, em puro estado de aparição carnal.

Augustina colocou a travessa no meio da mesa sem curvar o corpo e em seguida retirou-se recuando de costas até a porta, onde permaneceu com os braços caídos e as mãos entrelaçadas escondidas sob o avental. Porém, assim que foram dados os hurras e vivas, e para ele nada? e tudo! e como é que é, e pique e pique, e meia hora — no momento exato em que as lâmpadas da sala voltaram todas a se acender, ela recuou de vez pela porta de onde saíra, fechando-a sem ruído atrás de si.

ESCLARECIMENTO

Neste texto utilizei notícia de jornal comentando reunião promovida pelo consulado da França na cidade de São Paulo em comemoração ao catorze de julho de 1935. Nela vem escrito que entre os presentes encontravam-se também "comandantes da 2ª Região Militar e Força Pública". Tirando o *s* de "comandante", realizei a fusão de ambos em uma só autoridade: no caso, o comando da Força Pública submetido ao da 2ª Região Militar, o que havia de fato ocorrido por pouco tempo em 1932. Porém, como a partir de 32 a Força Pública Paulista deixou realmente de ter o mesmo peso político e militar de anos anteriores, a pequena "traição" apenas veio reforçar uma situação de fato.

Z.R.T.

1ª EDIÇÃO [1995] 1 reimpressão

ESTA OBRA FOI COMPOSTA PELA HELVÉTICA EDITORIAL EM GARAMOND
LIGHT E IMPRESSA PELA PROL EDITORA GRÁFICA EM OFSETE SOBRE PAPEL
PÓLEN SOFT DA SUZANO BAHIA SUL PAPEL E CELULOSE PARA A EDITORA
SCHWARCZ EM FEVEREIRO DE 2005